La guerre des morts

roman

Rémi Mézières

© Rémi Mézières, 2023

Photographe : Tim Hüfner

Édition : BoD – Books on Demand, info@bod.fr

Impression : BoD – Books on Demand, In de Tarpen 42, Norderstedt (Allemagne)

Impression à la demande

ISBN : 978-2-3225-3870-6

Dépôt légal : juillet 2024

« Toute ressemblance avec des faits et des personnages existants ou ayant existé serait purement fortuite et ne pourrait être que le fruit d'une pure coïncidence »

À Pascale, mon épouse, première lectrice au quotidien et à son soutien indéfectible.

Merci à ma fille Charlotte, à Corinne et à Valérie, les trois membres actifs de mon fan-club.

Mille mercis à Madame Jocelyne Coutelot, professeure de lettres modernes, correctrice du texte.

1

Une journaliste de la station 107.7 multipliait les conseils de prudence. Sur l'autre voie, une file d'insectes métalliques aux yeux blancs semblait fuir la zone orageuse annoncée. Les essuie-glaces automatiques du corbillard passèrent à la vitesse supérieure. L'aveuglement embrumé de ce début de parcours n'était qu'un préambule, la pluie redoubla d'intensité. Déjà contraint de ralentir au niveau de la sortie Dormans. Cet aller-retour Reims-Paris, réglé dans les moindres détails, n'augurait décidément rien qui vaille.
Martial coupa la radio et usa de son anti-stress favori : *« Spotify »*
C'était F.R. David, avec ses *« Words Don't Come Easy »,* qui fut chargé de remédier à la baisse de moral du chauffeur. Martial appréciait cette chanson de 1982.
La visibilité, considérablement réduite par des trombes d'eau incessantes, laissait cependant serpenter dans les grandes courbes descendantes, un arc de cercle luminescent de plus en plus concentré. Les prémices d'un

bouchon de belle taille paraissaient annoncées. Des gyrophares lointains et des gilets jaune fluorescent vinrent corroborer les inquiétudes de Martial. Il saisit son téléphone perso pour prendre l'avis de Waze. Il préférait ce GPS à celui du Mercedes. Waze préconisait la sortie de Château-Thierry dans une quinzaine de minutes en amont de l'accident. Le chauffeur des pompes funèbres Chamberlin retourna nerveusement sa sacoche sur la banquette pour intercepter l'autre téléphone. Il attendait des renseignements précis sur sa destination et sur l'heure à laquelle il devait arriver.

Impuissant, désabusé, il réécouta F.R. David.

La météo ne fut pas plus clémente sur la nationale qui le conduisit de Château-Thierry à la sortie 13 de l'A4 en passant par la Ferté-sous-Jouarre. Cette déviation d'environ 60 km à vitesse réduite commençait sérieusement à menacer son exactitude. Ce soir était mal choisi pour déroger à la règle. Il descendit légèrement sa vitre pour respirer et tenter d'apaiser son impatience.

Le téléphone sonna, il reconnut son interlocutrice.

– Tu dois être à 21 h 45 dans un pub écossais du 4e arrondissement. La barmaid, une jeune fille rousse, te remettra une enveloppe avec les instructions. Ce soir, tu t'appelles Kevin. Je t'envoie l'adresse exacte par SMS. C'est à 50 m de la station de métro Saint-Paul.

Elle raccrocha sans que Martial n'ait pu l'informer de son retard. Il croisait à cet instant le parc d'attractions Eurodisney de Marne-la-Vallée. Son téléphone affichait 21 h 05.

La station Saint-Paul, rue de Rivoli... Martial connaissait l'endroit. Il reprit une petite confiance. *Peut-être même, arriverai-je à l'heure ?*

Son téléphone beepa et afficha un message :

*« Pour Kevin
The Scottish Pub
102, rue François Miron »*
Bercy, puis sur la droite, Place de la Bastille et enfin rue de Rivoli à 21 h 40, le défi n'était plus impossible. La rue Miron en sens interdit l'obligea à oser un demi-tour non académique juste derrière le manège des enfants, où, avions, voitures et autres motos commençaient à se dissimuler derrière leurs habits du soir. La rue du Roi de Sicile emmena Martial rue Pavée. Il trouva une place de stationnement adaptée pour son corbillard. Sacoche en bandoulière, il sortit du véhicule et s'appuya sur le capot pour griffonner sur un petit papier : *« 8, rue Pavée. »*

La grande salle sombre du pub était bondée. Derrière l'imposant bar de bois brut, un homme d'âge mûr et une jeune femme rousse s'activaient à préparer des bières pour cinq ou six jeunes hommes espiègles et bruyants. Ceux-là n'en étaient pas à leur première Guinness.

Martial intégra la bande de fêtards écossais.

– Hi ! fit la jeune femme rousse à Martial en relevant le menton d'un air interrogatif.

– Désolé, je ne parle pas anglais. Je m'appelle Kevin, et vous devez avoir une enveloppe pour moi.

– Oui, c'est exact !

L'accent était typique, le sourire rassurant. Elle ouvrit ce qui devait être le tiroir-caisse, en sortit une enveloppe kraft et la remit à Martial.

– Vous buvez quelque chose ?
– Une Guinness !

Il lui sourit…

L'enveloppe et le verre de stout dans la même main, Martial Falco traversa précautionneusement la salle jonchée de câbles de toutes sortes. Il réajusta ses petites lunettes rondes. Certains de ses collègues l'appelaient Harry, il ressemblait paraît-il au célèbre magicien. Deux guitaristes installaient anarchiquement une sonorisation de fortune. Il découvrit les lieux, et comme vue du bar se dirigea vers la petite salle du fond. Un couple installé à la première table, parlait à voix basse.

Martial lut le message :
« Toilette homme du sous-sol. Sous le lavabo. »

Il prit place sur la banquette rouge d'un petit carré parqueté de planches rugueuses et irrégulières, décrocha du trousseau la clé de contact du corbillard, puis scotcha le billet plié. Il venait de renseigner par trois mots, l'emplacement de son stationnement. Selon un protocole établi à l'avance, il devait dans la plus grande discrétion déposer cette clé et la récupérer en fin de soirée. Aucun contact physique ni visuel n'était autorisé par l'organisation. Le passage d'une main à l'autre se faisait dans des lieux et des conditions différents à chaque *« opération Road Coffin »*. Les organisateurs ne manquaient pas d'imagination pour brouiller les repères et œuvrer dans un secret optimum.

Avant même une première gorgée de Guinness, il descendit les premières marches du colimaçon. C'était un va-et-vient incessant dans les toilettes. Le moment choisi n'était pas le bon. Plusieurs voix fortes dans l'espace des hommes validaient la tenue d'un pseudo colloque de poivrots éméchés. Il remonta et dut attendre la résurgence des fêtards pour se faufiler à nouveau. Martial avait préparé un ruban de scotch pour fixer la clé sous le lavabo mais n'en n'eut pas besoin, les attaches murales scellées offraient naturellement plusieurs rétrécissements. Il put pincer et bloquer sa clé en toute sécurité.

Soulagé, il se rapprocha de sa pinte de stout, et chercha une place dans la grande salle où les premiers accords de guitares résonnaient. C'est finalement debout, adossé contre un mur dans le prolongement du bar, qu'il profita du concert improvisé et de l'ambiance festive inattendue. À la troisième chanson, *Black Eyed Boy* de Texas, une jeune fille se détacha de son groupe d'amis pour chanter. La pureté de sa voix et la qualité de son chant firent frissonner Martial, transporté comme par enchantement dans un pub d'Edinburgh ; il n'était pourtant pas prévu de voyage si lointain dans son programme du soir. Chansons et solo de guitare s'enchaînèrent. Nul besoin de choristes, la presque majorité des consommateurs, habitués ou de passage, reprenaient les refrains d'une seule voix. La bienveillance, la fraternité, et l'odeur de la bière régnaient dans cette grande pièce verte et sombre, en plein cœur de Paris.

La pause musicale fit redescendre Martial de son nuage écossais. Il emprunta l'abrupt escalier aux étroites marches métalliques pour accéder aux toilettes à nouveau bondées. Il fit volontairement tomber un kleenex sous le lavabo et constata l'absence de la clé.

L'interruption du show musical s'éternisait, Martial avait du temps devant lui. Il éprouva le besoin de marcher un peu, et bien qu'il ne soit pas là pour ça, il emprunta la première rue adjacente. Elle le dirigerait sûrement vers la Seine. *Comment résister au charme d'une petite balade dans les rues de Paris, la nuit.* Il n'eut pas marché cinquante pas, que déjà la Maison Européenne de la Photographie ralentit son cheminement. C'est fascinant pensa-t-il : *le centre de Paris, offre tous les 200m, une bonne raison de songer, de rêver ou de s'ébahir.* Il longea la Seine et son alignement de boîtes à bouquins. La verte librairie à ciel ouvert sommeillait à cette heure tardive. Inconsciemment, Martial se dirigeait vers Notre-Dame. Il traversa le fleuve sur le pont Louis-Philippe. Les deux tours du grand édifice blessé lui apparurent. La ceinture de barrières de sécurité et les grues mirador cachées dans l'obscurité n'apaisèrent pas son ressenti embarrassé... Il fit demi-tour, passa devant l'Hôtel de Ville, apprécia une fois encore l'éclairage d'argent et d'or, puis remonta la rue de Rivoli d'un bon pas.

La clé était-elle de retour ? Peut-être pas !

Son téléphone lui indiquait minuit dans quelques minutes.

L'ambiance dans le pub était retombée. Les deux guitaristes terminaient leurs bières, appuyés contre la table sur laquelle reposaient leurs guitares. Martial se fit servir une autre Guinness et retrouva sa place initiale dans la petite salle du fond. Le couple à la première table, juste en face de l'accès aux toilettes, parlait toujours à voix basse.

Martial Falco s'interrogea : *Parano ou pas parano ?*

Seul dans l'espace des toilettes hommes, il se pencha sous le lavabo et saisit le carton replié en deux sur la clé du Vito. Au crayon de papier était écrit sur un emballage de fortune : « 1, rue de Courcy ». Le chauffeur termina sa bière debout, fit un signe amical de la main à la serveuse rousse et sortit.

Il n'ouvrit pas l'enveloppe déposée sur le troisième siège de droite. Il connaissait son contenu : les papiers contrefaits ou falsifiés de son nouveau passager. Il démarra, traversa le Marais jusqu'à l'Hôtel de Ville pour reprendre le long de la Seine la direction de l'A4. Sous l'arche du ministère des Finances de Bercy, Martial Falco ralentit significativement.

La Citroën noire derrière lui le doubla.

Rassuré, il reprit sa vitesse de croisière et augmenta le son.

2

L'antivol Kryptonite du vélo de Roger était récalcitrant ce soir du 28 septembre. Peut-être étaient-ce tout simplement ses yeux remplis d'eau et la rivière ruisselant le long de ses reins qui perturbaient son habilité. Il entra dans le Top-Sushi de la place du Forum, épuisé, plié en deux. Il portait comme un escargot, sa maison carrée France-Heat sur le dos. Un de ses gants entre les dents dégoulinait. Il s'accouda sur le comptoir des commandes.

– Roger, tu me fiches de la flotte partout, fais gaffe !
– Excuse-moi Jennyfer. *Que fais-je ici à 66 ans, dirigé par une gamine inculte de 18 berges qui a appris la maternité à sa mère. J'ai dû rater quelque chose...*
– Tiens, ta livraison est là ! Je te donne ton ticket de suite... c'est à Bezannes chez Madame Chamberlin, au : 9, rue des Glycines.
– À Bezannes ? Tu vas me faire traverser toute la ville par ce temps ? Tu as probablement quelque-chose sur Reims ? Pat est en voiture et…

— Désolé Roger, tu n'as pas le choix. Je n'ai personne d'autre sous la main. Insista-t-elle, son index figé montrait le sac en papier.

Ses premiers coups de pédales vers Bezannes mélangèrent quelques larmes interdites à la pluie devenue crachin. Il chercha à positiver l'instant : *Il y a deux semaines en arrière, tu pédalais sous 35 degrés, rappelle-toi, tu aurais donné cher pour un peu de pluie.* Il accéléra le rythme.

A mi-parcours, la grande tour qu'il devinait derrière l'épais mur fluide, était la sienne. Sa pensée s'éleva vers sa femme, vers Louise. Il la savait dans son fauteuil devant son ordinateur, une couverture sur les genoux, elle devait lire, relire et corriger sa dernière page. Elle écrivait un livre...

Ce modeste appartement du premier étage lui plaisait bien finalement. Il était entouré de gens simples. En fin de matinée, sa voisine Malika lui avait déposé un magnifique plateau aux arabesques turquoise, sur lequel deux plats de son excellent couscous fumaient encore.

Transi, Roger appuya sur le bouton du visiophone.

Le tonnerre grondait, mais il comprit distinctement les mots de sa virulente interlocutrice.

— Ce n'est pas trop tôt !

Le portail s'ouvrit. Il traversa une cour pavée éclairée par plusieurs lampadaires en fer forgé, puis contourna une voiture de luxe garée devant les marches du perron.

Une dame de noir vêtue apparut.

— Il faut vous appeler combien de temps à l'avance pour être livré dans des délais raisonnables ? le ton était méprisant.

Roger ne répondit pas. Il s'approcha pour entrer…

— Non, non, vous restez dehors… désolée, vous êtes trempé !

Il remit les cartons de Sushi de la dernière marche. Pendant le contrôle collégial de la livraison, la porte resta entrouverte.

Lui, sous la pluie.

Plusieurs intéressés ricanaient en sourdine dans l'entrée.

– C'est bon ! lui dit une jeune femme dans l'entrebâillement.

– Bon appétit ! répondit-il machinalement.

– Merci ! la porte fermée brutalement clôtura les échanges ridicules.

Roger, excédé, hurla en enfourchant son vélo.

– Madame ! Je rentre à la maison retrouver ma femme. Elle est plus belle, plus intelligente que vous ! Ce soir, un fabuleux couscous m'attend. Le plus beau, le meilleur du monde ! Vous ne pouvez pas comprendre... Jamais vous ne comprendrez, Madame !

Personne ne l'entendit.

Comme chaque soir, le champagne était servi sur la table basse du salon de la piscine couverte. Catherine Chamberlin, directrice des pompes funèbres Chamberlin, était veuve depuis 26 ans : un tragique accident de chasse le jour de la naissance de sa fille Marie-Pierre. À l'époque, ce malheur arrangeait beaucoup de monde.

Ce soir, elle était assise à côté de celui que l'on surnommait Johnny. Le vrai nom de Johnny, petit bonhomme brun, moustachu et plutôt grassouillet, était Denis Greff. Il ne se plaignait pas de son surnom directement lié à son idole disparue, et puis Denis... ce n'est pas terrible. Monsieur Greff assurait la direction du crématorium local, qu'il dirigeait d'une main de fer.

Catherine tendit ses jambes et ses bras en signe de

bien-être. Elle intima à sa fille d'aller chercher une autre bouteille en bas du réfrigérateur de la cuisine. Marie-Pierre, dans son tailleur bleu-nuit, s'exécuta avec un sourire pour le moins approbateur.
– C'est la fête ce soir ! dit-elle en piétinant.
– Et pourquoi cela ? Quelque chose m'aurait-il échappé ? demanda Jayden, en dépliant son mètre quatre-vingt-dix pour attraper une gourmandise salée.

Bel homme guadeloupéen au regard noir perçant, barbe bien taillée, d'allure sportive, Jayden Ramassamy devait avoir une quarantaine d'année.

Il passait de plus en plus de temps avec Catherine...
– Il y a un an aujourd'hui… Je suis redevenu une Chamberlin. Ça se fête ! s'exclama Marie-Pierre en marchant comme une star.

Elle tenait comme un trophée, une nouvelle bouteille de Champagne au-dessus de sa tête.
– Un an que tu t'es débarrassé de cet emmerdeur ! rectifia sa mère.
– Ce n'est rien de le dire, confirma Johnny le doigt en l'air.
– Et si l'on passait aux Sushis ! proposa Jayden en saisissant le seau à Champagne. On le finira à table !

Il s'avança de quelques mètres vers la table magnifiquement dressée au bord de la grande piscine en forme de coquillage. Il posa le seau sur son pied argenté. La pluie se remit à crépiter sur les grands plexiglas arrondis du toit rétractable. Le bruit devenait assourdissant.

Jayden attendait le silence, debout derrière sa chaise, concentré, recueilli.

Le déferlement cessa.
– Bénissez-nous Seigneur, bénissez ce repas, ceux

qui l'ont préparé, et procurez du pain à ceux qui n'en ont pas ! Que Dieu protège : « *La rose et le Calice* » Ainsi soit-il !
— Bon appétit ! clôtura Catherine par habitude.

Le grand plat de bois foncé, au centre de la table japonaise du soir, offrait une diversité de couleurs et de formes étonnantes. Bien qu'arrangée rapidement, Marie-Pierre avait réussi son effet. Mozart, jusqu'alors atone, presque inaudible, recouvra de la force dans le silence des dîneurs trop occupés pour bavarder. Le Champagne fut resservi juste avant le tiramisu de Suzanne, la dame à tout faire de la maison.

Jayden avait programmé de rentrer à Paris le soir même. Il avait l'air préoccupé et ne tarda pas à se lever après le café. Johnny ne s'imposa pas davantage et l'imita.

Les deux dames se retrouvèrent dans le salon pour fumer.

— Il est tard Marie-Pierre… veux-tu dormir ici cette nuit ? interrogea Catherine.

— Je vais rester, tu as raison. On partira ensemble demain matin.

Catherine n'arrivait pas à dormir, elle sombra dans une espèce de somnolence, où divagations de l'esprit et réalité se côtoyaient, et où la vie apparaissait comme un temps inexistant, subtilisé à l'éternité, terrifiant...

Déjà morte peut-être. Elle était sur le point de tomber... puis le choc !

Assise sur son lit, hagarde...

Son réveil affichait 3 h 46, son téléphone venait de vibrer.

— Allo, Madame Chamberlin ? La voix lente et caverneuse, informatiquement modifiée, la glaça d'effroi. Excusez-moi pour l'heure tardive ! Je suppose que vous dormiez. Vous devriez vous lever rapidement et vous rendre illico à la cathédrale de Reims. Le son changea de fréquence, le registre devenait de plus en plus grave. Il y a quelque chose pour vous sur le parvis. Dépêchez-vous, ça urge ! Ce n'est pas une plaisanterie, croyez-moi sur parole. La grosse voix se tut.

Son téléphone n'était pas encore éteint lorsqu'elle poussa la porte de son salon. Elle saisit nerveusement une cigarette, la porta à sa bouche, mais ne l'alluma pas. Elle n'arrivait plus à réfléchir calmement. Quelle décision devait-elle prendre ? Elle arpentait son espace de réception de long en large en essayant de se remémorer les mots de l'hallucinant appel. Elle s'allongea sur un canapé, et se releva d'un bond. *Dans tous les cas, je n'ai pas le choix, je dois en avoir le cœur net !* Sa décision était prise, elle allait se rendre à la cathédrale. *Marie-Pierre va m'accompagner.*

Elle frappa énergiquement à la porte de sa fille en tempêtant.

– Lève-toi et habille-toi, on part dans cinq minutes.

– Que se passe-t-il ? demanda Marie d'une voix éteinte.

– Ne cherche pas à comprendre, et fais ce que je te dis.

Marie-Pierre connaissait sa mère et ne se rebella pas vraiment.

– Merci, pour l'invitation à dormir. Le réveil à presque quatre heures du mat, j'ai connu mieux…

Le portail automatique s'ouvrit devant le coupé Jaguar vrombissant. Il ne fallut pas plus de dix minutes aux deux femmes pour atteindre le centre-ville et pour se garer au niveau des bornes rétractables d'accès. La vue sur le parvis était partielle.

– D'ici, je ne vois rien de particulier. Reste dans la voiture ! je vais voir ça de plus près.

La portière se referma dans le silence de la nuit. Catherine marcha d'un bon pas sur les pavés encore luisants du grand édifice de dentelle ciselée. Son attention fut vite interpellée par un type assis sur une chaise, juste en dessous de l'ange au sourire dans l'ogive de la porte gauche. Elle s'approcha d'un vieil homme attaché à son siège. Immobile, il semblait ne plus respirer ou alors très faiblement. Elle posa sa main sur un visage glacé.

Effarée, elle fit demi-tour vers la voiture et d'un signe sans équivoque, invita Marie-Pierre à la rejoindre rapidement.

– Je le connais ! dit Marie. C'est le docteur Matard, Louis Matard. Il est au funérarium depuis trois jours. J'ai personnellement reçu sa famille. De mémoire… la mise en bière est prévue pour demain à 9 h 15.

– Mon Dieu ! Mais que fiche, un de nos défunts, devant la cathédrale à quatre heures du matin ? La veille de sa mise en bière ! Il faut le rentrer tout de suite ! Va chercher la couette blanche dans le coffre de ma voiture. Je devais la déposer au pressing cet après-midi. Elle est assez grande pour le couvrir complètement, du moins je le pense !

Sans perdre de temps, Catherine mit son pied en appui derrière la chaise et bascula le défunt vers elle. Le docteur, comme dit Marie-Pierre, n'était pas bien épais. Elle put descendre les quelques marches, le tirer sur une vingtaine de mètres et le glisser dans l'obscurité de la deuxième colonne. Le corps n'était plus visible du parvis.

Instinctivement, elles choisirent de recouvrir le corps en le laissant assis sur sa chaise. Selon elles, la position verticale du cadavre minimisait d'éventuelles interrogations suspicieuses.

– Tu restes ici, le temps que j'aille chercher un véhicule de transfert au funé. L'idéal serait que je me gare en face, rue Guillaume de Machault. Je fais au plus vite !

La perspective de rester en comité restreint avec le grand-père, n'emballait pas Marie-Pierre, mais au regard de l'urgence de la situation, elle se tut.

Elle ne fut pas longtemps seule...

Un jeune garçon en tutu rose s'approcha à quelques mètres. Il portait un masque d'Halloween, sortait de nulle part. *Un masque d'Halloween au mois de septembre, mais qu'est-ce qu'ils ont tous ce soir.* Pensa Marie-Pierre.

Une bouteille de whisky à la main, le tutu se mit à chanter, dès qu'il la vit.

– Elle est des nôtres... tu... tu bois un coup avec moi... t'as pas vu mon co...copain ? Son discours était aussi chaloupé que sa démarche.

– Tu ne peux pas rester ici, rentre chez toi ! Si les flics passent, ils vont t'embarquer.

– Il est où, mon copain ? Il s'avança sans que Marie puisse s'interposer, et s'adossa contre la grille à dix centimètres du gabarit blanc. C'est quoi ça ? dit-il, en posant la main sur la tête du docteur. C'est mon copain ? Tu caches mon copain ! Au travers de la couette, il tenait désormais la tête du docteur à deux mains.

– C'est mon copain, j'en suis sûr ! il descendit ses mains en palpant la forme blanche de haut en bas.

– Ça suffit... allez casse-toi. Si les flics passent, tu vas finir ta nuit au commissariat. *Tu ne seras peut-être pas tout seul.*

Sa mère reculait doucement le fourgon de transfert. Elle fit fonctionner son gyrophare orange quelques secondes pour prévenir Marie-Pierre.

– C'est la police… je t'avais prévenu, sauve-toi vite.

Quand Catherine l'eut rejoint, le tutu rose zigzaguait à grandes enjambées au centre du parvis.

– C'est qui, ce gugusse ? s'inquiéta Catherine.

– Il m'a fait peur le p'tit con, il commençait à tripoter papy… Tu es arrivé juste à temps. Merci !

– Ne perdons pas de temps. J'ai pris un scalpel pour couper les liens... et une housse de transport.

Sans se consulter, Marie-Pierre déplia l'enveloppe sur le sol et Catherine s'attela à la découpe des cordelettes. Elles déplacèrent la chaise à côté du grand sac blanc déplié au sol et ensemble la basculèrent ; le corps tomba lourdement sur le ventre.

– On n'a pas le temps de le retourner. Ferme la housse, je vais chercher la civière. Elle s'éloigna en direction du véhicule.

Le transfert du défunt de la housse vers la civière fut non académique, mais rapide.

– Dieu soit loué, il n'est pas lourd le toubib. C'est un cauchemar, un cauchemar éveillé... grommela Catherine Chamberlin. Qui a pu nous faire une saloperie pareille ?

Elles déposèrent la civière sur la table amovible du Vito Mercedes, la sanglèrent et firent rouler le catafalque sur les rails du véhicule.

Le docteur Louis Matard allait pouvoir regagner son salon.

– Il faut récupérer la couette et la chaise. Vérifie bien, qu'on n'ait rien oublié.

– Ok, je m'en occupe ! répondit Marie.

Le moteur tournait déjà lorsque Marie-Pierre glissa chaise et couette dans la case juste à côté du défunt.

Le temps du questionnement était venu.
Dieu sait que les interrogations ne manquaient pas.
Un homme caché derrière la statue de Jeanne d'Arc les observait.

Au même moment, la permanence du commissariat central de Reims annonça sur Acropol, la radio de la police, qu'un individu très perturbé générait un tapage nocturne au niveau de la fontaine Subé : « *Le jeune homme n'est à priori pas dangereux, mais il est alcoolisé, il délire. J'ai déjà reçu deux appels de riverains inquiets… Je répète ; au niveau du 8, de la place Drouet d'Erlon, devant la fontaine Subé. Bien reçu ?* »
– Ok, on y va ! répondit le brigadier.
– Merci les gars !
L'ambiance dans le Peugeot Rifter était plutôt décontractée.
Les rayons bleus du gyrophare stroboscopique transformèrent pendant quelques minutes, le jaillissement du bassin en une fleur pyrotechnique. Le tutu du protagoniste étincelait aussi. Assis sur la bouée de béton protectrice, une bouteille de whisky entre les pieds, le jeune homme était prostré.
– Qu'est-ce qui se passe, monsieur ? demanda le brigadier.
– Mon copain, où est-il ? répondit le garçon à plusieurs reprises.
– Tu vas le retrouver ton copain… ne t'inquiète pas ! Pièce d'identité, s'il te plaît, téléphone, et bouteille d'alcool… et tu vas nous suivre gentiment.
Épaulé par les gardiens de la paix, le garçon fut basculé sur la banquette arrière. Le halo bleu se déplaça vers

le commissariat. Assis à l'arrière, la tête appuyée contre la portière, le jeune homme répétait inlassablement.

– Elle l'a tué, je le sais... La cathédrale, oui, la cathédrale ! Sa tête tapait régulièrement contre la vitre.

– Il n'est pas en forme notre ami tutu, ricana le chauffeur.

– Un p'tit séjour en cellule de dégrisement va lui remettre les idées en place. Le responsable du groupe examina la pièce d'identité. Tu t'appelles David Petinet, tu habites au 166, avenue de Laon. C'est bien cela ? Aucune réponse de David ne fut audible.

Du parking à la porte dérobée du grand commissariat de verre, la traversée fut âpre. Les jambes du garçon flageolaient. Le dépistage d'alcoolémie lui demanda un effort de souffle qu'il ne put assumer.

Le jeune policier en formation interrogea le brigadier.

– Quelle est la procédure ? lorsque l'éthylomètre ne valide pas le taux d'alcool.

De grands yeux affamés de savoir accompagnaient le questionnement.

– En principe, on devrait l'emmener à l'hôpital, mais ce soir, je pense que l'on va se contenter d'évoquer un refus de soumission au test. Il ne paraît pas être en danger, il n'est pas violent, c'est le médecin qui finalement décidera. Le pédagogue venait de parler avec beaucoup d'assurance.

L'interne de garde jugea que le traitement le plus adapté s'appelait sommeil. Une première étape indispensable, juste avant celles de la douche et de la gueule de bois.

– Vous pouvez l'emmener !

Le sourire bienveillant du médecin accompagna la sortie du noctambule.

La longue traversée des couloirs blafards de l'hôtel de police aboutit finalement dans une petite pièce de 3 mètres sur 2. Une couverture à rayures rouges était pliée sur une planche presque vernie. Les murs couverts de graffitis et l'odeur résiduelle d'urine n'invitaient pas vraiment à la sérénité. David Petinet ne voyait plus rien, ne sentait rien, n'entendait plus rien. Son esprit était ailleurs.

— Dites-moi monsieur, mon copain, vous l'avez vu ? répétait David.

— Deux heures maintenant, que tu nous parles de ton copain ; mais on ne connaît pas ton copain. On ne sait même pas son nom.

— Raphaël, il s'appelait Raphaël Latour. Il est mort... Elle l'a tué !

La cathédrale, mon Dieu ! Ces yeux s'embrumèrent à nouveau.

— Allez, calme-toi, essaye de dormir, on reparle de tout ça demain.

Le brigadier ferma à clé la porte de barreaux métalliques.

3

Vers cinq heures trente du matin, la grille automatique des pompes funèbres Chamberlin s'ouvrit devant le transfert noir en provenance de la cathédrale. Très nerveuse, agacée, Catherine eut les plus grandes difficultés à garer le Vito en marche arrière. Marie se débarrassa immédiatement de la couette et de la chaise dans un grand conteneur vert. Elles rentrèrent le corps sanglé sur la table mobile du véhicule et l'alignèrent le long d'un chariot élévateur de la salle de soins. Le grincement caractéristique de la descente du plateau donna le top pour le glissement du défunt sur le plateau, puis elles remontèrent le docteur à portée de main.

– On va découper la housse. Mon Dieu... qu'est-ce encore que cette connerie ? s'écria Catherine.

Sur le col de la chemise bleue du docteur, deux inscriptions identiques écrites au feutre noir : *« premier avertissement »*. Le déboutonnage de la veste dévoila les mêmes mots en caractères de dix centimètres au niveau de la poitrine.

— J'hallucine ! Qui a pu faire ça ? hurla la patronne.

— Ce n'est quand même pas Léopold. Je sais qu'il est tordu, mais tout de même, s'inquiéta Marie-Pierre.

Léopold Belfort, souvent appelé Léo, était divorcé de Marie-Pierre depuis un an. Ensemble, ils avaient créé sans vraiment de réussite, *« les pompes funèbres Mondial Spirit »* dans la zone industrielle du Bois Vert en périphérie de Reims. Leur histoire avait duré six années. Léo était désormais l'unique directeur de Mondial Spirit. Catherine l'appréciait peu, et elle n'était pas complètement étrangère aux raisons qui provoquèrent la séparation du couple.

— Léopold, ou un autre, il faut être un grand malade mental pour taguer un défunt, et lui faire prendre l'air à trois heures du matin aux pieds de l'ange au sourire, dit Catherine. Dans tous les cas, l'auteur est quelqu'un qui a les clés du funé ou qui en a fait des copies. Entre tous les anciens porteurs et autres maîtres de cérémonie... ça fait du monde ! Demain, on change toutes les serrures, ordonna-t-elle à Marie-Pierre.

— Que fait-on avec la chemise ? questionna Marie.

— On n'a pas le choix, il faut lui trouver une chemise bleue, et de surcroît, qui lui aille. Toute la famille du toubib se pointe à 8 h 30 pour la mise en bière.

— Trouvez une liquette bleue en taille S à 6 h du matin, c'est facile à dire !

— Martial en possède une ! J'en suis presque sûr, dit Catherine. Je vais l'appeler !

Elle chercha son téléphone.

Caché un long moment derrière la statue de Jeanne d'Arc, il s'était glissé le long de l'office de tourisme pour mieux observer. Il n'avait rien perdu des manipulations obscures des dames Chamberlin. Il savait la destination du cadavre, le véhicule était marqué sur les portières avant : « P. F. C. Place Gaultier ». *D'un bon pas, j'en ai pour 15 min.*

Sans réfléchir, il arpenta l'artère centrale de la ville jusqu'à l'entrée arrière des Pompes Funèbres Chamberlin. La cour était éclairée. Il hésitait encore à franchir la grille, lorsqu'il fut pris dans les phares d'une voiture qui se garait à une vingtaine de mètres. Il s'aplatit le long du mur.

Martial l'avait repéré et s'interrogeait... Il coupa ses phares et descendit calmement de sa vieille Ford, une chemise bleue à la main, puis s'éloigna pour mieux surveiller l'attitude du rôdeur. Il avait eu raison, quelques secondes suffirent au garçon, pour passer par-dessus la porte coulissante. Martial ouvrit avec beaucoup de précautions le portillon secondaire de la cour. L'homme s'était sûrement introduit dans le dépôt de cercueils. Martial se glissa à son tour dans la pénombre du stock jusqu'à l'interrupteur, et déclencha le crépitement des néons.

– Qu'est-ce que tu fiches ici ? interrogea Martial, l'attitude menaçante.

Il bloquait l'issue, l'homme s'avança et le bouscula. Ils s'agrippèrent, se retrouvèrent au sol, roulèrent ensemble à plusieurs reprises entre les alignements de cercueils, et finirent par heurter un Parisien en chêne qui s'écrasa sur une armoire à capitons dans un bruit d'enfer.

Catherine Chamberlin, alertée par le bruit, s'engouffra dans son bureau et se saisit du revolver de son mari caché depuis toujours dans un vase chinois.

Elle hurla en entrant dans le dépôt son arme pointée vers l'inconnu.

– Tu ne bouges plus… reste à genoux !

L'homme leva légèrement les bras en signe de

soumission.
— Comment vas-tu, Monsieur Falco ? interrogea la boss.
Martial fit un petit ça va... en baissant la tête.
— On va lui attacher les mains avec de la bande Velpeau ! ajouta-t-elle.
Martial apporta rapidement un rouleau et une paire de ciseaux.
— Marie, aide-le ! On ne va pas y passer des heures.
— Qu'allez-vous faire de moi ? demanda le garçon.
— Attachez-lui les pieds aussi, ordonna la patronne.
— Pourquoi vous voulez m'attacher les pieds ? Je ne vais pas me sauver, vous avez un flingue.
— Ici, c'est moi qui commande, et de surcroît, je pose les questions.
— Que fais-tu dans mon funérarium ? Tu m'expliques ?
— Je n'en sais rien, je me suis trompé, répondit-il.
Il envoya nerveusement un coup de pied à Martial qui s'approchait pour lui lier les jambes.
— Tu ne bouges plus, et tu arrêtes de te foutre de ma gueule.
Elle posa son revolver sur la tempe du garçon.
— Je répète... que fiches tu ici à cette heure ?
— Je vous l'ai déjà dit, je me suis trompé d'adresse.
— Il ne nous dira rien. Marie, regarde s'il a des papiers ? s'il a un téléphone ?
Un genou au sol, visiblement mal à l'aise, Marie glissa une main sous le pull du jeune-homme, là où une épaisseur semblait gonfler la poche de sa chemise. Elle sentit des couleurs lui parcourir le visage. Elle tirait un léger porte-cartes.

– Il est où ton tel ? demanda-t-elle d'un ton discordant.

Il fixa Marie avec les yeux de l'incompréhension, et se tourna sur le côté. Son iPhone dépassait de la poche arrière de son jeans.

– Putain, on a tiré le gros lot... Marie ravala difficilement sa salive. C'est un flic ! Le bras tendu vers sa mère, elle montrait une carte de l'école de police.

– Quelle journée... mais qu'a-t-on fait au bon Dieu pour avoir autant d'emmerdes, en si peu de temps ? s'affola Catherine, les yeux levés vers le ciel.

– Il a un iPhone... on en fait quoi ? demanda Marie.

– Martial, dès que tu as fini... tu l'exploses d'un coup de masse.

– Ce n'est pas nécessaire, il est déchargé… Qu'allez-vous faire de moi ? répéta le jeune-homme entravé.

– Tu ne veux pas nous parler, nous dire ce que tu fais ici. Alors, tu la fermes. Je ne veux plus t'entendre.

Elle s'empressa d'ajouter.

– Marie, va chercher une compresse dans le placard de droite et le large scotch blanc... Et toi, estime-toi heureux. Ici, la tradition pour faire taire les macchabées, c'est la suture de bouche, avec du gros fil et une grosse aiguille recourbée.

La pose du bâillon fut épique. Ils durent le maintenir à trois pour éteindre cris et gémissements.

– Martial… va chercher la civière du Vito de transfert ! On va le sangler et le déposer dans le petit salon du fond ! ordonna Catherine.

Avant de satisfaire au nouvel ordre, Martial retourna au dépôt pour redresser le cercueil tombé, ou du moins ce qu'il en restait. La chemise bleue réapparut sous le couvercle cassé, comme une ineptie provocante. Il la remit à Marie-

Pierre, en s'excusant de l'avoir un peu froissée pendant la bagarre.
— J'ai fait ce que j'ai pu !
— Merci mon Martial, que ferait-on sans toi ? elle l'embrassa sur le front.
Il sortit en claudiquant et réapparut quelques minutes plus tard devant la porte de la salle de soins, cramponné à la civière posée devant lui.
— À mon avis, ça ne va pas être simple, s'inquiéta-t-il.
Son pressentiment se révéla juste. Martial dut demander de l'aide aux deux femmes. Comme un animal pris au piège, le garçon employait toute sa force musculaire pour se débattre. Ils réussirent finalement à le calmer et à le sangler solidement. La civière fut posée sur un catafalque. Ils le conduisirent dans le petit salon.
— Que va-t-on faire de lui ? questionna Marie.
— Pour l'instant, ce n'est pas la bonne question, répondit sa mère. Il faut s'occuper du doc. On lui change sa chemise et on le colle dans son cercueil. Il est 7 h 30, dans une heure sa famille sera là. Allez ! dépêchons-nous, le personnel de mise en bière arrive dans vingt minutes.
Le café était un peu amer ce matin, dans le bureau de la directrice des pompes funèbres Chamberlin. Martial Falco, adossé contre une cloison entre deux indignes couronnes de fleurs en plastique orange, paraissait souffrir d'une cheville. Marie-Pierre fatiguée, le menton en appui sur ses mains jointes, semblait quant à elle, très contrariée.
— Tu n'as toujours pas répondu à ma question ! Que va-t-on faire de lui ?
Marie tordait nerveusement ses doigts sur la table.
— Ne t'inquiète pas chérie, j'ai appelé Jayden. Il

arrive… Il va s'en occuper !

4

À 13 h, un inspecteur entra dans la cellule de l'homme au tutu rose.
– M. Petinet, je suis l'inspecteur Rodriguez... Réveillez-vous !
David s'assit sur le bord de la couchette, jambes repliées, la tête entre les mains, et demanda.
– Avez-vous du paracétamol, s'il vous plaît ? J'ai un mal de tête fou.
– M. Petinet, au cas où vous ne l'auriez pas remarqué, vous êtes ici, ni dans un hôtel, ni dans une pharmacie. Vous êtes dans une cellule de dégrisement du commissariat de police.
– Je ne vais pas pouvoir sortir comme ça ! dit-il, en soulevant son tutu.
– Vos extravagances vestimentaires, c'est votre problème. À vous d'assumer. Dépêchez-vous, je vais vous auditionner tout de suite.
Le bureau au second étage, impeccablement ordonné,

rassura David. L'inspecteur ne lui était pas antipathique, mais…

– Nous avons reçu vers 4h ce matin plusieurs appels de riverains de la place d'Erlon, ils se plaignaient de votre long comportement bruyant et surtout inquiétant : cris délirants, pleurs, imprécations de toutes sortes... Vous parliez, le mot est faible, d'un ami soi-disant assassiné, d'une femme et de la cathédrale. Ce n'est pas très cohérent tout ça ! Reconnaissez-vous votre attitude extravagante de cette nuit ?

– Peut-être… répondit David, les yeux fixés au sol. Puis-je récupérer mon iPhone ?

– Vous n'êtes plus très bavard M. Petinet. Comme quoi, un petit séjour en cellule, ça vous change un homme... Personne n'a porté plainte, votre petite fête va donc s'arrêter là. J'espère que vous allez tirer toutes les conséquences de cette soirée trop alcoolisée. Je vais vous rendre vos papiers, votre téléphone et vous pourrez partir. Je ne veux plus vous revoir, c'est bien compris ?

Hier soir, ils devaient rentrer ensemble. David savait que son ami ne l'avait pas abandonné. Il le connaissait, ce n'est pas la petite chamaille insignifiante à propos de sa tenue de fête farfelue, qui aurait pu le faire changer d'avis. Il pressa le pas en contournant la gare par l'arrière, c'était plus court et surtout plus discret. S'exhiber en tutu à quatorze heures devant une nuée de voyageurs en partance, n'était pas si facile. Il avait hâte de recharger son téléphone, et même s'il n'y croyait pas vraiment ; il espérait trouver un message sur le tableau noir de la cuisine. La voisine, habituellement si prolixe, croisa David dans le hall, sans mot dire ; l'effet tutu, certainement. Il habitait avec Raphaël, un agréable trois pièces au second étage. Tous deux, originaires de Troyes, terminaient chacun dans son domaine, des études supérieures. David dans le commerce international et Raphaël à l'école de police.

Toujours et toujours, ce répondeur qui nourrissait son anxiété, et cette voix, celle de son ami qui le renvoyait inexorablement vers une image furtive de la cathédrale. Cette vision, il aurait voulu l'oublier, mais elle s'imposait, elle le hantait…

Raphaël n'était pas passé à l'appartement ce matin, c'était sûr… L'école de police lui confirma son absence. Raphaël n'avait jamais manqué un seul cours. Ce fut le signe alarmant de trop. *Il faut que j'aille déposer une plainte pour la disparition de Raphaël.* Après la douche indispensable, David reprit le chemin du commissariat.

La jeune-femme, derrière l'accueil du grand hall, s'adressa à David d'un signe de tête.

– Je voudrais déposer une plainte pour la disparition de mon ami ! expliqua David d'une voix mal assurée.

– On ne dépose pas de plainte pour une disparition, mais on la signale. Corrigea-t-elle. Si la disparition paraît vraisemblable, alors une enquête sera peut-être ouverte. Asseyez-vous, vous allez être reçu !

– Je voudrais être reçu par l'inspecteur Rodriguez ! La voix de David était plus affirmée.

– L'inspecteur Rodriguez, et pourquoi ? Je ne vous garantis pas que l'inspecteur puisse vous recevoir... Vous verrez bien ! Allez-vous asseoir !

L'attente fut longue, très longue, sur un siège inconfortable en plastique rouge. Seuls, quelques éclats de voix d'individus énervés et l'activité des policiers présents réussirent furtivement à le dérider. Ses interrogations s'arrêtèrent lorsqu'un jeune homme, guère plus âgé que lui,

s'approcha.
– C'est vous, qui souhaitez signaler une disparition ? David répondit d'un geste de la tête. Suivez-moi, s'il vous plaît.
L'ascenseur s'éleva vers le deuxième niveau, ils rejoignirent un bureau, celui du matin.
– L'inspecteur Rodriguez m'a déjà reçu tout à l'heure, ici même, et c'est à lui que je veux parler ! expliqua-t-il.
– Ça ne va pas être possible, il vient juste de quitter son service…
Il n'eut pas le temps de terminer sa phrase, que Rodriguez entra.
– J'ai oublié mon tel ! M. Petinet... mais que faites-vous ici ? Je vous avais bien dit, que je ne voulais plus vous voir.
– M. Rodriguez ! c'est à vous que je veux parler...
Appuyé sur le dossier du fauteuil de son collègue :
– À quel propos ?
– C'est toujours au sujet de Raphaël. Mon ami n'est toujours pas rentré, ça ne lui ressemble pas. Ce matin, il ne s'est pas présenté à l'école de police.
– À l'école de police ? s'étonna Rodriguez. Puis, s'adressant au jeune inspecteur ; je dois partir… Lucas tu prends sa déposition et tu téléphones à l'école de police. Essaye d'éclaircir cette histoire de cathédrale. Ce matin, c'était plutôt confus et délirant. Tu me fais un topo, on reparle de tout ça demain.
– Quelle histoire de cathédrale ?
– Il va t'expliquer...
Son téléphone à la main, il quitta les lieux, comme il était entré, à bride abattue.
– M. Petinet, c'est bien votre nom ? On va reprendre

votre soirée d'hier depuis le début. Je suis l'inspecteur Lucas Borel. Prenez votre temps, je vous écoute.

David expliqua qu'une fête costumée avait été organisée par sa promo dans une salle derrière la cathédrale. Il s'y était rendu vers 21 h. Son ami Raphaël devait le rejoindre vers 2 h du matin, ce qu'il fit.

– Raphaël m'a reproché mon état alcoolisé et mon tutu de danseuse. Nous nous sommes disputés. Je suis parti faire ma mauvaise tête un peu plus loin, mais je suis rapidement revenu sur mes pas. Je ne l'ai plus revu, il avait disparu. Je l'ai cherché dans le quartier un long moment, j'ai interrogé tous les participants de la fête. J'étais paniqué. J'avais un mauvais pressentiment.

– Excusez-moi, mais vous paniquez vite... Il a pu décider de rentrer seul ou plus simplement de découcher.

– Non, je ne crois pas. Comment expliquez-vous, qu'il ne soit pas allé en cours ce matin ?

– Continuez !

– J'ai rencontré une femme derrière la cathédrale, debout à côté d'une forme verticale recouverte d'une couverture blanche. Je suis sûr que c'était lui. J'ai touché son visage au travers de la couverture. Je l'ai reconnu.

– Et d'après vous, il était mort ? Pour information, la position favorite des morts, c'est quand même la position allongée, vous êtes d'accord… Comment peut-on expliquer la verticalité de celui-là. Votre récit est abracadabrantesque, mais il y a une chose qui m'interpelle chez vous : c'est votre bonne foi. Vous allez m'accompagner jusqu'à la cathédrale, et vous m'expliquerez sur place. Cela me permettra, je l'espère, d'y voir un peu plus clair.

David guida son chauffeur jusqu'à la grille.

– C'est là-bas dans le coin !

Ils descendirent du véhicule de police et s'approchèrent de l'angle formé par les barreaux et l'imposant contrefort de la cathédrale.
– Je ne suis pas plus avancé, dit l'inspecteur.
– Et ça, qu'est-ce que c'est ? David tenait une cordelette de plus d'un mètre.
– Lâchez ça tout de suite ! Où l'avez-vous trouvée ? s'écria l'inspecteur avec autorité.
– Là, suspendue au deuxième barreau de l'autre côté.
– Ne touchez plus à rien, je vais chercher des gants.
L'inspecteur Borel glissa la corde dans un sac hermétique transparent. Ils firent ensemble le tour du prestigieux monument, sans aucun résultat. Les statues et les diables de pierre savaient, mais ne disaient rien. Cette cordelette validait de nouvelles et inquiétantes interrogations... David conforté dans ses effrayantes suppositions ne parlait plus. L'inspecteur, concentré sur cette histoire hors du commun et sans précèdent, n'était guère plus loquace.
Les deux hommes se séparèrent sur le parking du commissariat.
– Si j'ai du nouveau, je vous appelle ! avait conclu Lucas Borel, sans autre commentaire.
David s'éloigna sans se retourner.

5

Pierre Boulin croisa l'inspecteur Rodriguez sur les marches du commissariat.
— Il faut que je vous parle, Rodriguez ! intima le commissaire d'un ton autoritaire.
— Quand vous voudrez patron, je ne bouge pas de la matinée.
— Je rentre dans une heure environ, je vous appelle.
Jonathan Rodriguez retrouva son bureau du second étage. Il aligna quelques dossiers. Comme chaque matin, il vérifia la corbeille à papiers et essuya machinalement d'un revers de manche, l'endroit où il allait poser son ordinateur. Il s'installa sur une chaise ergonomique, pas inquiet, mais méditatif. Il s'interrogeait sur le ton inhabituel du commissaire ce matin.
Il décrocha son téléphone.
— Allô, Lucas, tu en es où avec l'affaire Raphaël Latour ? Est-ce que tu as envoyé la corde au labo ? Ok, c'est bien, tu me tiens au courant, on se voit tout à l'heure.

Jonathan sortit une chemise rouge du tiroir des dossiers suspendus, l'ouvrit, analysa sa qualité de concentration du jour, et referma le carton. Finalement, il s'approcha de la baie vitrée de son bureau. Elle lui offrait sans restriction, le fer forgé de la magnifique porte de Paris. Il aimait bien la porte de Paris. Lui, l'appelait : « *Sa porte Napoléon* ». Il paraît que Napoléon l'a franchie le 14 mars 1814 sous les acclamations de la population rémoise. Lui y croyait.

Le commissaire alluma son gyrophare intérieur devant la porte de l'école de police. Elle s'ouvrit dans l'instant. Plusieurs motards en uniformes de cérémonie, exécutaient des figures imposées dans la grande cour. Il se gara derrière, juste devant les bureaux. Son ami Luc Delas, directeur de l'école, attendait sur le petit perron.
– Je t'ai vu arriver ! dit le directeur.
– Bonjour, Luc !
– Il ne fallait pas te donner la peine de te déplacer.
Pierre Boulin suivit son ami.
– Si, si, j'y tenais beaucoup. Et puis, ça me fait toujours plaisir de te voir.
Le lumineux bureau de Luc Delas respirait l'organisation légendaire de son occupant.
– Toujours pas de sucre dans ton café ?
Pierre se tapota le ventre en signe de réponse.
Luc orienta rapidement la conversation vers la disparition de Raphaël Latour. Trois jours aujourd'hui qu'ils n'avaient plus de nouvelles. Raphaël était un des meilleurs élèves de sa promo, expliqua-t-il. Apprécié par tous ses camarades, son absence soudaine et inexpliquée les affectait profondément.

— C'est un garçon sans histoire, toujours souriant, il respire la droiture et l'honnêteté. Il se pinçait les lèvres. Jamais, il ne se serait absenté sans nous avertir, et c'est très inquiétant… Tout un chacun dans l'école craint le pire. Je suis couvert de questions par ses collègues et amis et suis incapable de répondre. C'est lourd et surtout incompréhensible !

Luc Delas but une gorgée de café avant de poursuivre.

— Vous avez, je le suppose, ouvert une procédure de disparition inquiétante.

Pierre Boulin croisa ses mains sur le bureau, et avant de répondre, se concentra.

— Trois jours dans le cadre d'une disparition, c'est à la fois long, et je le comprends bien, mais c'est aussi très court pour les enquêteurs. L'inspecteur Rodriguez supervise cette enquête. Moi, pour l'instant, j'ai survolé un dossier qui m'a paru plus loufoque qu'inquiétant. J'ai convoqué Jonathan Rodriguez en fin de matinée pour faire un point précis. Je vais reprendre la main sur cette disparition, tu peux compter sur moi. Est-ce que tu peux me faire une fiche précise sur ce Raphaël Latour, avec le plus de renseignements possibles, parents, frères et sœurs, camarades de promo, club de sport... Mais, tu sais faire... et, tu me faxes tout ça.

— Sans problème ! répondit son ami.

— Il se peut que mon inspecteur vienne faire sa petite enquête dans vos murs.

— Il sera le bienvenu !

Ils ont terminé leur café. Comme toujours, ils parlèrent du bon vieux temps et se séparèrent sur une poignée de main chaleureuse.

Rodriguez décrocha son téléphone et comprit tout de suite que le commissaire était rentré.

– Ok, je monte patron.

Le bureau de Pierre Boulin était paradoxalement le plus petit et le moins confortable de tout le commissariat. Était-ce un message d'humilité ou tout simplement avait-il besoin d'un repère exigu, protecteur.

– Asseyez-vous Rodriguez. Je sors de l'école de police. A priori, la disparition de l'élève inspecteur Raphaël Latour devient de plus en plus crédible. Je veux être au courant de toutes vos avancées en temps réel et je préconise que nous organisions un point quotidien, tous les matins.

– Bien-sûr patron, j'organise ça ! accrédita l'inspecteur.

– Dans un premier temps, si vous voulez bien me retracer rapidement l'historique de cette affaire, je vous écoute.

Le commissaire se leva, saisit un feutre et se plaça devant la seule vraie excentricité de la pièce, un tableau blanc magnétique avec un cadre en aluminium.

L'inspecteur commença par commenter l'étrange témoignage de David Petinet, ami et colocataire de Raphaël. Pour Rodriguez, si cadavre il y avait à la cathédrale, c'eut été peu probable que ce fut Raphaël, la chronologie n'est pas cohérente. Une pareille mise en scène, en si peu de temps, n'est pas envisageable. En revanche, quid de ce mort, ou de ce mannequin plié en deux sous cette couverture blanche ?

– Et puis, il y a cette cordelette retrouvée le jour même, à l'endroit indiqué par David Petinet, reprit l'inspecteur. Farce ou rite bizarroïde ? Si Raphaël ne manquait pas à l'appel, nous n'aurions jamais attaché d'importance à cet épisode ubuesque.

– Oui, mais, le problème est... que Raphaël manque à l'appel, insista le commissaire en se retournant.

Il venait de dessiner quatre cercles sur le tableau, certainement destinés à répertorier les éléments probants du récit, lorsque l'on frappa énergiquement à la porte.

– Oui ! dit-il.

Sa secrétaire entra, elle portait des gants en latex, elle tenait une lettre décachetée.

– Voilà ce qu'il y avait au courrier ce matin ! Une lettre anonyme destinée à Monsieur le commissaire principal du commissariat.

– L'auteur ne connaît même pas mon nom ! s'étonna le patron.

Il se rassit à son bureau.

La jeune femme posa délicatement la feuille devant le commissaire.

En gros caractères :

« UN JOLI COLIS VOUS ATTEND DANS LE BAPTISTÈRE DE ST RÉMI ».

– Corinne, faites-moi une photocopie et mettez l'original sous scellé. S'il vous plaît, merci ! Rodriguez, j'ai cru comprendre que vous étiez disponible ce matin ! supputa le commissaire. Vous ne l'êtes plus ! continua-t-il. Je n'aime pas beaucoup ce genre de colis. On part dans cinq minutes.

Sirène hurlante, la C5 du commissaire emprunta la voie rapide jusqu'à la deuxième sortie « Reims Saint Rémi ». Il leur fallut moins de dix minutes pour balayer en bleu la porte latérale de la basilique.

Quelles que soient les raisons pour lesquelles on pénètre dans l'édifice religieux, la magnificence du lieu, mélange subtil de roman et de gothique, est toujours surprenante. Le baptistère trône à quelques mètres du tombeau de l'évêque Saint-Rémi qui baptisa Clovis.

En connaisseur des lieux, le commissaire se dirigea directement sous les voûtes gothiques d'une chapelle latérale. Deux ailes amovibles de cuivre patiné obturaient les cuvettes baptismales.

À n'en pas douter, l'éventuel colis se trouvait dans l'un des deux réceptacles sacrés. Pierre Boulin resta silencieux un moment, regarda son inspecteur, puis s'approcha du baptistère. Il avait choisi la vasque opposée. Il contourna le petit édifice de granit, posa doucement sa main sur le couvercle et le souleva avec infiniment de précaution.

– Il est là ! murmura-t-il.

Jonathan Rodriguez s'avança à son tour pour découvrir un cube en carton d'environ 10 centimètres de hauteur.

– Ce colis est considéré comme suspect, dit le commissaire. On va suivre la procédure... Elle est lourde et certainement inutile, mais on n'a pas le choix dans un environnement hautement symbolique comme la basilique. Restez en surveillance, s'il vous plaît. Je vais appeler une équipe pour faire évacuer les lieux et sécuriser l'extérieur. La sécurité civile n'interviendra pas avant une heure.

Le patron s'éloigna.

L'approche des sirènes de police devenait de plus en plus perceptible. L'inspecteur rompit sa méditation pour accueillir ses collègues et organiser l'évacuation de l'imposant lieu de culte. Il plaça deux agents devant le baptistère et sortit pour superviser la mise en sécurité du bâtiment. Il fallait aussi définir une zone d'enceinte interdite aux badauds et autres curieux. Le grand silence gothique, petit à petit, s'empara du parking et des proches environs.

Lorsque les deux fourgons blancs de la sécurité civile

s'alignèrent aux pieds des longs vitraux de la façade sud, les cordons de sécurité étaient déjà en place. Les quatre hommes en combinaison noire accompagnèrent le commissaire jusqu'à la boîte cartonnée.

— Il faut installer une plaque pour franchir la petite marche, dit le chef en découvrant l'endroit.

L'opération ne semblait pas poser de difficulté particulière. Pour l'équipe, la décision sur le choix du robot radio guidé coulait de source. « Pollux », le modèle le plus récent, paraissait le plus adapté.

Ils ne s'éternisèrent pas dans la chapelle.

L'univers du déminage est un monde étrange où tous les objets, même les plus simples, sont étonnamment disproportionnés. Le responsable venait de prendre place sur une chaise haute devant un ordinateur portable blindé, épais de 25 cm.

Le robot jaune télécommandé, grand comme une voiture de manège pour enfant, descendit du fourgon sur ses rails. Il fit ses premiers tours de roues devant les statues de Clovis et du Saint évêque. Le technicien testa le bon fonctionnement des bras articulés et ses deux caméras. Un pouce en l'air approbateur valida le contrôle. L'opération délicate allait pouvoir commencer.

Sous les regards amusés ou inquiets des personnels de police, le robot s'avança lentement vers la droite pour emprunter l'accès réservé aux personnes en situation de handicap. Le chef était aux commandes, il dirigeait Pollux de son ordinateur avec les yeux de ses deux caméras. Les projecteurs intégrés s'allumèrent automatiquement dès qu'il roula sur le déambulatoire plus sombre. Le commissaire et l'inspecteur Rodriguez se tenaient juste derrière le poste de commandement et suivaient l'opération sur un écran de contrôle.

Le robot franchit facilement la petite marche de la chapelle, s'arrêta du côté de la vasque ouverte et déplia son bras articulé.

– L'approche est bonne, je descends doucement, dit le technicien.

La pince s'écarta pendant la lente inclinaison et saisit sans pression apparente, le colis suspect. La sortie du robot vers le lieu de dislocation fut apathique, mais sans embûche. « Pollux » déposa délicatement le carton sur une croix dessinée à la craie, au centre du parcage des autocars.

Un homme claustré dans une lourde tenue de kevlar traversa lentement le parking en direction du colis suspect. Il tenait à la main un pied d'aluminium en forme de « z », surmonté d'un canon de calibre « 12 », relié par un fil au terminal. Il posa avec beaucoup de précautions le trépied au plus près du colis et ajusta la fusée dans la ligne de mire de la cible. Il s'immobilisa quelques instants, puis recula d'une dizaine de mètres sans quitter la cible des yeux. Il opéra un demi-tour et rejoignit ses collègues d'un pas plus assuré...

Une angoissante sirène d'alerte résonna à trois reprises, juste avant un décompte harangué par haut-parleur.

– Trois, deux, un, feu !

La dislocation fut foudroyante. Elle laissa sur un mètre carré, les débris d'un cube en carton complètement pulvérisé.

Les travaux de la police scientifique s'annonçaient longs et difficiles…

6

Jayden Ramassamy attendait Catherine dans un grand fauteuil du funérarium. La nuit avait été agitée. Il savait qu'elle devait reprendre ses esprits, passer sous la douche et se maquiller. Il n'était pas impatient, mais n'ignorait pas qu'elle avait rendez-vous à onze heures avec le patron des cercueils de France. Isabelle le lui avait dit. Néanmoins, il ne perdait pas espoir de pouvoir l'entretenir avant.

— Bonjour Isabelle, j'ai rendez-vous avec ta patronne à onze heures. Son marchand de cercueils favori est un peu en avance, fit-il en regardant sa montre. Je vais l'attendre dans le salon. Est-ce que tu veux déjeuner avec nous ce midi ? demanda-t-il à la jeune femme.

— Avec plaisir Robert, comme d'habitude. Le sourire était large.

Une famille éplorée venait de franchir le seuil du funé.

— À tout à l'heure... Je te laisse travailler, dit Robert.

Isabelle était la meilleure conseillère funéraire de chez Chamberlin et tous les marchands de cercueils étaient très attentionnés à son égard. Elle ne manquait pas de charisme avec son carré long de cheveux teintés en noir, sa poitrine suffisante et ses grands yeux bleus intimidants. C'est elle qui casait les mirifiques boîtes, à prix d'or. Avantagée par un physique bien agréable, elle était par défaut une commerciale de luxe pour les marchands de bois et savait en jouer.

Il était assis juste en face de lui. Jayden avait compris. Le petit bonhomme dégarni, au ventre rebondi, n'était autre que le rendez-vous de Catherine, le fameux patron des cercueils de France.

Les voitures de luxe, jugées trop ostentatoires par la patronne, étaient interdites sur le parking des pompes. Il ne fallait pas choquer la clientèle. La mère et la fille descendirent d'une modeste Clio de société. Elles firent malgré tout, surtout Catherine, une entrée altière dans le salon du funérarium.

– Robert, jamais en retard ! Je te présente, Monsieur Jayden Ramassamy, un ami de la famille.

Les deux hommes se serrèrent la main et reprirent leur place.

– On n'en a pas pour très longtemps, assura Catherine à Jayden.

– Il peut se joindre à nous ! proposa le patron des cercueils de France. On fait un simple tour d'horizon… on n'a pas de secret !

– Non, non, je vous en prie, je préfère vous attendre.

Effectivement, la réunion au sommet ne dura qu'une trentaine de minutes. Robert Rigot, gonflé d'énergie, sortit en premier de la cage de verre.

– Vous permettez que je vous appelle Jayden ?

Avant même de recevoir un signe approbateur, il renchérit.

– Jayden, serez-vous des nôtres ce midi ? J'ai réservé une table aux Crayères. Vous êtes le bienvenu ! C'est un restaurant trois étoiles, mais, vous connaissez peut-être... Combien serons-nous ? Catherine, Jayden, Isabelle, Marie-Pierre et moi, cinq... Je les appelle tout de suite pour confirmer !

Il s'éloigna de quelques pas.

– Non, non, vous ne serez que quatre, coupa Marie-Pierre. Je reste ici, je suis un peu fatiguée.

– Tu es sûre ma chérie ? demanda Catherine. Tu as l'air contrarié !

– Ne t'inquiète pas, ça va ! répondit Marie avec un sourire adapté.

Robert s'écarta à nouveau pour téléphoner au restaurant.

Catherine fit une mimique de confusion à l'intention de Jayden et susurra.

– Désolée, je n'ai rien pu faire !

Robert reprit sa place.

– Et voilà, c'est tout bon, ils nous attendent. Je vous propose d'avancer tout de suite. Isabelle nous rejoindra dès qu'elle en aura terminé avec sa famille.

Le ton de celui qui paye était directif.

Marie-Pierre suivit des yeux le départ de l'imposante Mercedes noire vers le célébrissime restaurant.

Elle ouvrit le troisième tiroir du bureau de la patronne, sans succès. La clé du petit salon ne s'y trouvait pas. *Où l'a-t-elle rangé ?* Elle connaissait mieux que quiconque l'esprit tortueux de sa mère. *Elle a pu la planquer n'importe où !*

Elle ne s'attarda pas dans le bureau, Isabelle n'avait pas à être au courant de son intrusion dans le ministère de la boss.

La famille, raccompagnée par la conseillère funéraire, se rapprochait doucement de la sortie. Isabelle distribuait des « bon courage » à la volée.

– Oh... Le casse couilles, celui-là ! Le curé, précisa Isabelle en passant devant Marie-Pierre. Incapable de me donner l'heure de la cérémonie religieuse. C'est toujours pareil avec ce blaireau ! En revanche, j'ai bien cartonné, et hop, 9545 € le cercueil. Ça, c'est du bon boulot ! J'ai bien mérité ma bouffe chez Boyer !!!

Isabelle enfila un gros gilet de laine.

– À toute... ma p'tite Marie ! Elle ajouta en sortant : je suis sûre qu'il va m'appeler au restaurant, le blaireau.

Le cabriolet Mini vert bouteille démarra sur les chapeaux de rouc...

Seule, Marie-Pierre ferma l'accueil à double tours, éteignit les divers éclairages et retourna dans le bureau de sa mère. La nouvelle vérification des tiroirs la laissa dubitative. *Comment était-elle habillée ce matin ? Elle portait un blouson P.F.C. comme celui-ci.* Elle décrocha le vêtement du porte-manteau et trouva la clé dans la poche intérieure. Sans perdre de temps, elle sortit du parking au volant de la Clio, direction le fast-food de Tinqueux. Il lui fallut moins de dix minutes pour s'agglutiner à la file d'attente du drive.

– Deux cheeseburgers avec deux grands Coca et deux pailles. Surtout n'oubliez pas les pailles. Merci !

Elle tapotait d'impatience sur son volant.

Une clé dans une main, un sac Mac Donald dans

l'autre, Marie hésitait à pénétrer dans le petit salon. Derrière cette porte, ne reposait pas un défunt, mais un être vivant, c'était hallucinant... Elle respira profondément, tourna la clé et entra résolument. Un halo de lumière balaya le salon, l'homme entravé ne réagit pas.

– Salut, comment vas-tu ? Tu ne peux pas parler, excuse-moi ! Elle leva les bras en signe de confusion ; est-ce que tu m'entends ?

Il bougea la tête et cligna des yeux. Marie souleva le dessus de table qui lui servait de couverture.

– Mon Dieu, tu t'es pissé dessus ! Désolé ! Je ne peux rien pour toi, en revanche, si tu as faim ou soif, j'ai un sandwich et du Coca.

L'homme déplaça sa tête et cligna ses yeux bleus une nouvelle fois. Marie prit cela pour un signe approbateur.

– Ça ne va pas être simple, mais on devrait pouvoir s'en sortir. Je vais te retirer ton bâillon. Elle sortit précipitamment du salon. Je reviens ! cria Marie de la salle de soins voisine.

Elle tenait deux oreillers gonflables, utilisés au quotidien pour maintenir des têtes inertes.

– Je vais te surélever !

Elle le contourna pour lui montrer les coussins. La sangle du haut bloquait les épaules de l'homme contre la table funéraire et l'empêchait de lever la tête. Marie desserra la ceinture de cuir pour glisser les oreillers. Elle ne décolla finalement que la moitié du scotch de sa bouche. Il ne dit pas un mot. Elle saisit le sac Mac-Do et en extrait un cheeseburger qu'elle porta vers la bouche du garçon. La déglutition n'était pas parfaite, mais l'objectif de Marie était réalisé.

– Tu as l'air d'avoir faim ! J'en ai deux, tu veux

l'autre ?

— Si vous voulez ! acquiesça-t-il doucement.

— Tu peux me tutoyer, au point où on en est ! On ne sait toujours pas ce que tu foutais dans le dépôt à cinq heures du mat, mais ça, c'est une autre histoire. Il ne répondit rien.

Le deuxième cheese fut ingurgité avec la même technique. Il but son coca à la paille, puis elle réajusta le bandeau de scotch. Il lui fallut peu de temps pour laisser le lieu et son occupant, comme elle les avait trouvés. Avant de sortir, elle lui pressa l'épaule en signe de compassion. Marie éteignit la lumière.

Elle n'arrivait pas à le trouver antipathique.

Le retour des bons vivants tardait. À 14 h, Marie-Pierre fut contrainte d'ouvrir seule les portes du funérarium et des bureaux de l'accueil.

— Je ne m'inquiétais pas pour l'heure de l'ouverture, je savais que tu assurerais, furent les premiers mots de Catherine à sa fille.

Robert Rigot avait pris de bonnes couleurs au restaurant, hilare et radieux, il paraissait satisfait de sa prestation chez les Chamberlin et ne semblait pas pressé de partir...

— Robert, je suis confuse, mais j'ai un rendez-vous dans dix minutes ! annonça la patronne, presque embarrassée.

— Dans tous les cas, je m'apprêtais à vous quitter, dit le marchand de cercueils en regardant sa montre une fois de plus. Il est déjà quinze heures et je suis loin d'avoir terminé ma tournée.

La berline Mercedes tourna au coin de la rue.

— Il est bien gentil, dit Catherine, mais je préfère quand même voir ses talons que ses pointes.

Jayden et la patronne se retirèrent dans le bureau de direction. D'emblée, Ramassamy attaqua énergiquement.

— Un de tes cadavres se balade à trois heures du matin dans le centre-ville, une heure plus tard, tu retrouves un flic dans ton dépôt. On croit rêver ! Je ne peux pas me permettre ce genre de bévue, et toi non plus. Tu le sais !

— Je n'y comprends rien, Jayden !

— Moi non plus, je n'y comprends rien ! Ce que je comprends, c'est que je dois nettoyer un flic, et pour tout te dire, ça ne m'emballe pas vraiment.

Il se leva.

— Que fait-on ? interrogea Catherine.

— Je n'ai pas le choix, je l'emmène. Ce soir, on refait une opération « *road coffin* ». On n'a pas le temps de préparer une nouvelle configuration, on reprend la dernière, le pub de la rue François Miron. Et ton Martial Falco, il est fiable au moins, lui ?

— Martial, j'en réponds comme de moi-même ! dit-elle la main sur le cœur.

— Ok, il est où ton flicard ? demanda Jayden en se rapprochant de Catherine.

— Dans le petit salon !

Catherine se dirigea vers son blouson suspendu au porte-manteau et saisit la clé dans la poche intérieure. Ils traversèrent le couloir du funérarium jusqu'au petit salon.

La vision de l'homme attaché sur une table funéraire fut un choc partagé.

Jayden, la tête entre les mains, invectiva à nouveau son amie.

— Catherine, que m'as-tu fait ?

Il reprit ses esprits, appuyé contre la porte... et poursuivit.

− On va chercher un cercueil tout de suite. On a plus de temps à perdre !

Les gestes étaient maladroits, mais ils finirent par introduire dans le petit salon ; la boîte en chêne sur un catafalque mobile. Visseuse à la main, Catherine libéra le cercueil de son couvercle. Chaque dévissage aigu et crissant assaillait de plus en plus profondément l'esprit de Raphaël. Il n'était plus sûr de rien, mais avait pourtant décidé de s'évader avec de belles images. Il choisit de se souvenir de la petite descente de St Clair, du bleu indicible de la méditerranée, du mètre de neige tombée dans la nuit aux Deux-Alpes et des galops sur les grandes plages de Camargue avec son ami David ; il l'aimait tant...

Le couvercle fut posé en appui vertical contre le mur et le cercueil déposé au sol le long de la table mobile. Ils lui ôtèrent ses sangles et demandèrent à Raphaël de s'asseoir sur le bord du plateau. Les deux pieds dans le cercueil, le garçon s'accroupit et s'allongea, contraint et forcé...

Sans commentaire, Catherine lui glissa un oreiller gonflable sous la tête.

− Pour éviter un roulement de tambour au premier contrôle de police, il faut neutraliser ses pieds, les attacher au bois, dit Jayden.

Ils réglèrent le problème avec le gros scotch blanc et fermèrent le cercueil. Jayden avait prévu plusieurs petites cales au niveau des vis, pour créer naturellement des espaces d'aération invisibles.

Il jeta la seringue dans le récupérateur des produits à incinérer, puis il cloua un Christ en laiton sur le couvercle verni. Raphaël devait être sur le point de s'endormir.

Martial croisa Catherine en fin d'après-midi. L'humeur de la dame était exécrable.

— Ce soir, tu retournes au *« Scottish Pub »,* dans le 4ᵉ arrondissement. Tu embarques le cercueil du petit salon. Je te communiquerai l'horaire par SMS, comme d'habitude. Cela dit, ne tarde pas trop !

Les questions ne manquaient pas, cependant Martial ne fit aucun commentaire. Il allait reprendre la route de Paris, une fois de plus. *Je retourne au même endroit ? On doit être dans l'urgence !* Il ne put s'empêcher de faire le lien avec les événements de la nuit précédente.

Il jeta un œil sur les vrais faux papiers posés sur le crucifix et chargea le cercueil dans le corbillard ; geste toujours délicat et qui plus est, lorsque l'on est seul. La mission, plus simple qu'à l'accoutumée, se déroula sans incident. La jeune-fille rousse du pub l'accueillit avec le sourire de la reconnaissance et lui servit une désormais, traditionnelle Guinness. Les musiciens ne jouaient pas ce soir. Lorsqu'il récupéra son Vito Mercedes, il ne fut pas étonné de découvrir un catafalque vide.

Il franchit la grille de la place Gaultier de Reims sur le coup de deux heures du matin.

7

Catherine et Isabelle faisaient un point sur le réassort des plaques funéraires et des compositions florales.

– J'ai vu passer la bonne sœur sur le trottoir tout à l'heure. Elle va encore se pointer pendant midi, manifesta Isabelle.

– Tu ne l'aimes pas beaucoup, sœur Marie-Françoise ! Les prières n'ont jamais fait de mal à personne ! Surtout pas aux morts ! Et puis, elle a beaucoup d'humour, je la trouve rigolote.

La sœur, vêtue d'une robe noire à larges manches, d'une guimpe blanche et d'un voile noir, entra dans le hall du magasin peu avant midi. Elle portait des petites lunettes rondes remplies d'épais verres fumés.

– Bonjour mesdames ! dit-elle, d'une voix calme et mesurée.

– Bonjour ma Sœur ! répondit Catherine.

– Ce midi, je vais travailler le Bon-Dieu au corps-à-corps. Aujourd'hui, il va prendre avec lui toutes les âmes qui errent dans vos murs, vous pouvez compter sur moi... et sur lui aussi. Je le répète souvent, vous faites un métier formidable, mais difficile. Je suis très admirative ! Elle ajouta... sans le savoir, vous êtes une espèce d'agence de voyage pour le Paradis.

Depuis cinq ou six mois, sœur Marie-Françoise avait décidé de ne plus passer devant le funérarium dans l'indifférence. Alors, elle se manifestait fréquemment juste avant midi. Le personnel du funé lui ouvrait les salons mortuaires, et seule, elle priait agenouillée au pied de chaque défunt.

– Je vous ouvre les portes des salons ? demanda Catherine.

– Merci, Madame Catherine !

La patronne suivit la religieuse dans le premier salon, la sœur posa ses genoux au sol et pencha lentement sa tête vers les pieds de la défunte.

– Voulez-vous prier avec moi ? interrogea sœur Marie-Françoise.

– Non, ma Sœur, pas aujourd'hui. Je suis attendue, vous m'en voyez désolée ! Comme toujours, vous refermerez bien les portes derrière vous... Vous les claquez, tout simplement.

– Dieu vous garde, Madame Catherine !

Catherine sortit, l'épouse de Jésus-Christ changea immédiatement de posture. Elle s'approcha de la porte entrebâillée dont elle modifia l'angle d'ouverture. La moniale pouvait désormais surveiller les allers et venues des deux femmes, sans être vue. Catherine et Isabelle bavardaient sur le pas de la porte, Isabelle tenait une composition florale rouge. Catherine s'éloigna vers sa Clio, mais Isabelle d'un pas décidé se dirigea vers le funé. La sœur reprit sa position de prière.

— Je peux entrer ma Sœur ? interrogea Isabelle d'un ton sec, à la limite du désagréable.

— Oui bien-sûr !

— On vient de me livrer des roses rouges pour Madame Mariotte.

Isabelle posa le bouquet de fleurs sur la défunte, et sortit sans dire un mot. Elle referma la porte du salon derrière elle. La religieuse se releva vivement pour recréer son poste d'observation. Le coupé Mini vert-bouteille, piloté par Isabelle, quitta le parking.

Finalement, ça s'est super bien passé. À moi de jouer ! pensa la religieuse.

Elle déposa délicatement le bouquet de roses sur le sol, souleva la couverture funéraire des pieds jusqu'à la tête. Le corps était enfermé dans une housse blanche de transport jusqu'aux hanches. Elle descendit la fermeture Éclair et libéra les deux jambes qu'elle fit basculer de chaque côté de la table. *Cool, elle est en jupe !*

La sœur souleva sa large tunique noire et décrocha une petite cassette de ses sous-vêtements. La boîte était fermée par un élastique qui maintenait aussi une paire de gants vinyle. Elle déposa le tout sur le ventre de la défunte. Elle enfila les gants, releva complètement la petite jupe écossaise et sortit un scalpel de la cassette. Une main sous son collant, elle le découpa en diagonal à partir de l'élastique et fit de même avec la culotte. Elle écarta le sexe libéré, saisie le petit appendice supérieur avec une pince, tira et le sectionna. Elle le glissa dans un petit sac transparent.

Et de sept ! C'est terminé pour moi, mon contrat est rempli.

Lorsqu'elle eut refermé la housse blanche et réajusté

la couverture funéraire, Judith Mariotte avait repris sa position initiale, un bouquet de jolies roses rouges entre les mains.

La fausse religieuse ne demanda pas son reste pour disparaître.

Sœur Marie-Françoise n'existait plus.

8

Les inspecteurs Rodriguez et Borel, accompagnés par deux policiers de la « BAC », patientaient en gare de Reims-Centre. Ils attendaient pour l'interpeller, Patrice Hadad en provenance de Paris. Rodriguez venait juste de répartir les rôles de ses coéquipiers, lorsqu'il reçut un SMS de son patron.

« *Nouvelle lettre anonyme, je vous attends immédiatement.* »

– Le patron m'appelle, je dois partir tout de suite. Lucas, tu reprends les commandes de l'opération Haddad ! En principe, ça devrait bien se passer. Je rentre à pied.

Les deux hommes se rencontrèrent devant le minuscule bureau.

– Entrez Rodriguez, je vous en prie !
– Bonjour patron !
– Asseyez-vous ! Avant toutes choses ! J'ai reçu les résultats relatifs aux résidus du colis de la basilique. Pour faire simple, ils ont trouvé des micros-morceaux de verre,

des traces de formol et d'infimes particules de chair humaine. J'oubliais, ils ont également trouvé un bouchon métallique tordu, marqué du chiffre 1. Les particules de chair humaine sont inexploitables. Quel genre de message, veut-on nous faire passer ? J'espère qu'on n'en saura plus avec ça !

Il tendait à l'inspecteur la photocopie du nouveau courrier anonyme.

« UN AUTRE JOLI PETIT COLIS VOUS ATTEND DANS UN DES CARROSSES RUE CONDORCET »

– Il parle certainement du Carrousel Vénitien ! avança Rodriguez.

– C'est ce que je pense aussi, répondit le commissaire. On ne va pas recommencer les grandes manœuvres de la basilique. Vous allez m'accompagner ; on cherche ce putain de colis et on l'envoie au labo.

Manifestement, l'inspecteur réfléchissait.

Le patron attendait un assentiment.

– Alors Rodriguez, à quoi pensez-vous ?

– Peut-être, le petit malin est-il déjà sur place pour mater l'arrivée des flics.

– Ce n'est pas impossible, mais je ne peux pas improviser un passage au peigne fin de la rue Condorcet, à dix heures du matin.

Ils traversèrent la place d'Erlon à pied, mais n'observèrent rien, ni personne de suspect.

Entre carrosses et tourniquets, les impressionnants destriers noirs et blancs attendaient déjà leurs premiers cavaliers. Intriguée par les deux hommes figés au pied de son escalier, la propriétaire du manège interrompit l'époussetage de sa harde de mustangs. Elle descendit du balcon vénitien du XVII siècle, à la rencontre des deux visiteurs matinaux.

– Bonjour Madame, ne vous inquiétez pas, nous sommes de la police et nous voudrions vérifier quelque chose sur votre manège, dit le commissaire.

– Je vous en prie Messieurs, faites ce pourquoi vous êtes venus, valida la dame médusée.

Les deux policiers enfilèrent des gants.

Un rabat de skaï marron cachait et fermait l'espace en dessous de chaque banquette des quatre carrosses. Sans être grand détective, cette cachette pour un petit carton paraissait idéale.

Avec précaution, mais sans appréhension, l'inspecteur sortit du dernier carrosse, un colis semblable à celui du baptistère.

Sans lui donner plus d'explication, ils saluèrent la dame du manège et reprirent la direction du commissariat. L'inspecteur Rodriguez reçut sur le trajet un nouveau SMS. *« Opération Haddad terminée. »*

L'inspecteur posa le cube en carton sur le bureau de son patron.

– Je me demande bien ce qu'il y a là-dedans ? s'interrogea Rodriguez.

– Ce n'est pas encore Noël, vous allez devoir attendre encore un peu, pour déballer votre cadeau ! plaisanta le commissaire. Il reprit une pause sérieuse avant de poursuivre.

– La scientifique va s'en occuper, c'est malgré tout plus prudent. À chacun son métier !

Où en êtes-vous sur la disparition de Raphaël Latour ?

– J'ai appelé le labo ! À propos de la cordelette, Ernest m'a répondu qu'il croulait sous une multitude d'ADN et qu'il leur fallait encore un peu de temps ! À l'école de police, je n'ai rien appris qu'on ne savait déjà, si ce n'est que Raphaël est homosexuel. On s'en doutait, mais c'est confirmé. Ça ne change pas grand-chose ! Quant à David, l'ami de Raphaël, son témoignage sur l'épisode de la cathédrale est de plus en plus flou. La femme devant la forme blanche n'a jamais les cheveux de la même longueur, ni de la même couleur, et la forme blanche jamais la même taille.

– On nage en plein délire !

Pas de cadavre... tout repose comme dans un mauvais film d'horreur, sur une forme bizarre uniquement vue par un gamin de 20 ans alcoolisé et sur une cordelette avec les empreintes de la terre entière.

C'est bien maigre tout cela ! conclut le commissaire sans autre commentaire.

Sur ces paroles, les deux hommes se séparèrent.

Vers 19 h 30, Ludovic Rodriguez, blouson sur le dos, s'apprêtait à rentrer chez lui lorsque son téléphone sonna.

– Rodriguez, je viens d'avoir le labo !

La voix était presque réjouie.

– Attendez-vous au pire, on marche sur la tête... au minimum ! Dans notre carton se trouvait un flacon avec un bouchon métallique plat marqué du chiffre 2. À l'intérieur de la fiole du formol, et dans le formol ? Je vous le donne en mille : *« un clitoris humain »*. À demain !

9

Léopold Belfort commençait à s'agacer. Il n'arrivait pas à joindre son ex-belle-mère au téléphone. Son iPhone était posé sur la banque des pompes funèbres Mondial Spirit et depuis un moment, il relançait toujours le même contact implicitement intitulé, « Grosse Salope ».

– Allo Catherine ! enfin… C'est plus facile de parler au président de la République que de te joindre ! Tu brûles d'impatience de connaître l'objet de mon appel ? je suppose... Cela fait maintenant plusieurs mois que tu as brutalement supprimé ma petite allocation mensuelle. Tu te souviens ? Après tout ce que j'ai fait pour toi, ce n'est pas très gentil ! Mais enfin…

Il marqua un silence, avant de poursuivre.

– Pour t'aider à retrouver de meilleurs sentiments à mon égard, je me suis permis des petits prélèvements à la source. J'ai devant moi, cinq petits flacons de verre contenant cinq petits clitoris empruntés à cinq charmantes défuntes des Pompes Funèbres Chamberlin. J'en avais sept, mais j'en ai déjà fait parvenir deux au commissaire principal de Reims. À raison d'un envoi tous les quatre ou cinq jours, nous avons encore une trentaine de jours devant nous. Si le commissaire ne trouve pas d'ADN connu, tu ne crains rien. À l'inverse, tu peux redouter une rafale d'exhumations et tes petites combines seront mises à jour. Adieu la belle vie... Mais ne soyons pas pessimistes, avec un peu de chance tout se passera bien ! Surtout si tu rétablis ma gentille allocation.

Il s'interrompit à nouveau et continua.

– Après réflexion, je préfère un seul versement de 250 000 €. Tu vois, je n'exagère pas !

– Tu bluffes Léo ! Comment as-tu prélevé ce dont tu me parles ? Je n'ose même pas prononcer le mot !

– Au départ, je pensais couper des petits doigts de pied, mais finalement les clitos, c'est plus discret et surtout plus romantique. Je te connais ! ironisa-t-il. Moi... je n'ai rien prélevé, c'est ma nouvelle amie, la sœur Marie-Françoise, qui s'en est chargée !

– Putain de saloperie, d'enculée de fille de pute !

Catherine Chamberlin raccrocha.

Léo rappela aussitôt.

– Au fait, j'oubliais ! Je connais ton humour légendaire et ta prédilection pour les bonnes blagues. Tu as certainement apprécié à sa juste valeur, le papy sur le parvis de la cathédrale ? Ne raccroche pas... une dernière petite chose ; tu me dois toujours deux cercueils « un Mozart et un Parisien », du 18/12/2022, j'ai le bon de livraison sous les yeux, les bons comptes font les bons amis... Je compte sur toi pour arranger tout ça !

Léo coupa son téléphone.

Au vu de l'urgence de la situation, Catherine

provoqua une réunion avec Martial et sa fille. La colère et la tension étaient palpables.

– Avant toute chose, Marie, où en es-tu avec le changement des serrures ?

– Le serrurier passera demain matin ! Il me l'a assuré.

– Tant mieux, parce que ton connard de Léo Belfort, entre et sort d'ici comme dans un moulin. Catherine commençait à s'agacer.

– Pourquoi avances-tu cela, qui te la dit ?

– Lui-même ! Il revendique aussi le papy de la cathédrale comme une bonne blague. Il a fait exciser, par la salope de bonne sœur Marie-Françoise, sept de nos défuntes, et tous les quatre jours, il envoie un petit clitoris au commissaire de police. Voilà les nouvelles !

– Franchement, je ne comprends pas ! Ça lui rapporte quoi ? s'interrogea Martial.

– 250 000 €, tu es bien naïf mon pauvre Martial !

Marie-Pierre éclata en sanglots.

– Marie-Pierre, ce n'est plus le moment de chialer. Qui a fait entrer le loup dans la bergerie ? Ce n'est pas moi, alors s'il te plaît, remballe tes pleurnicheries. C'est l'heure des décisions ! Belfort est encore en possession de cinq éprouvettes ou autres flacons, à l'évidence remplis de formol dans lesquels trempent cinq clitoris.

Il faut récupérer ces éprouvettes ! cria Catherine en se levant. Il les a probablement cachées dans la salle de soins ! il faut s'introduire et les chercher, il n'y a pas d'alarme dans le labo à cause des thanatos de nuit. Assura-t-elle avec certitude.

– Et si elles ne sont pas dans le labo ? s'inquiéta Marie-Pierre entre deux sanglots ravalés.

– On n'a pas le choix, il faut commencer par ça ! Martial, tu te sens capable ?
– Oui, mais...
– Il n'y a pas de oui mais ! Tu es comme nous, mouillé jusqu'au cou, tu n'as pas le choix ! C'est un ordre !
– On n'entre pas dans leur salle de soins comme dans une boulangerie ! répondit Martial, sceptique.
– Je lui dois deux cercueils, il me l'a rappelé tout à l'heure, et bien, on va lui rendre ses cercueils. Après 19 h 30. J'irai avec toi, on déposera les cercueils dans le dépôt et toi, tu resteras là-bas en planque, c'est facile !

10

Catherine Chamberlin circulait lentement dans les allées de présentoirs des Pompes Funèbres *« Mondial Spirit »*. Dans une feinte appétence, elle s'intéressait en professionnelle avertie à la nouvelle collection des urnes funéraires. La tête baissée dans son tiroir-caisse, Léopold Belfort, très absorbé, contrôlait ses comptes de fin de journée. Il s'aperçut de la présence silencieuse de son ex-belle-mère, lorsqu'elle saisit une urne en forme de bouteille de champagne.

– Je n'oserai pas vendre ce genre de truc ridicule !

Son rire était ironique.

Léo se redressa.

– Madame Chamberlin en personne dans mon funérarium... quel honneur ! Tu as de la chance, je m'apprêtais à fermer le casino, c'eut été dommage ! Je suis sûr que tu as une bonne nouvelle, et tu t'es dit : je vais lui annoncer moi-même... Je me trompe ?

– Chaque chose en son temps mon p'tit gars, ce soir,

je viens déposer les cercueils ! Tu me les as si gentiment réclamés. « Un Mozart et un Parisien » du 18/12/2022 bon de livraison n° 128695. C'est bien cela ?

— Le temps presse ma p'tite Kate ! Ce soir, je vais préparer le 3e paquet-cadeau pour le commissaire ! Tu n'as pas oublié ?

— Je les dépose où ? tes cercueils de merde... reprit-elle pour abréger le dialogue.

— Dans le dépôt, tu connais l'endroit. Ne compte pas sur moi pour t'aider, c'est fini ce temps-là !

Tête haute, Catherine Chamberlin se dirigea vers la sortie. Léo la héla.

— N'oublie pas Catherine, chaque nouvelle heure te rapproche un peu plus des oranges ! Le temps presse ! Il passa ses deux mains symboliquement menottées au-dessus de sa tête.

Sans se retourner, Catherine s'éloigna.

Martial Falco l'attendait, adossé contre les portes arrière du trafic.

— Démarre... Passe par derrière, il ne nous accompagne pas, je te rejoins à pied !

Martial entra et sortit immédiatement du dépôt avec un diable spécifique. Quelques minutes lui suffirent pour entreposer le Mozart et le Parisien dans les alignements correspondants à leur genre. Le dépôt était bien ordonné, mais à première vue, loin d'être idéal pour se dissimuler.

— Sa Mercedes est toujours garée sur le parking, il est encore là... Je veux qu'il me voie partir ! dit-elle.

Elle sortit de son sac, une paire de gants et le revolver de son mari.

— Tiens, prends ça !

Martial fit un pas en arrière.

– Ce n'était pas prévu comme ça !
– T'occupes... c'est plus prudent ! Tu retournes la salle de soins de fond en comble et tu me rapportes ces putains de clitos ! Je compte sur toi mon Martial !

Il entendit le fourgon s'éloigner. Planté au centre du dépôt dans l'obscurité, Martial ressentit une bouffée de chaleur lui monter jusqu'à la gorge. Sa petite lampe-torche était restée dans le vide-poche. Il avait bien au fond de son jean un briquet capricieux, mais... Il connaissait l'existence des deux portes, celle de la salle de préparation des cercueils et l'autre pour les soins. Ce fut finalement à la lueur de son téléphone qu'il put s'orienter vers la porte de la salle de soins. Il la poussa et reconnut la résonance spécifique du choc, il venait de heurter une table réfrigérante mobile. Il réitéra la pression plus doucement. Le plateau roula lentement en couinant. La pièce était baignée par la faible lueur d'un lightbox-exit. Cinq tables et leurs défunts respectifs occupaient toute la largeur de la salle. Martial ne put s'empêcher de penser que les affaires de Léo Belfort n'étaient pas si mauvaises. L'employé de PFC replaça la table et son occupant contre la porte du dépôt. Il décida finalement de se cacher à plat-ventre entre le plateau d'une défunte plutôt fluette et celui d'un défunt au ventre rebondi. Les cadavres étaient recouverts de couvertures matelassées claires, seuls, les mains jointes sur les ventres et les visages étaient découverts. Tapi, il ne bougeait plus, Léopold Belfort n'était peut-être pas encore parti.

Martial en était sûr, un ferme-porte venait de provoquer un grincement dans le silence du funé. Ce ne fût pas ce bruit qui le fit sursauter. En deux secondes, son cœur fut sur le point de rompre. Pétrifié, il se glaça de la tête aux pieds, il ne pouvait pas crier, sa respiration s'emballait. Une main froide venait de lui frapper le dos et s'accrochait avec deux doigts à l'encolure de son t-shirt. C'était le cadavre au gros ventre.

Le registre des entrées était désormais éclairé. Léo venait d'entrer, dos aux morts, il était dans l'axe de vision de Martial qui régulait une respiration anarchique. *Cette main ne tremble pas, c'est irrationnel... ces doigts appuyés sur mon cou me semblent de plus en plus froids.*

Belfort était affairé devant la tablette, Martial ne voyait pas son activité. Le bruit d'un flacon posé sur le granit du grand livre, l'ouverture d'un carton et le crissement d'un dévidoir de ruban adhésif ne lui échappèrent pas. C'était évident, il préparait le nouveau colis destiné aux flics. Léopold se retourna, s'approcha de l'interrupteur général et inonda la pièce d'une lumière aveuglante.

– J'allais partir sans vous souhaiter la bonne nuit mes amis ! ironisa-t-il en s'approchant des défunts.

– Mais qu'est-ce qu'a fabriqué le thanato ?

Léo venait d'apercevoir les bras du mort au gros ventre, glissés de chaque côté de sa table réfrigérante.

– Je lui ai déjà dit cent fois de fixer correctement les mains des défunts ! Ce n'est quand même pas compliqué ! grogna-t-il à voix haute.

Cette main dans le dos de Martial n'était donc pas une main hostile venue d'ailleurs, mais simplement le fruit d'un thanatopracteur distrait. Martial ne respirait pas mieux pour autant. L'humidité coulait dans son dos. L'ex-gendre de Catherine Chamberlin était à moins d'un mètre. Martial avala sa salive.

Du tiroir sous la tablette de l'entrée, Léo attrapa un rolls de ficelle et des ciseaux pour lier et joindre les mains de l'obèse. Il libéra l'espace sur la gauche en déplaçant la table voisine, celle d'une mariée de 90 ans, affublée d'un chapeau, d'une voilette et d'une robe blanche devenue jaune orange avec le temps. En appui sur la volumineuse bedaine, Léo tira sur la manche opposée de la veste pour relever le bras tombé de l'autre côté de la table. La main toucha à deux reprises les cheveux de Martial. Léo Belfort lia les deux petits doigts avec la ficelle. Les deux grosses paluches se joignirent comme par enchantement selon la technique traditionnelle des thanatos, doigt par doigt du bas vers le haut. Victime d'une crampe au pied, Martial ne put empêcher un soubresaut et fit légèrement bouger la table. Léo jeta un coup de pied latéral dans le plateau de la défunte. La mariée glissa comme une feuille et chuta le long du mur face contre sol dans un froissement cotonneux. Martial se redressa comme un diable, déséquilibré, il tomba en arrière sur un autre cadavre qu'il entraîna dans sa chute.

– Qu'est-ce que tu fais ici, fils de pute ?

Les ciseaux dans une main levée, Belfort se jeta sur l'intrus pour le planter. Martial, empêtré sous les jambes du mort, eut le réflexe de se protéger en levant le bras du défunt. Il fit une roulade vers le centre de la pièce et prit ses appuis de combattant. Léopold, encore accroupi, ne put éviter le rapide Mawashi geri du karatéka. Touché en plein visage, Léo bascula. Son crâne s'écrasa contre l'angle métallique d'un plateau. Assis au sol, la tête en arrière encastrée dans le coin de la table, la bouche ouverte, les deux bras ballants, il perdait beaucoup de sang. Léo Belfort ne bougeait plus.

Tombé dans un abîme où l'objectivité était devenue floue et lointaine, Martial Falco ne comprenait pas. *C'est un accident, tu ne l'as pas tué, tu t'es simplement défendu !* se répétait-il.

Il appela Catherine.

Elle répondit par le silence à l'annonce de la mort de son ex-gendre. Bien qu'elle n'ait jamais ignoré cette éventualité, elle prit conscience de l'irrémédiabilité et des incertitudes qu'elle générait. Elle pensa tout de suite à sa fille. *Marie-Pierre restera en dehors de tout cela pour l'instant !*

Catherine devait retrouver sa lucidité et préparer au plus vite l'évacuation du corps. Son cadavre ne devra jamais être retrouvé, c'était dans l'instant, sa seule certitude. Elle informa Martial de son arrivée imminente avec un véhicule de transfert et lui demanda de se procurer la télécommande du portail. Elle est logiquement accrochée dans son bureau ou posée derrière la caisse de l'accueil, avait-elle précisé. Elle ajouta avec beaucoup d'insistance, qu'il ne devait sous aucun prétexte se départir de ses gants.

De retour dans la salle de soin, Martial Falco reprenait ses esprits, mais n'avait toujours pas trouvé la télécommande. Léo ne saignait déjà plus. Accroupi, Martial fouilla délicatement ses poches et découvrit le boîtier électronique enfoui sous son important trousseau de clés. Partagé entre paralysie et volonté, l'employé de Catherine opta pour la détermination et retourna la vieille dame allongée sur le ventre dans l'angle du mur. Dans un effort nerveux, Martial réussit à la soulever. Il la porta dans ses bras et la déposa délicatement sur son plateau. Dans sa robe de mariée, elle voulait simplement vivre et revivre le plus beau jour de sa vie. Sa chute l'avait dépourvu de son chapeau, de sa voilette et de la photo en noir et blanc qu'elle tenait dans ses mains. Un cliché, où un jeune couple d'amoureux s'embrassait sur une petite route de campagne. C'était il y a longtemps...

Martial n'essaya pas de relever le cadavre corpulent,

celui qui l'avait protégé du coup de ciseaux. La large déchirure de sa veste, entre manche et dos, attestait de la violence du coup. *Aujourd'hui, un mort devait sauver la vie d'un vivant.* Sans doute, était-ce écrit quelque part.

Sa patronne n'arrivait pas. L'attente devenait insupportable, Martial ne s'était jamais senti aussi mal. Le ferme-porte du couloir grinça de nouveau... Il traversa la salle de soins, éteignit la lumière et s'aplatit contre la cloison de l'entrée. Des pas se rapprochaient... la porte s'ouvrit doucement.

– Martial ! chuchota Catherine.
– Vous m'avez fait peur, putain ! grogna-t-il.
– L'accueil du magasin est encore ouvert ! Monsieur Belfort n'a pas eu le temps de fermer sa porte. On va devoir la fermer pour lui !

La lumière des néons clignota un instant avant d'envahir complètement la scène surréaliste de la salle de soins. Les cinq tables funéraires réfrigérantes étaient anarchiquement dispersées dans l'espace, celle du défunt catapulté était couchée sur le côté et avait perdu une roulette. Le gros homme, face contre le sol, gisait à plus d'un mètre de son lit de métal. La vieille dame, décoiffée et déguenillée, ressemblait plus à une sorcière qu'à une mariée. La tête en arrière, Léopold Belfort baignait dans une mare de sang au pied de la table la plus excentrée. Ses yeux grands ouverts semblaient implorer de l'aide... Catherine fit un pas en arrière, et baissa le regard.

– Eh bien, tu n'as pas fait dans la dentelle ! dit-elle à Martial. Sa voix hésitait entre émotion, inquiétude et admiration. Et les clitos ? Lâcha-t-elle, comme pour en terminer avec son empathie de pacotille.

Martial se déplaça vers la tablette du registre des

entrées et saisit le sac en plastique placé à côté du cube en carton.

– Tout est là ! dit-il en ouvrant le sac devant sa patronne.

– Le carton pour les flics est prêt... à ce que je vois ! Il ne bluffait pas, la saloperie ! s'écria Catherine en se rapprochant de son feu ex-gendre. Au moins, là où tu es, tu ne vas plus nous faire chier ! Quoique !

Ils décidèrent de procéder à la remise en ordre de la salle de soins, avant de rentrer l'ambulance mortuaire dans la cour. Le plateau élévateur à court de réserve électrique peinait à prendre de l'altitude, le défunt à la veste déchirée était trop lourd. Finalement, Catherine réussit avec les plus grandes difficultés à soulever la cuillère, sorte de brancard métallique courbe. Sans attendre, elle prit la mariée en charge, replaça ses différents accessoires et rendit à ses joues translucides un peu de couleur avec son rouge à lèvres personnel.

Martial Falco traversa l'établissement funéraire Mondial Spirit dans la presque obscurité. Les Christs, Saintes Vierges et toute la famille des plaques funéraires de mauvais goût semblaient se dissimuler sur son passage, mais il les devinait sans se laisser impressionner.

Housse de transport, gants, cuillère, essuie-tout, sac-poubelle, Martial listait dans sa tête l'inventaire de ce dont il avait besoin. Au quotidien, il ne se posait jamais ce genre de question, mais ce soir tout lui paraissait différent et plus compliqué. Il déclencha l'ouverture de la portière latérale du véhicule garé à l'écart et énuméra à voix haute chaque objet en le saisissant.

Catherine avait été efficace. Martial ne put empêcher cette furtive lueur d'admiration... *Un sacré phénomène cette*

bonne femme ! Bien que moins aguerrie à ce genre d'exercice, elle fit mine de prendre personnellement les commandes du transfert.
– Tu as vérifié ses poches ? s'enquit-elle.
– Il a toujours son trousseau dans la poche droite de son pantalon ! répondit Martial en joignant le geste à la parole, il sortit les clés.
– Vois-tu le bip de sa voiture ?
– Oui, je l'ai !
Il leva légèrement le porte-clés Mercedes-Benz.
– On ne peut pas laisser la bagnole ici ! Il faut la planquer ! ajouta-t-elle.
Martial déplia la housse de transport aux pieds de Léo figé dans sa position de supplicié. Il resserra les jambes du directeur des lieux pour faciliter le basculement de son corps. Belfort glissa lentement vers le sac blanc étalé sur le sol. Le violent symbole sonore du zip n'échappa pas à Catherine perchée sur l'échelle des étagères. Elle réajusta ses larges lunettes fumées, la tête dans les parures de table impeccablement alignées et certainement repassées depuis peu. Elle cherchait un modèle identique à celui maculé par le sang de Léo. L'employé ne dérangea plus sa patronne, il termina seul l'étape de la cuillère et du sanglage. La civière et son occupant, recouverts d'une couverture en coton orange, étaient désormais en attente à côté de la porte de la cour. Le nettoyage méticuleux de la salle pouvait commencer...

L'introduction du corps dans le Vito fut expéditive. Avant même que les portes automatiques ne se fussent refermées, Martial Falco filait à vive allure vers la place Gaultier. Catherine lui avait demandé de déposer le défunt dans une case réfrigérée du salon royal.

Au volant de la Mercedes de son ex-gendre, Catherine se dirigeait vers Bezannes. Sur le siège passager était posé un sac en plastique jaune contenant cinq fioles de verre et un cube cartonné. Le véhicule bâché restera quelques jours en sécurité derrière les grilles de la maison, pensait-elle.

Elle ne parvenait pas à joindre Jayden pour l'informer de la nouvelle situation. Elle appréhendait sa réaction... Elle ne fut pas déçue !

– Tu commences à m'emmerder avec tes histoires de famille ! Où es-tu ?

Catherine expliqua qu'elle était en route pour Bezannes pour planquer la Mercedes dans la cour.

– Très mauvaise idée ! Encore une ! dit-il avant de poursuivre. Tu ne t'arrêtes même pas à Bezannes pour pisser ! Ce véhicule est équipé d'un GPS ultra-performant, la voiture est localisée en permanence... Si tu veux inviter les flics pour le petit-déjeuner, c'est l'idéal !

– Qu'est-ce que j'en fais de cette bagnole ? sa voix commençait à chevroter.

– Tu as de l'essence ?

Elle répondit « oui » d'une petite voix, ses deux mains tremblaient sur le haut du volant.

– Eh bien, tu tournes à droite ou à gauche et tu prends la direction de Paris sans passer par l'autoroute. Tu déposeras la voiture dans un quartier chaud de Paris, Pigalle ou un autre, pas au Père Lachaise. J'ai dit chaud... ! Il marqua un long soupir. Dernières choses, tu prends un ticket à l'horodateur, tu fais le ménage dans la bagnole et tu ne rentres pas en TGV. C'est OK ? alors, salut ! Il mit fin à la conversation.

Catherine programma Waze en direction de Paris

sans emprunter l'autoroute...

11

Le plus grand des trois hommes masqués venait de lui ôter sa cagoule. Les yeux fragilisés par la lumière, Vanessa découvrait avec stupeur, l'environnement dans lequel elle venait d'être déposée. Cette grande pièce carrée exhibait une imposante cheminée surmontée d'un magnifique trumeau, et deux augustes miroirs aux centres biseautés. De pâles empreintes, sur les lignes jaunes du papier peint, témoignaient de l'ancienne présence d'un mobilier assurément riche et conséquent. Les vestiges de ce qui pouvait être un ancien salon détonnaient cruellement avec ses nouvelles fonctionnalités. Trois cages métalliques à taille humaine, posées en quinconce au milieu de la pièce, insultaient sans doute la belle histoire du lieu.

Vanessa, adossée contre la première porte composée de barres plus petites, ne comprenait pas. Soit ses ravisseurs se méprenaient, soit ils étaient empreints d'une aliénation dangereuse et effrayante. Ses poignets attachés dans le dos par des menottes trop serrées lui faisaient mal. Elle demanda énergiquement qu'on les lui retire, mais n'obtint pas de réponse. Des hommes masqués vêtus de noir l'avaient kidnappée dans une rue de Paris. Sans repère visuel le voyage lui avait paru long… Ils ne l'avaient pas maltraitée, mais ne l'autorisaient pas à s'exprimer. Elle n'insistait plus.

L'interlocuteur mutique de Vanessa lui adressa un geste significatif de la main. Elle se décala de quelques pas vers la gauche. Il activa avec son téléphone le claquement sec de l'ouverture de la cage. Le grand gaillard sombre s'approcha de la jeune femme et la libéra de ses bracelets.

– Entre là-dedans ! ordonna-t-il.
– Merci ! dit-elle instinctivement.

La formule n'était pas destinée à l'invitation, mais à la libération de ses avant-bras douloureux.

Une table, une chaise, un lit, une espèce de valet et deux paters soudés à deux barreaux d'enceinte... Elle découvrait son spartiate mobilier de métal. Toutes les pièces de l'ameublement étaient soudées entre elles ou fixées aux barreaux de la cage. L'inertie était la règle de cet environnement, rien ne bougeait, pas même les chaises. Vanessa avait fait mine de ne pas avoir remarqué ses silencieux voisins dans les deux autres geôles. Que faisait-elle dans cette dramatique pantomime. Quel rôle jouait-elle ?

Le dernier des hommes de main disparut vers le palier de l'ascenseur, la lumière devint veilleuse. Les yeux rivés sur son plus proche voisin, elle s'assit sur l'extrémité du matelas pour s'en rapprocher. Le beau garçon brun dormait profondément et ce n'était pas pour la rassurer. Elle eut malgré tout une idée positive, de celles qui sont inutilement influées par le désespoir : *Si je tends mon bras, on peut se toucher la main !*

— Tu m'entends ? répéta-t-elle à plusieurs reprises, sans réponse.

Elle se leva dès qu'il posa les pieds au sol. La tête basse comme un boxeur blessé sur son tabouret, il restait assis sur son lit. Le moindre geste semblait lui coûter le prix d'un effort éprouvant. Finalement, il se laissa retomber sur sa couchette. *Le couvercle du cercueil se rapprochait lentement, les voix et la lumière s'amenuisaient jusqu'à s'éteindre. Le crissement des vis pénétrant dans le bois le plongeait dans le grand noir intense. Il ne voyait plus, n'entendait plus, ne bougeait plus. Raphaël glissait sans retenue dans cette matière ébène qui l'engloutissait peu à peu. Ce noir absolu était-il annonciateur de la fin d'un long voyage ou validait-il un nouveau périple ? Raphaël devenait-il fou ?*

— Ça va ? lui demanda-t-elle.

Il se redressa doucement. Raphaël sortait petit à petit de sa torpeur, mais ne parlait pas encore. *Je vais le laisser se réveiller tranquillement,* pensa-t-elle.

Elle ne distinguait presque rien du troisième occupant recouvert d'une couverture bariolée. Il remuait sa tête par intermittence, comme si son corps était entravé à sa couche. Ce séjour forcé aux portes de l'enfer demandait à Vanessa, une objectivité inaccessible. Pour quelles raisons se retrouvait-elle prisonnière aux côtés de deux inconnus en détresse. Elle se sentait perdre pied, glisser doucement en observatrice impuissante.

— Où sommes-nous ? balbutia Raphaël.
— Je n'en sais rien ! Ou plutôt si, je le sais ; chez les cinglés, nous sommes chez les cinglés ! répéta-t-elle.

Vanessa s'agenouilla, pris sa tête entre ses mains et éclata en sanglots. Elle pleura un long moment.

L'autre compagnon d'infortune sous sa couverture ne bougeait plus. Raphaël s'était rallongé. Un silence pesant régnait. Elle n'osait plus penser, plus réfléchir, elle voulait oublier, fuir, dormir...

Vanessa ne fut pas surprise par la lumière, le son caractéristique de la porte de l'ascenseur l'avait prévenue. Une femme en blouse blanche, portant un masque chirurgical et une charlotte verte, se dirigea d'un pas énergique vers l'homme caché sous les bariolages. Elle déclencha l'ouverture avec son téléphone et entra...

– Vous pouvez m'expliquer ce qu'on fait là ? S'il vous plaît, madame ! cria Vanessa, suspendu aux barreaux de sa porte.

– Ta gueule !

Elle saisit la seringue posée sur une compresse et la leva.

– C'est ce que tu veux ? Je suppose que non, alors, tu la fermes et tu vas te coucher ! Et tu ne m'emmerdes pas !

La blouse blanche jeta la couverture multicolore sur le sol et releva la manche du grand bonhomme chauve neutralisé par de nombreux liens. La petite quarantaine, le malheureux portait un survêtement trop petit pour sa corpulence. Elle serra un garrot, chargea sa seringue, la tapota avec son index et procéda à l'intraveineuse. L'homme désormais recouvert jusqu'aux épaules semblait avoir trouvé la sérénité. La femme sortit ; la clarté redevint veilleuse, la sonorité aigue de l'ascenseur tinta une nouvelle fois...

Un chariot recouvert d'un matelas en skaï marron venait d'être déposé dans la salle. Vanessa se réveilla. La femme de blanc vêtue précéda de quelques minutes deux hommes masqués de noir. Le temps pour elle d'introduire le brancard dans la cage, de replier soigneusement l'étrange couverture et de découper les liens du prisonnier inerte. Bras croisés, les solides gaillards la regardaient procéder sans parler.

– C'est bon, vous pouvez le prendre en charge ! ordonna-t-elle en faisant tourner son index.

Les deux hommes soulevèrent sans effort le corps libéré et le déposèrent sur le chariot. La femme saisit une toile bleue sous la couchette et couvrit l'infortuné. Raphaël, réveillé, venait de toute évidence, d'assister au départ peut être définitif de son voisin. Vanessa, tournée du côté de la cheminée, pleurait presque en silence.

Plusieurs jours s'étaient étirés lentement. Combien… Les volets des grandes fenêtres obturaient la salle des cages sans laisser entrevoir un soupçon de lumière solaire. Sans montre et sans téléphone, les repères dans le temps se limitaient aux exigences de leurs estomacs. Des plateaux repas étaient irrégulièrement glissés par des trappes situées au ras du sol juste à côté des portes. Vanessa parlait peu. Raphaël allait mieux. Était-ce le fait de la soutenir psychologiquement qui le rendait plus fort. À plusieurs reprises, ils avaient eu accès à la douche, c'était vital pour la jeune femme. Raphaël prenait cela pour un signe encourageant. Le minuscule cabinet de toilette proposait l'essentiel : une douche, un lavabo et surtout une petite fenêtre tellement importante. Elle était sécurisée, cependant Raphaël avait réussi à l'ouvrir. Cette ouverture sur le monde, même au travers de trois barreaux, leur apportait un symbole d'espoir essentiel, une béquille. Le bourdon d'une église toute proche résonnait par intermittence.

On leur avait glissé deux survêtements bleus sans taille, trop petits pour Raphaël, trop grands pour Vanessa.

12

Quatre hommes, en habit gris sombre et cravatés de noir, s'impatientaient devant la vitrine du funérarium « Mondial Spirit ». Montres et smartphones indiquaient 8 h 10. Ils avaient été convoqués par Léopold à 7 h 45 pour procéder à la mise en bière de Mary Poppins. Tout le personnel du funé l'identifiait ainsi, allez savoir pourquoi... La robe de mariée et la voilette nouée sous le menton étaient certainement à l'origine de la méprise. Sur le parking à une vingtaine de mètres, un groupe endimanché s'agaçait... Un couple, cigarette à la main, se détacha en direction des croque-morts. La dame anorexique tira une longue bouffée et s'adressa aux porteurs devant la porte.
  – Lorsque Sophia nous a reçus, c'était très clair ! Le rendez-vous de la mise en bière de maman était fixé à 8 h. Il est 8 h 20 et le funérarium n'est pas encore ouvert ! Que se passe-t-il ? Ce n'est vraiment pas sérieux ! En trois mots, vous faites chier ! Je suis la fille de Madame Duprés et j'exige des explications ! L'envolée lyrique était surjouée...

Son compagnon la calma et reprit la parole.

– Excusez mon épouse, elle est un peu nerveuse !

Le plus petit des quatre porteurs, répondit avec le sourire du subalterne qui se délecte de l'erreur de son chef absent.

– Nous n'y sommes pour rien ! Il faut voir ça avec le patron ! dit-il.

Ses bras et ses mains ouvertes évoquèrent un fatalisme ordinaire.

Une vieille Xantia bordeaux, brûlée par le soleil, venait de se garer en douceur devant l'entrée du magasin. Sans même saluer la famille, Jean, le Maître de Cérémonie, petit bonhomme barbu aux cheveux gris dégarnis, avait tout de suite analysé le problème. Il ouvrit la porte aux personnels et leur intima de procéder dans l'urgence à la mise en bière de Madame Duprés.

– Mary Poppins ! renchérit John, le plus jeune des porteurs, toujours effronté.

– John, s'il te plaît, ce n'est pas le moment ! Le regard du Maître de Cérémonie parla de lui-même. Vous commencez la mise en bière sans m'attendre. Faites vite et bien, comme d'habitude... je compte sur vous ! Je m'occupe de la famille !

Jean ne comprenait toujours pas pourquoi Léo n'avait pas assuré la réception des Duprés. La femme anorexique l'apostropha du plus loin qu'elle le put.

– C'est scandaleux, irrespectueux ! À cette heure, nous devrions être autour de maman...

– Madame, s'il vous plaît écoutez-moi ? Croyez-moi... je suis... nous sommes tous désolés de ce contretemps, mais sachez que notre responsable devait comme prévu, vous accueillir ce matin à 8 h. Il a eu un accident de voiture cette nuit et a été transporté à l'hôpital par hélicoptère, son pronostic vital est engagé. Voilà, vous savez tout ! *Plus le boniment est gros, plus tu es en sécurité. Extrait de la doctrine de Madame Chamberlin mon ancienne maîtresse de formation.* C'était, il n'y a pas si longtemps.

De cause à effet, la dame surexcitée se calma et s'excusa platement. Jean installa toute la famille dans un salon. Secondé par Sophia le bras droit de Léo, ils servirent café et gâteaux secs à toute la descendance Duprés. Sophia Martinot, grande jeune femme brune aux cheveux très courts, fut la première employée des pompes funèbres Mondial Spirit. Embauchée en tant que conseillère funéraire, ses qualités professionnelles l'avaient vite rendue indispensable dans l'organisation de l'entreprise. À vingt-quatre ans, cette demoiselle ne manquait pas de charisme, elle décidait souvent, Léopold Belfort ratifiait toujours.

Pendant ce temps, la mise en bière allait bon train. John faisait le clown comme à l'accoutumé. Debout sur le petit escabeau, le chapeau de la mariée et la voilette sur la tête, pantalon retroussé, il incitait ses collègues à décrocher une jarretière imaginaire...

– John, tu nous fatigues ! Arrête tes conneries ! Tu ferais mieux de nous aider, Jean va se pointer d'une seconde à l'autre et on n'aura pas terminé...

La défunte était en place sur un plateau, prête à être basculée dans la boîte blanche au capiton rouge sang. Bien que légère, Franck passa de l'autre côté du chariot élévateur pour amortir le dernier coucher de la mariée. Luc souleva la plate-forme en acier. La défunte glissa lentement en provoquant simultanément la chute d'un objet incongru dans le fond du cercueil.

– Elle a embarqué un flash de sky pour la fête, ou

quoi ? ricana John.

Franck passa sa main sous la robe de vieilles dentelles.

– Putain, ce n'est pas du sky, c'est un flingue !

– Alors, qu'est-ce-que vous foutez, elle n'est pas encore prête... s'étonna Jean le maître de cérémonie entré comme un boulet de canon.

– C'est... c'est qu'aujourd'hui tout est compliqué ! insista Franck. Même une mise en bière toute simple déclenche le feu du ciel... la mariée planquait un pistolet sous ses fesses. Ce n'est pas ordinaire... ça ! Tu ne peux pas dire le contraire ! Luc, ancien militaire, remit l'arme à Jean, canon pointé vers le sol.

– Fait gaffe, c'est un Glock et il est chargé ! Ça envoie du lourd ces petites choses-là ! assura Luc en professionnel averti.

Jean déposa le pistolet dans le tiroir des entrées et rapidement prêta une main énergique à l'enroulement des ouates, grandes feuilles qui comblent le vide entre le défunt et le linceul. La préparation terminée, le cercueil sur son catafalque mobile, le couvercle et sa visserie furent transportés au pas de course dans le salon des mises en bière. Jean retrouva la famille pour l'introduire dans le lieu de recueillement. Avant de les laisser pleurer, le maître de cérémonie annonça avec condescendance.

– J'ai pris la responsabilité de reculer la fermeture du cercueil de quinze minutes.

Les mercis et les gestes de reconnaissance fusèrent discrètement et respectueusement. Sophia héla Jean au sortir du salon.

– Je ne comprends pas ! Où est passé Léo ? Habituellement, il m'appelle dix fois par jour et depuis ce

matin, rien... Le silence absolu, son téléphone est sur messagerie...
– Moi non plus, je ne comprends pas... !
Il ne parla pas de l'arme trouvée dans le cercueil.
– Dans l'immédiat, j'ai une fermeture, on doit être à l'église de Bouzy dans trente minutes, on n'y sera jamais, ça promet... On va essayer de gérer les problèmes les uns après les autres dans la sérénité. Je serai de retour vers treize heures, on reparlera de tout cela calmement et en attendant, tu ne changes rien à tes habitudes. Surtout, tu ne t'inquiètes pas pour Léo. C'est un grand garçon !

Accompagné par deux assesseurs, le Maître de Cérémonie frappa à la porte du salon et prit la parole au pied du cercueil.
– Mesdames, Messieurs, l'heure de la fermeture du cercueil de votre maman est passée de quelques minutes maintenant ! assura-t-il en regardant sa montre. Avec votre autorisation, nous allons procéder...

La fille de la défunte, accrochée au capiton, tomba à genoux dans un cri disproportionné. Les deux porteurs, toujours prêts à ce genre d'éventualité, s'étaient précipités pour maintenir le cercueil sur ses tréteaux. La dame émaciée termina son effet par une inévitable syncope. Le salon se vida aux trois quarts, les employés des pompes funèbres purent terminer leur travail sereinement. Les scellés rouges furent posés dans la salle de soins juste avant l'embarquement pour Bouzy. Sur le parking, Jean organisa le cortège en recommandant à chaque chauffeur privé de ne pas s'attarder. Le curé de Bouzy n'était pas réputé pour sa tolérance, il n'aimait pas beaucoup les hommes en noir qu'il considérait comme des malotrus impies et blasphémateurs. Arriver à la célébration du saint homme avec vingt minutes de retard, l'affaire s'annonçait compliquée...

Sur le parcours, Jean parvint malgré tout à s'évader. *Enfant, combien de fois ai-je emprunté cette route avec mon père ? Descendre dans la vallée de la Marne en traversant le plateau boisé de la montagne de Reims, était toujours pour moi, un espace-temps magique.* Malgré tous les soucis du jour, Jean eut une pensée pour son papa qu'il salua d'un discret baiser dans sa main.

Le convoi franchit enfin le panneau signalétique au liséré rouge, l'église du village aux grands crus était en vue. Dieu soit loué, ce n'était pas le vieux curé de Bouzy, mais celui d'Aÿ plus jeune. Il accueillit les retardataires en haut des marches.

– Je suppose que vous avez une bonne raison ! Sans attendre de réponse, il se tourna sèchement vers le cœur et entama le premier chant.

Les quatre porteurs, dans une parfaite symétrie, traversèrent une assemblée éparse et bougonnante. Ils portaient à l'autel une mariée qui se fichait du retard. Elle tenait entre ses mains la plus précieuse des photos.

De retour, Jean retrouva une Sophia déterminée à signaler la disparition de son patron.

– Peux-tu me remplacer cet après-midi ? demanda Sophia à Jean.

Il accepta sans hésiter.

Louise, l'amie de Léo, était, elle aussi très inquiète. Léopold n'était pas rentré de la nuit, c'était simplement inconcevable. Ils devaient fêter leur premier anniversaire de rencontre, hier soir.

– Je vais appeler Louise, je sais qu'elle souhaite m'accompagner. A deux, nous aurons davantage de crédibilité ! affirma-t-elle.

– C'est une bonne idée les filles ! répondit Jean.

Bien sûr, l'absence de Léopold le contrariait, mais son angoisse ne s'arrêtait pas à cette seule disparition. L'arme retrouvée dans la salle de soins, sans vouloir créer de lien, était un signal violent laissant envisager le pire... Il fallait en parler aux policiers. Jean récupéra une boîte à chaussures dans le vestiaire des porteurs pour y déposer le pistolet.

– Louise passe me chercher dans trente minutes ! annonça Sophia rassurée.

– Nath, il faut que je te parle !

Jean posa sur le comptoir la boîte en carton, l'ouvrit et sortit l'objet qu'il venait d'emballer dans un épais tissu gris.

– Voilà !

Il lui montra le pistolet.

– Qu'est-ce-que c'est ?

– Un pistolet trouvé sous la robe de Madame Duprés ! Il n'est pas arrivé dans son cercueil par miracle ! On peut tout imaginer ! Ça n'a peut-être aucun rapport avec Léo, mais on doit en parler aux flics...

Jean récapitula dans le détail l'épisode de la mise en bière, afin qu'elle puisse l'expliquer aux policiers. Sophia se décomposait au point qu'elle dut pour reprendre ses esprits, s'asseoir dans un des fauteuils en cuir vert de l'accueil. Jean par principe alla lui chercher un verre d'eau. La jolie brune ouvrit un ou deux boutons de son chemisier pour mieux respirer. L'arrivée de Louise lui rendit un sourire timide. Les deux jeunes femmes ne se voyaient pas souvent, mais semblaient s'apprécier mutuellement. Louise portait des cheveux noirs mi- longs, plus petite et plus ronde que Sophia, elle n'en était pas moins jolie. Son large sourire et ses grands yeux marron toujours impeccablement mis en valeur lui offraient un passeport gracieux et avenant. Le maître de cérémonie réitéra à l'attention de Louise, l'épisode de la mariée et du Glock tombé dans la boîte en chêne… Elle s'éloigna simplement pour corriger le désordre provoqué par une ou deux larmes envahissantes.

13

L'inspecteur Ludovic Rodriguez dirigeait l'opération fouille au Cryptoportique. Une nouvelle lettre anonyme était parvenue au commissariat. Une demi-douzaine, de policiers en tenue, surveillait le surprenant monument, pièce maîtresse sauvegardée d'un ancien forum romain du 1er siècle. Après la basilique St Rémi et le Carrousel de la rue Condorcet, le coupeur de clitoris continuait à cibler des lieux touristiques de premier choix pour livrer ses coupables colis. Étaient-ce des messages cryptiques ou des opportunités fantaisistes ?

Rodriguez et l'inspecteur Lucas Borel venaient de quitter la partie des gradins accessible au public pour se diriger de l'autre côté de la façade émergente. Cette surface, il y a 2000 ans, abritait suppose-t-on, des échoppes commerciales. La galerie souterraine de 600 mètres carrés était très certainement un lieu de stockage. Les quatre murets de séparation au centre d'une verdoyante végétation offraient de nombreuses cachettes naturelles pour un carton de vingt centimètres. La tâche ne fut pas aisée pour les deux policiers, et la méticuleuse recherche dura un certain temps.

La responsable de l'antique ouvrage, accompagnée par un gardien de la paix, signala sa présence aux inspecteurs par un geste de la main. Les deux enquêteurs remontèrent au niveau supérieur pour la rejoindre. Ils devaient inspecter la galerie souterraine en sa présence. La dame, coiffée d'un bob rouille et fagotée d'une stricte jupe verte sur des bottes orange, devait leur servir de guide. Elle commença dès les premières marches à dater à voix haute le début des fouilles, etc. Elle décrivit le forum comme étant le lieu principal de l'activité économique romaine, à l'intersection du cardo et du decumanus... Rodriguez l'interrompit immédiatement, et lui rappela l'objet de leur présence. Il ajouta avec beaucoup de courtoisie, qu'il reviendrait dès que possible avec ses enfants pour une visite en bonne et due forme.

Il fut aisé aux policiers d'inspecter les deux parties voûtées et l'alignement des piliers centraux. La lisse surface du sol et le dénuement du volume ne permettaient pas de cacher quoique ce soit. Ce fut rapidement une évidence.

– Que cherchez-vous ? interrogea enfin l'accompagnatrice peu habituée à ne pas diriger l'animation de l'endroit.

– Un petit carton, grand comme ça ! l'inspecteur venait d'écarter ses deux index de quinze ou vingt centimètres.

– Si je devais dissimuler un petit carton de cette taille dans la galerie, ce n'est pas ici que je le cacherai ! Suivez-moi !

D'un pas énergique, elle conduisit les deux hommes vers une autre extrémité. Elle expliqua qu'à cet endroit sur toute la largeur se tenait le grand escalier qui à l'époque conduisait au niveau supérieur. Il est vrai que ces parties de l'escadrin offraient des opportunités pouvant être considérées comme plus idéales pour cacher un petit objet. Après une vérification infructueuse, ils se dirigèrent vers une cavité technique aménagée à l'époque dans l'épaisseur des murs. Les spécialistes attribuent son existence au bénéfice de l'éternelle et incontournable isolation thermique : « *Nihil novi sub sole !* » Rodriguez, le corps introduit jusqu'au bassin, éclairait l'étroit passage avec sa petite lampe torche. Un court moment de lucidité lui suffit pour se sentir ridicule, et interrompre ses gesticulations désespérées. Le dingue aux clitoris camouflait grossièrement ses paquets, mais il ne les cachait pas vraiment… Ils prirent congé de leur guide plutôt sympathique avec plus d'interrogations que de certitudes. Les trois voitures de police quittèrent la place du forum sans bruit et sans éclairement. Le commissaire Boulin les attendait pour un debriefing.

   Louise et Sophia, résolument décidées à déclarer la disparition de Léopold Belfort, s'impatientaient de concert. Aucun inspecteur n'était disponible pour les recevoir… C'est un policier moustachu avec quelques cheveux trop longs, qui finalement les reçut dans un open-space bruyant. Visiblement intimidé, il ne paraissait pas à son aise. Sans aucun doute, l'exercice ne lui était pas familier. Il fixait son écran plus que ses interlocutrices. La souris de son ordinateur ne semblait pas décidée à lui obéir.
  – Nous sommes précisément dans votre bureau pour vous signaler la disparition d'une personne ! Est-ce que vous pouvez quelque chose pour nous ? Ou bien, devons-nous... interrogea Sophia qui commençait à s'agacer.
  – Oui, oui ! Excusez-moi, je ne suis pas à mon poste

de travail et j'ai un problème de clavier ou de souris, mais ce n'est rien, je vais prendre des notes à la main. Comme dans le bon vieux temps ! ajouta-t-il. Il stoppa instantanément son sourire mal à propos. Je vous écoute mesdames ! reprit-il, plus concentré.

— Je suppose qu'on doit commencer par décliner nos identités ! dit Sophia en soupirant.

Elles parlèrent à tour de rôle, l'une de son patron, l'autre de son ami en insistant sur le fait que Léo n'avait plus donné de nouvelle depuis hier soir vingt heures. Cela ne lui ressemblait pas. L'agent n'avait toujours pas pris la moindre note. Il semblait être de plus en plus sûr de lui et déclara avec une vraie fausse assurance.

— Vous vous inquiétez certainement pour rien ! Il va rentrer votre Léopold ! J'en suis persuadé !

Sophia saisit la boîte à chaussure posée à ses pieds, et la flanqua sous le nez du fonctionnaire moustachu.

— Et ça, qu'est-ce que c'est ? C'est de l'inquiétude de névrosées ? Ouvrez vous-même, s'il vous plaît ! Il hésita une seconde et ouvrit la boîte.

— Faites attention, il est chargé ! prévint Louise, peu persuadée des compétences professionnelles du policier.

— Où avez-vous trouvé ce truc-là ?

— Dans la salle, où très précisément, j'ai vu mon patron pour la dernière fois hier soir à 18 h 30. Notre inquiétude vous paraît-elle plus claire ?

Il décrocha le téléphone et composa un numéro à quatre chiffres.

— Lucas, est-ce que tu peux descendre, je suis avec deux dames pour une disparition, je pense que c'est un dossier pour toi.

— Mesdames, un inspecteur arrive tout de suite, je

vous laisse entre de bonnes mains… conclut-il sans plus de commentaire. Il sortit de l'espace.

Le jeune policier se présenta comme étant l'inspecteur Lucas Borel. Beau garçon aux yeux clairs, sa coupe de cheveux courte laissait imaginer une chevelure rousse abondante. Il souriait lorsqu'il se demanda à voix haute, où était passé son collègue.

Ce n'est pas grave, on va reprendre depuis le début ! dit-il la main posée sur la boîte à chaussure, refermée par le petit moustachu.

14

Seul dans son bureau, Ludovic Rodriguez songeait. Le commissaire était en rendez-vous, et avait décalé le débriefing quotidien. Lucas s'était fait happer dès son retour par le brigadier Martin, empêtré comme d'habitude dans une déposition intersidérale. C'est lui qui avait accueilli les deux jeune-femmes du funérarium. Armand Martin, dit « le chat noir », recevait des plaignants pour audition, seulement de temps en temps, et uniquement en cas d'urgence. Mais rien n'était simple pour lui. Il attirait comme le miel attire les guêpes, tous les dossiers délicats et toutes les histoires de fou. Sa réputation de « pas de bol » allait bon train dans la grande maison. Lui-même s'en amusait.

Or, l'organigramme, dessiné par le patron sur le tableau blanc, n'évoluait pas beaucoup. La racine principale : « ***Raphaël Latour disparu école de police*** », à laquelle était rattaché, « ***David Petinet ami de Raphaël plaignant*** ». Dans l'encadré central, était noté, « ***Cathédrale éventuel défunt / femme devant forme blanche*** », et dans une bulle jaune juste à côté, « *Cordelette labo* ».

L'inspecteur Rodriguez questionna le commissaire à propos des trois bulles schématisées en jaunes juste en dessous du plan.

– Je vais vous répondre Ludovic !

Jamais le patron ne nommait un inspecteur par son prénom. Rodriguez et Lucas partagèrent un regard complice, étonné. Le commissaire se leva, un feutre noir à la main, et expliqua en joignant l'écriture à la parole.

– Si dans le premier cercle, je note :

« *Clitoris prélevé sur une morte* », dans le deuxième,

« *Clitoris prélevé sur une morte* » possiblement dans le troisième,

« *Clitoris prélevé sur une morte* », et compte tenu que la forme blanche de la cathédrale cachait sans doute un défunt, mon organigramme se commue doucement en plan du cimetière de l'est. Qui, à part un professionnel peut évacuer un mort aussi rapidement du parvis de la cathédrale ? Qui, peut exciser des femmes décédées, en veux-tu, en voilà ? Les questions sont posées, une seule réponse est crédible. Eh bien oui messieurs, il faut orienter notre enquête du côté des pompes funèbres. Tout, ou presque, nous ramène dans le cercle des marchands de cercueils, conclut-il.

Lucas Borel venait de lever la main pour prendre la parole.

– Patron... sûrement, vais-je apporter de l'eau à votre moulin !

– J'y compte bien mon cher Borel !

– Je viens juste de recevoir deux charmantes dames pour une disparition à mon avis, inquiétante... Le disparu s'appelle Léopold Belfort, responsable des pompes funèbres

Mondial Spirit dans la zone industrielle du Bois Vert. Et comme pour valider votre hypothèse, les petites dames se baladaient avec un pistolet de type Glock trouvé sur les lieux de la disparition. Si ça, ce n'est pas chelou ?

– De l'eau à mon moulin... mais certainement mon cher Borel ! Quel nom avez-vous dit ?

Pierre Boulin dessina deux nouvelles bulles sur son organigramme et après un temps de réflexion, compléta : « *Léopold Belfort directeur Mondial-Spirit disparu* » pour la première, « *Revolver de type Glock suivi d'un point d'interrogation* », pour la seconde.

Pendant la mise à jour du tableau, Borel commenta.

– Léopold Belfort est l'ex-gendre de Catherine Chamberlin directrice des pompes funèbres du même nom, et d'après les plaignantes, on ne peut pas dire que ce soit le grand amour entre Madame Chamberlin et Léopold.

– On y voit un peu plus clair dans cette histoire, se félicita le commissaire en regardant ses dessins avec un pas de recul et un soupçon de fierté.

Les trois policiers suivirent point par point l'organisation du tableau, et commentèrent à bâtons rompus chacun des éléments. La cordelette et le clitoris à l'ADN inconnu n'avaient toujours pas livré leurs secrets. Le commissaire s'arrêta longuement sur le colis mystère du Cryptoportique.

– Je ne pense pas que le jeu des cartons cachés ait été interrompu volontairement. Trois lettres anonymes envoyées pour seulement deux colis, il y a quelque chose qui ne colle pas fit remarquer le commissaire avant de continuer. Et si le malin avait été empêché par un contretemps inattendu du style disparition brutale, vous voyez ce que je veux dire.

Les hommes de Pierre Boulin avaient enfin du blé à

moudre, et bien qu'aucun lien formel ne fût établi avec la disparition de Raphaël Latour, l'équipe allait pouvoir commencer une vraie enquête, avec de vraies questions, en attendant de vraies réponses. Ludovic Rodriguez enquêtera chez Chamberlin, Lucas Borel supervisera les investigations chez Mondial Spirit, étant donné qu'un contact avec Sophia Martinet était déjà établi. Tels avaient été les ordres... Le commissaire raccompagna ses deux inspecteurs jusqu'à la porte en leur rappelant l'importance d'envoyer rapidement le revolver au labo.
– Faites-moi parler cette arme ! fut sa conclusion.

Isabelle Boquillon accueillit l'inspecteur Rodriguez et l'introduisit aussitôt dans le grand salon. La conseillère funéraire s'était présentée comme une collaboratrice de Madame Chamberlin. La directrice ne tarda pas. Catherine salua le policier d'une franche poignée de mains. Il lui présenta sa carte tricolore et tout de suite qualifia sa démarche comme une simple formalité de routine. Le commissaire lui avait recommandé la prudence avec cette dame aux multiples facettes. Catherine Chamberlin était entre autres, une conseillère municipale influente, et elle occupait un poste important à la fédération nationale des pompes funèbres. C'est elle qui négociait et défendait les intérêts du métier au plus haut niveau.

L'inspecteur expliqua à Catherine Chamberlin, qu'il faisait le tour des pompes de la ville pour éclaircir un certain nombre de points étonnants. Son avis éclairé de professionnel pouvait être riche d'enseignements, et peut-être déterminant pour la suite de son enquête, tel était le sens de sa démarche. Elle prit place dans le fauteuil en vis-à-vis et l'assura de sa collaboration la meilleure.

– Je vous écoute Monsieur l'inspecteur ! assura-t-elle, tout sourire.

– En fait, j'ai deux questions à vous poser. Dans la nuit du mercredi 28 au 29 septembre, nous avons tout lieu de penser qu'un défunt, recouvert d'une couverture blanche, se trouvait sur le parvis de la cathédrale aux environs de 4 h du matin. Nous enquêtons sur cette histoire hors du commun, et à l'évidence, seuls des professionnels ont pu procéder à l'enlèvement du corps, du moins c'est ce que nous supposons.

Madame Chamberlin se redressa et déclara avec calme :

– Cher inspecteur, vous m'avez bien dit que vous aviez deux questions. Eh bien, j'ai une bonne nouvelle pour vous, vous n'en avez plus qu'une ! Le mort de la cathédrale était effectivement un de nos défunts. Nous avons été victimes d'un kidnapping, juste une bonne blague d'un goût douteux. Elle reprit une position assise plus confortable et expliqua dans le détail : l'appel téléphonique, le corps sur la chaise sous l'ange au sourire, la cordelette, etc.

– Vous n'avez pas porté plainte ? interrogea Rodriguez.

– Non, Monsieur l'inspecteur, je n'ai pas porté plainte, et ce, pour deux raisons. L'objectif du kidnappeur était assurément de nous créer une publicité négative, fatale. Commercialement parlant, on ne se relève pas d'un épisode comme celui-ci. Porter plainte, c'était une façon de valider son plan machiavélique. Je risquais de tout perdre... La deuxième raison tient en deux mots, respect et empathie. Mettez-vous à la place de la famille qui nous a confié son défunt, ce n'est pas concevable, pas imaginable... sa voix était devenue chevrotante. Je compte sur votre discrétion, Monsieur Rodriguez. Aucune plainte n'a été déposée, et de notre côté, nous avons pris toutes les dispositions pour que ce genre d'acte malveillant ne soit plus possible dans nos murs.

— Effectivement, acquiesça Rodriguez. Sauf nouvel élément, le transport du corps, bien qu'illégal, restera sans suite. L'inspecteur s'interrompit.

— Il n'y aura pas d'élément nouveau, bien sûr ! assura-t-elle en haussant les épaules. Quelle était votre deuxième interrogation ?

Il prit son temps pour répondre et parla d'un air gêné.

— Est-il techniquement envisageable, qu'un membre déviant de votre personnel puisse procéder à des excisions sur vos défuntes ?

— Excusez-moi, mais je ne comprends pas bien votre question, ni où vous voulez en venir. Elle sourit.

— Le mot excision, vous le comprenez ? Pour faire simple, c'est l'ablation du petit organe érectile de la vulve, dit-il plus sèchement.

— Je sais ce qu'est une excision… mais admettez, que la question est un peu saugrenue, voire choquante ! contre-attaqua la directrice.

— Vous n'avez pas répondu à ma question !

— Impossible, inenvisageable... Telle est ma réponse ! Nous avons un gros turnover de personnel non qualifié certes, mais personne, mis à part les cadres, n'est autorisé à toucher aux défunts. Elle se leva l'air offusquée.

Rodriguez, assez satisfait par l'ensemble de sa prestation, prit congé de son interlocutrice en la remerciant pour sa franchise. Il l'assura une dernière fois que le transport illégal du cadavre de la cathédrale resterait sans suite.

En cette fin de matinée, Lucas Borel et l'agent

Dumont de la police scientifique se rendaient dans la zone industrielle du bois vert à une dizaine de minutes du commissariat. Ils avaient déjà travaillé ensemble à plusieurs reprises. Lucas, au volant de la Clio banalisée, retraça et commenta pour information, les grandes lignes de l'enquête dite pompes funèbres. Il ralentit à l'approche des P.F. Mondial Spirit. Sophia Martinot téléphonait derrière le comptoir. Le petit parking *« Réservé aux Familles »* était presque vide. Il fit demi-tour pour se garer en marche arrière selon les règles de la force publique. Le technicien emboîta le pas de Lucas. Sophia vînt à leur rencontre avec un sourire non dissimulé.

— Bonjour Monsieur Borel !

— Mademoiselle, répondit-il en baissant légèrement la tête. *Elle se souvient de mon nom...* Je vous présente mon collègue de la police scientifique, Monsieur Dumont. Nous allons relever quelques mesures et prendre un certain nombre de photos. Est-ce-que vous pouvez nous faire découvrir les lieux et me réexpliquer les conditions dans lesquelles l'arme a été découverte ?

— Bien entendu ! Je vais donner un tour de clé à la porte du magasin. Pendant midi, je peux me permettre de fermer un petit moment. Que voulez-vous voir en priorité ? demanda-t-elle.

— Tout, s'il vous plaît ! l'inspecteur Borel avait accompagné sa demande d'un geste sans ambiguïté. Décidément, il la trouvait encore... beaucoup plus jolie.

Le temps pour son collaborateur de passer la tenue blanche réglementaire, la jeune-femme et Lucas Borel traversaient déjà la cour centrale, là, où tous les bâtiments convergeaient. Ils passèrent hâtivement les locaux dédiés à la marbrerie et s'arrêtèrent le temps de quelques photos dans le dépôt. Sophia choisit la porte de gauche, celle où une plaque indiquait *« Salle de préparation des cercueils »*. Il jeta un coup d'œil rapide dans la pièce. Plusieurs caisses en chêne brillant surmontées de crucifix étaient alignées en quinconce dans une semi-obscurité.

L'autre entrée donnait dans la salle de soins.

– J'ai vu mon patron pour la dernière fois, ici même, à 18 h 30 ! confirma Sophia.

L'inspecteur présumait cet endroit comme étant le point névralgique de son enquête. Il demanda à Dumont de commencer ses investigations techniques dans cette pièce. La surprise fut de taille. Trois quarts de la surface au sol réagissaient à la lumière ultraviolette. Ce genre de lampe ne détecte pas seulement le sang, mais aussi toutes les matières organiques telles que le sperme ou les moisissures.

– Je n'ai jamais vu ça ! commenta le scientifique. Je vais passer un coup de bluestar. C'est à base de luminol, une molécule réactive au sang qui émet une intense lumière bleue quand elle se décompose, expliqua-t-il.

L'inspecteur connaissait parfaitement le luminol et ses applications, mais n'interrompit pas son collègue. Sophia était restée discrètement dans l'entrebâillement de la porte, elle semblait intéressée par la technique.

– J'ai l'impression d'analyser le sol d'un abattoir. Je n'obtiendrai rien de probant ici, c'est une mer d'hémoglobine ! s'exclama Dumont.

– Si je peux me permettre... il n'y a rien d'anormal ! intervint Sophia, et de continuer ; vous êtes dans un lieu où quotidiennement, plusieurs défunts sont vidés de leur sang par un thanatopracteur. Peut-être ceci explique-t-il cela ?

Le scientifique de la police acquiesça simplement de la tête, satisfait d'envisager des justifications plausibles aux réactions surréalistes de ses produits. Il s'adressa à Sophia.

– Il est important d'isoler les empreintes digitales de Monsieur Belfort. Pourriez-vous Mademoiselle, me conduire sur son lieu de travail ?

– Vous voulez dire dans son bureau ?

– Bien sûr !

- Suivez-moi, répondit-elle énergiquement.

Ils traversèrent un long couloir pour accéder au bureau du directeur. Le policier s'intéressa dans un premier temps à l'ordinateur. Avec un large pinceau en forme de poire, il commença par enduire la souris de poudre blanche, la tourna et la retourna avant de coller sur ses parties plates, de petits transparents souples. Les gestes étaient précis, méthodiques.

Lucas Borel avait suivi le couple jusqu'à l'antre du patron, et sans vraiment donner l'impression de perquisitionner, ouvrait meubles et tiroirs à la recherche d'un improbable coup de chance. Ce flair-là, il l'avait, il le savait ! Eh bingo... Dans le dernier compartiment d'un grand casier métallique, un sac en plastique, hermétiquement refermé, laissait transparaître des petits cartons pliés. Il n'eut pas de mal à reconnaître les boîtes de Saint Rémi et du Carrousel. Le patron avait raison, le mystère des clitoris se dénouait. Lucas, accroupi devant l'armoire, tenait entre ses gants bleus les fameux futurs colis, il interpella Sophia.

– Mademoiselle Sophia, je vais devoir vous emprunter ces cartons pour les faire analyser. Vous n'y voyez pas d'inconvénient ?

– Vous pouvez m'appeler Sophia, ce sera plus simple ! Et pour les cartons, c'est très gentil de me demander une autorisation dont vous n'avez pas besoin. Je suppose... Vous êtes un gentleman !

Il lui répondit par un sourire gêné.

Les investigations policières durèrent une bonne partie de l'après-midi. Sophia avait repris les commandes du magasin et du funérarium.

15

Parfois, le silence bruissait dans les cages jusqu'à rendre inaudible le temps qui passe. Ils parvenaient à survivre. Leur complicité avait déjà réussi à amadouer quelques travers de leur nouvelle vie. Il fallait continuer, ne pas lâcher, ne pas céder à la peur. Vanessa et Raphaël voulaient rester ensemble, et ignorer la possibilité d'une éventuelle séparation. Ils s'appréciaient et se parlaient beaucoup, ils voulaient entretenir l'espérance.

Rien n'était simple dans leur quotidien, même le rythme naturel et rassurant de la lumière du jour n'existait plus. Vivre comme des animaux, nichés dans des parallélépipèdes métalliques de quelques mètres carrés, n'était pas ordinaire non plus. Les accès à la douche devenaient de plus en plus aléatoires, souvent de nuit, cela contribuait à perturber davantage leurs points de repère. Pourtant, leur minuscule ouverture sur le monde, celle du cabinet de toilette, leur avait apporté une quasi-certitude. La nuit, des pointillés de lumière colorée, filtrés par le feuillage d'un grand marronnier, dessinaient une pointe triangulaire ressemblant à celle de la tour Eiffel. Ils étaient certainement retenus à Paris.

Les deux jeunes-gens, à court de réponses logiques, pensaient être des cobayes humains retenus pour des études expérimentales, ou bien ?...

Vanessa commença son histoire par l'accident.

– Mon père dirigeait une société immobilière internationale !

Ses premiers mots la plongèrent dans une crise de larmes incontrôlable. Vanessa mit un long moment pour se calmer. Elle s'excusa de sa fragilité auprès de Raphaël.

– Ce n'est pas de la fragilité, mais de la sensibilité ! C'est une force, pas une faiblesse, c'est une belle qualité. Et tu l'as ! Elle est source de bienveillance et offre aux artistes l'imaginaire et la beauté...

Il la trouvait belle dans son survêtement bleu-canard trop large, un côté déglingué que n'auraient pas renié certains magazines branchés. Ses cheveux noirs jet, presque ras, lui apportaient un charme masculin. Il s'y connaissait !

Elle lui sourit et reprit ses esprits.

– Mon père travaillait sur une grosse opération hôtelière à Bali. Le 17 juillet 2014, j'avais 16 ans, le vol 17 Malaysia Airlines entre Amsterdam et Kuala Lumpur, s'est écrasé en Ukraine, aux abords de la ville de Chakhtarsk en république autoproclamée de Donetsk, avec à son bord, 298 personnes, dont papa. Selon les enquêteurs, l'avion a été abattu par un missile sol-air tiré par les pro-russes.

Elle poursuivit son récit avec une émotion envahissante. Elle raconta sa maison, le grand jardin et les saules pleureurs de son bonheur. Elle parla longuement de son père, de leur complicité, de leur voilier mouillé dans le port de Hyères. Chaque année ils partaient tous les deux en croisière sur leur Feeling 1040 du nom de *« Forever Young »*. La première étape s'appelait la Corse, puis ils longeaient la côte ouest italienne, descendaient le détroit de Messine et terminaient leur périple par des sauts de puce dans les îles grecques. Les postes de travail à bord étaient bien définis et immuables. Vanessa s'occupait du bateau et de la navigation. Son père cuisinait, photographiait baleines et dauphins en supervisant la navigation d'un œil averti. Pascal Gruat avait traversé l'Atlantique en solitaire à plusieurs reprises, sa fille était à bonne école.

Bien qu'elle n'en n'eût pas encore parlé, Raphaël ressentait un vide, une absence affective évidente chez Vanessa, celle de sa mère...

Il lui tendit une perche.

– Et ta maman ?

– Ma mère, tu veux dire ! Assise sur son lit, elle se leva et fit les trois ou quatre pas autorisés par son espace. Ma mère ! continua-t-elle avec amertume. Elle n'est plus là ! Aux abonnés absents la daronne ! Elle passe ses journées avec des frappés dans son genre, à prier, je ne sais qui ? Je ne sais où ? En juillet prochain, cela fera sept ans que je ne l'ai pas revue.

Vanessa assise sur sa couchette, les coudes sur les genoux, les mains sous le menton, continua son histoire :

« Elle expliqua à Raphaël, comment sa mère, quelques semaines après l'accident, s'était réfugiée dans la mystification d'une église évangélique. « La rose et le Calice » était en réalité une organisation sectaire internationale dirigée par un gourou canadien, Raymond Lavoie. Elle le savait depuis peu de temps. Ces escrocs recherchaient des proies fortunées, idéalement fragilisées par des accidents de la vie. Danielle, sa mère, était à l'époque une victime type. Ils ne l'ont pas lâchée, et à priori, ne la lâchent toujours pas.

Quelques mois après la mort de son père, Danielle la présenta à ses nouveaux amis installés dans le salon du jardin. « Dans mon jardin ! » avait précisé Vanessa. Parmi ces cinq ou six personnes, sa mère lui fit rencontrer Jayden Ramassamy, le pasteur responsable de l'église évangélique française, un grand type guadeloupéen d'une trentaine d'années à l'époque. Fière et très impressionnée, Danielle semblait être très heureuse de mettre en évidence son nouvel ami. « Jayden était chirurgien avant de se consacrer à notre Église. C'est lui qui m'a fait rencontrer Dieu ! » avait-elle ajouté, elle regardait le pasteur avec les yeux du bonheur.

Les nouveaux frères et sœurs de sa mère avaient progressivement pris possession des lieux. Les règles de la maison étaient dorénavant dictées par le beau pasteur : la prière le matin, le bénédicité à tous les repas, les travaux du parc depuis toujours effectués par Georges le jardinier, désormais incombaient à la communauté. Georges fut rapidement licencié.

La vie était devenue insupportable chez les amis de sa mère. Danielle, complètement transformée, était de plus en plus injuste et autoritaire avec sa fille. Vanessa n'avait plus sa place chez elle. En juillet 2015, elle fit une fugue et se réfugia chez la sœur de son père. Louise Gruat vivait seule dans un modeste appartement du 8e arrondissement de Paris. Personne ne se préoccupa de la disparition de Vanessa. Sa tante prit contact avec Danielle pour aborder les problèmes administratifs de changement d'adresse, etc. C'est Jayden Ramassamy qui l'a reçue dans l'entrée de la grande maison.

Vanessa envisageait de devenir avocate. Louise,

malade d'un cancer, lui avait légué son petit appartement et de substantielles économies. Tu seras en sécurité jusqu'à la fin de tes études ! aimait-elle à lui répéter avant de mourir. Van, comme l'appelait sa tante, gardait un souvenir formidable de ses quatre années de sérénité.

Quand le taxi emprunta la rue de son enfance à Rueil-Malmaison, elle détendit ses jambes sur le côté pour atténuer une brutale sensation de faiblesse. Le chauffeur s'était garé à 50 mètres de la grande maison. Vanessa voulait marcher sur le trottoir, donner la main à son papa, appuyer encore sur le bouton de l'interphone et entendre la voix grésillante de sa maman répondre : c'est vous mes chéris !

La réalité ne se fit pas attendre... L'interphone, caché sous une plaque signalétique de bois, n'était plus accessible. « La rose et le Calice », cinq mots pyrogravés sur un écriteau, résumaient avec une violence infinie le nouveau contexte. Vanessa s'approcha de l'autre pilier du portail pour actionner manuellement la cloche extérieure, la cloche miraculée. Elle sonna à plusieurs reprises avec de plus en plus de dynamisme. Une voix féminine au loin lui répondit :

– Ça va, ça va, j'arrive ! les crissements de pas sur les graviers devinrent de plus en plus proches et les ronchonnements de plus en plus distincts.

– Vous êtes malade de sonner comme ça ? Que voulez-vous ? Elle venait d'entrouvrir la porte.

– Je veux parler à Danielle Gruat !

– Qui êtes-vous ?

– Je suis sa fille et je veux la voir !

– Danielle n'est pas là, désolée ! Bonne journée !

La porte se referma. »

Raphaël, avant de l'interrompre, glissa son bras entre deux barreaux. Vanessa, elle aussi souhaitait partager son amitié, elle se rapprocha et tendit sa main au plus loin. Ils se touchèrent difficilement du bout des doigts. Ils venaient de valider un pacte probablement éternel... Celui des âmes perdues.

– Merci ! chuchota-t-elle avant de poursuivre. L'émotion l'avait envahie. J'ai pris conscience de l'énormité de l'escroquerie, sur le chemin du retour. Quand le taxi me déposa devant chez moi, je n'étais plus triste, ni nostalgique, mais en colère. Certainement aveuglée par la rancœur que je portais à maman *« j'ai dit maman ? »*, je ne m'étais jamais préoccupée de la réalité du préjudice, ni de son aspect juridique. Au-delà de l'assurance vie de papa, ma mère a perçu une indemnité d'environ 120 000 € de Malaysia Airlines, c'est un article de la convention dite « de Montréal » qui l'exige. Quid de tout cet argent ?

– Sans être d'une objectivité irrationnelle, on peut imaginer le rôle pernicieux de la secte, suggéra Raphaël.

– Tu as raison, mais je n'avais aucune information sur ces gens-là. J'ai donc engagé un détective privé pour éclaircir un certain nombre de points avant de prendre un avocat. Il est allé jusqu'au Canada sur les traces de Raymond Lavoie le leader. Il m'a donné sa démission en rentrant. Votre mère est certainement là-bas ! m'a-t-il dit simplement. Je n'ai jamais revu ce monsieur qui ne m'a pas réclamé le solde de sa mission.

L'entrée inopinée d'un homme en noir tenant deux livres à la main interrompit leur conversation. Il remit une bible à chacun des deux captifs.

– C'est tout ce que j'ai trouvé ! marmonna-t-il à Vanessa qui lui avait demandé de la lecture.

Les deux nouveaux amis partagèrent un fou rire fraternel pendant de longues minutes.

16

Le commissaire était d'excellente humeur ce matin. Il avait même préparé du café avec sa cafetière personnelle posée sur un petit tabouret derrière son bureau. Du vrai café ! comme il disait. Les deux inspecteurs Rodriguez et Borel avaient déjà remarqué une évolution significative de l'organigramme.

— Avant toutes choses, avez-vous avancé sur le Glock ? demanda le chef en regardant Borel.

— Oui patron ! répondit l'inspecteur. On a des empreintes exploitables, mais à priori ce ne sont pas celles de Léopold Belfort. Je pense qu'on va devoir refaire le tour des popotes pour étendre les comparaisons à tous les personnels, et à leurs responsables.

— Et avec Madame Chamberlin, comment cela s'est-il passé ? il venait de se tourner vers Rodriguez...

Ludovic fit un compte rendu détaillé de son entretien avec la patronne des P.F.C.

— Elle est coriace, je vous avais prévenu !

Il se rapprocha du tableau blanc et le doigt sur les traces d'une bulle encore transparentes, continua.

— J'ai effacé « *Cordelette labo* » et tous les « *Clitoris prélevé sur une morte* », nous avons des réponses à ces questions ! Il déplaça sa main sur l'encadré « *Revolver type Glock* ». C'est étrange, ce flingue qui tombe dans un cercueil ! Un criminel ou un kidnappeur oublie rarement son arme, c'est un peu une règle ! Ce revolver devrait logiquement appartenir à Belfort, mais ses empreintes ne correspondent pas, c'est étonnant, mais nous n'allons pas être plus royalistes que le Roi ! Ce matin, en lisant mon journal, en dessous des rubriques nécrologiques Rémoises, j'ai vu dans un encadré des pompes funèbres Chamberlin : *« Recherchons porteurs, urgemment, tel, etc. »*. Je pense que les infiltrer pour avoir une vision de l'intérieur, serait une bonne chose. Qu'en pensez-vous messieurs ? Les inspecteurs acquiescèrent. Rodriguez, vous vous en occupez ? Mais attention, pas de connerie, il me faut un profil parfait, ne m'envoyez pas un premier ministrable... Je crois que l'on a fait le tour pour aujourd'hui... au boulot ! conclut-il.

La réunion express était terminée. Les inspecteurs décampèrent.

La mission de Rodriguez n'était pas évidente... Introduire un jeune policier parmi le personnel de chez Chamberlin comportait un certain nombre de risques. Il lui fallait trouver une perle rare, inconnue à Reims. Il fut aidé en cela par l'arrivée d'un élève inspecteur, Jo Slaves. Il arrivait de Nancy pour boucler sa formation par un stage de deux mois au commissariat de Reims.

Rodriguez reçut Jo Slaves en fin de journée pour lui proposer un boulot de porteur dans une pompe funèbre locale. Le jeune homme n'était pas à Reims pour un travail de ce genre, et l'inspecteur aurait tout à fait compris qu'il n'accepte pas cette mission hors norme pour un stagiaire. Mais Jo n'hésita pas, il répondit *« oui »,* ravi de participer à une première vraie enquête. La seule restriction qu'il opposa fut relative à ses cheveux. *« Je ne changerai pas de coiffure ! »* avait-il dit dans l'intransigeance.

C'était un grand et beau garçon avec des yeux bleus magnifiques et une longue chevelure brune enroulée en chignon. Il avait davantage le profil d'un top model de chez Rock Men que celui d'un porteur de cercueil de chez Chamberlin. Ils travaillèrent immédiatement à la préparation d'un curriculum vitae contrefait et d'une lettre de motivation. Il ne fallait pas perdre de temps. Le nouveau Jo Slaves allait désormais vivre chez une grand-mère à Bétheny dans la proche banlieue de Reims, et poursuivre des études de développement informatique. Rodriguez était satisfait de son entretien avec le futur informaticien, seul bémol, sa coiffure. *Est-ce qu'il va être embauché dans une pompe funèbre avec un chignon ?*

Jo arriva sur le parking des PF Chamberlin vers dix-sept heures. Il fut accueilli par une Isabelle Boquillon souriante.

– Bonjour Monsieur ! Que puis-je pour vous ?

– J'ai pris connaissance de votre annonce dans l'Union d'hier. Je suis intéressé par le poste de porteur et je viens vous déposer mon CV !

Il glissa les deux feuilles sur le comptoir.

– Parfait ! Je vais transmettre tout ça à Madame Chamberlin, vous pouvez compter sur moi ! dit-elle.

Elle posa une main sur les documents.

– Que veut ce monsieur ? demanda une dame habillée en violet de la tête aux pieds.

Ses grosses lunettes carrées étaient incarnates. Elle sortait d'un bureau voisin.
– Il vient déposer un CV pour un poste de porteur !
– J'ai du temps, je vais le recevoir tout de suite. Monsieur, si vous voulez entrer ! Je vous rejoins immédiatement, installez-vous !

Isabelle, seule quelques instants avec sa patronne, chuchota.
– Embauchez-le, il est trop mignon !

Catherine fit mine de ne rien avoir entendu et se dirigea vers la porte entrouverte. Elle salua Jo, d'une solide poignée de main de directrice, prit place dans son fauteuil et commença à parcourir le CV.
– Votre dernier emploi à temps partiel, c'était à Nancy en tant que brancardier ! Bien ! fit-elle l'air intéressée.
– J'ai une question, Madame, si vous m'autorisez !
– Oui, je vous écoute !
– Je ne porte pas de boucle d'oreille, je n'ai aucun tatouage visible, mais je porte les cheveux longs. Ils sont toujours fixés comme aujourd'hui. Il tourna la tête vers son interlocutrice pour lui montrer. Est-ce que cela vous pose un problème ? dit-il.
– On en reparlera ! Mais avant ça, dites-moi, pourquoi avez-vous choisi de travailler aux pompes funèbres ?

Jo répondit à cette interrogation, ainsi qu'à une multitude d'autres : « *Est-ce-que vous croyez en dieu ? Est-ce-que vous avez peur de la mort, des défunts ? Est-ce-que vous savez bricoler ? Est-ce-que vous savez jardiner ? etc.* » Jo sentait qu'elle en faisait beaucoup, mais il était habitué à ce que les dames, surtout d'un certain âge, soient très affables à son égard. Peut-être était-ce grâce ou à cause de son physique séduisant... qui sait ?

– Notre métier peut être de temps à autre psychologiquement difficile. Tous les trois mois, un psy passe une demi-journée avec nous. Pour le rencontrer, il vous suffira de vous inscrire. C'est simple ! Mais, je n'ai pas encore répondu à la question sur votre coiffure, il s'en est fallu d'un cheveu pour que j'oublie. C'est de l'humour ! ajouta-t-elle. Il faut savoir rire dans les pompes funèbres, c'est important ! L'an passé, nous avons travaillé avec un maître de cérémonie coiffé comme vous, ça n'a posé aucun problème ! Vous allez vous rapprocher d'Isabelle la jeune femme de l'accueil. Elle va envoyer votre déclaration à l'URSSAF, puis vous conduira auprès de Louisette. Cette dame est notre lingère, Louisette vous fera essayer un costume et des chaussures. Vous pourrez ranger tout ça dans votre casier. Elle vous expliquera...

Madame Chamberlin proposa une autre poignée de main au jeune-homme.

– Jo, Bienvenue aux pompes funèbres Chamberlin !

Une petite dame blonde sans âge, entre 55 et 70 ans et d'un dynamisme débordant, fit visiter les coulisses de son environnement au nouveau porteur. Louisette avait trouvé la formule magique : *« Rester jeune pour ne pas vieillir. »* Elle était bien conservée, selon la lamentable expression.

C'est toujours impressionnant de découvrir un dépôt de cercueils, c'est une claque thétique, une prise de conscience surprenante...

Pour une repasseuse, elle semblait d'une compétence à toute épreuve en matière de cercueil. De temps à autre, elle aidait Martial à la préparation des boîtes. Ceci justifiait peut-être cela. Elle ajouta...

– Moi, je veux bien tout ce qu'on veut, mais je ne

supporte pas la vision des morts ! Je garde les images des visages dans ma mémoire, et je les ramène dans mon plumard, c'est désagréable. En fait, je préfère les vivants... pas trop jeunes, quand même ! Quoique !

Louisette parlait, parlait... Elle revint sur Martial.

– Tu vas voir, il est sympa, mais il faut t'en méfier. Il est toujours fourré avec la patronne. Je ne sais pas ce qu'ils trafiquent tous les deux. Après tout, ça ne nous regarde pas ! avait-elle commenté avec une main sur la bouche.

Elle décrocha deux costumes noirs d'une impressionnante penderie.

– Essaye ça, tu vas voir... j'ai l'œil pour les tailles !

Jo attendait qu'elle sorte pour se déshabiller... même les faux raclements de gorge n'influèrent pas sur la position de la lingère définitivement plantée. Finalement, il retira chemise et pantalon devant Louisette et les essayages purent commencer.

Elle venait d'approcher un tabouret.

– Monte là-dessus, je vais fixer les ourlets avec des épingles. Je te l'avais bien dit... j'ai l'œil ! Celui-ci te va comme un gant, il faut dire que tu as la taille mannequin !

Louisette n'était pas pressée d'en finir. Quelque peu impatient, Jo faisait contre mauvaise fortune bon cœur. Il avait déjà compris que la bavarde repasseuse pouvait être une riche source d'informations. Il jouait le jeu. La responsable du linge monologuait encore lorsqu'il sortit du dépôt. *Quelle pipelette celle-là !* pensa-t-il.

Il avait prévu de saluer les deux dames de l'accueil avant de partir. La patronne se tenait debout devant la banque ; elle parlait avec une jeune femme et un homme d'une trentaine d'année aux cheveux presque déjà gris. Elle interpella Jo.

– Je vous présente ma fille Marie-Pierre ! fit-elle en reculant d'un pas.

Puis, elle se tourna main ouverte vers l'homme entre deux âges.

– Martial Falco s'occupe principalement de la préparation des cercueils, mais en réalité, il sait tout faire.

– Martial, je te présente Jo, notre nouveau porteur.

Ils se saluèrent.

– Jo ! reprit-elle. Avez-vous quelque chose de prévu dans l'immédiat ?

Il prit un temps de réflexion...

– Non, non, rien de spécial !

– Alors, vous démarrez illico ! Nous avons un transfert un peu délicat et urgent, notre porteur d'astreinte ne répond pas. Donc, c'est pour vous ! Retournez au dépôt et enfilez votre costume. Vous partez dans dix minutes.

– Si je peux me permettre, il n'est pas complètement prêt. Louisette doit coudre les ourlets !

– Ce n'est pas un problème, vous partirez avec les épingles. Le maire de Verzenay est sur place, il attend...

L'accueil de Louisette fut un peu froid, elle râla dès qu'elle sut.

– C'est toujours pareil dans cette boîte, il faut tout faire pour la veille ! Comment veux-tu faire du bon boulot ? Tu vas partir avec un costard pas terminé ! Va t'habiller... si c'est la boss qui l'a dit, mais ce n'est vraiment pas cool, elle ne respecte pas mon travail...

Jo retrouva le garçon aux cheveux gris au volant du Vito Mercedes stationné sur le parking. Martial, en pédagogue occasionnel, expliqua que les pompes funèbres travaillaient avec deux modèles de véhicules : les ambulances, communément appelées transferts, et les corbillards réservés aux convois.

— Exceptionnellement aujourd'hui, on part avec une ambulance et un cercueil. D'après ce que j'ai cru comprendre, on va en avoir besoin. Pour un premier jour, tu es servi. J'espère que tu as le cœur bien accroché ! Jo ne répondit rien, Martial se tut jusqu'à la destination.

Verzenay est un petit village situé sur le versant nord de la montagne de Reims au cœur du vignoble champenois. Joseph Goulet, fondateur des succursales Goulet-Turpin aux idées pour le moins extravagantes, avait fait ériger un phare marin sur une mer de vigne au sommet de la colline du village. Au départ, le but de cette ineptie était publicitaire, depuis, le phare de Verzenay est devenu une curiosité locale fort appréciée par les touristes.

Ils ne mirent pas plus de vingt minutes pour arriver sur place. A priori, Martial connaissait bien les lieux. Il se gara à côté de la mairie, devant une petite maison. Trois personnes parlaient devant la porte. L'obscurité s'immisçait discrètement. Une lampe torche à la main, Martial s'avança vers les hommes en attente. Jo le suivit.

— Bonjour Monsieur le Maire, je ne pensais pas vous revoir aussi rapidement. Martial était passé le matin même à la mairie de Verzenay pour valider une autorisation d'inhumer.

Monsieur le Maire fit les présentations.

— Mon premier adjoint Bruno Marconni !

Le maire se tourna vers l'autre personne.

— Le fils du propriétaire des lieux, Monsieur Madelin.

Martial Falco serra les mains à tour de rôle.

— Romain n'a pas vu son papa depuis plusieurs années, et ce n'est pas un secret... vous ne vous parliez plus ?

dit le maire en regardant le fils Madelin perdu dans ses pensées.
— C'est Romain qui nous a alerté ! continua le Maire en s'adressant à Martial.
Romain Madelin releva la tête et coupa le premier officier municipal.
— Je passe depuis trois jours pour lui parler, mais il ne répond pas ! La fenêtre de l'étage reste grande ouverte de jour comme de nuit. La porte n'est pas fermée à clé, mais on ne peut pas entrer, elle est obstruée, et surtout, il y a cette odeur épouvantable.
Comme la dernière fleur d'un vieux jardin au milieu des mauvaises herbes, une Coccinelle Volkswagen des années soixante résistait au temps comme elle pouvait. Qui l'avait garé là, derrière ce mur infranchissable surmonté d'un grillage ? L'ancienne pépite jaune se fanait doucement à la vue des villageois indifférents. Le probable transfert de Jean-Luc Madelin commençait par le mystère d'un *« scarabée »* venu d'ailleurs. Martial poussa la grille sans serrure et s'approcha de l'entrée du pavillon, la porte entrouverte résistait. Il fit naviguer sa lampe torche de haut en bas dans l'entrebâillement pour essayer de comprendre les raisons du blocage.
— A priori, c'est très encombré et l'odeur est pestilentielle ! dit-il en revenant sur ses pas. Jo, suis-moi, on va s'habiller !
Le chef de transfert ouvrit la porte latérale du Vito pour attraper une valise noire dans laquelle tout était impeccablement plié. Il aida Jo à s'habiller, tenue blanche intégrale, masque, gants, sur-chaussures, puis Martial souleva le masque de son nouveau collègue et le badigeonna de Vicks Vaporub du nez au menton. Cette pommade est un

médicament utilisé pour les affections respiratoires banales. Les pompes funèbres l'utilisent pour masquer les odeurs irrespirables. Les hommes en blanc réintégrèrent le jardin.

– Messieurs, on va devoir pousser la porte, pouvez-vous nous aider ? leur demanda Martial.

La réponse positive des hommes de bonne volonté fut immédiate. Le Maire, l'adjoint et le fils se préparèrent. La poussée libéra un passage de cinquante centimètres, mais déclencha la chute d'une planche qui vint finalement réduire l'accès. Ils allaient devoir entrer à plat ventre. Martial rampa et déclencha dans un nuage de poussière les chutes d'une importante pile de vieux journaux tombée du ciel, de quelques ustensiles de cuisine et de bien d'autres objets non identifiés. Il venait de créer un nouveau conglomérat d'obstacles disparates.

– J'ai l'impression d'entrer dans une poubelle géante ! Je vais essayer de déblayer tout ça, attendez-moi !

Il se releva difficilement. De l'extérieur, les hommes écoutaient attentivement les bruits des différents catapultages, des glissements de meubles et les jurons de Martial. Il lui fallut de longues minutes pour aménager un vrai passage.

– Vous ne pourrez pas entrer sans masque, l'odeur est insupportable, dit Martial, même avec le Vicks, c'est difficile de respirer normalement.

– J'ai l'impression que le défunt est à l'étage ! Monsieur le Maire, je vous conseille sincèrement de rester dans le jardin ! conseilla Martial.

Le Maire suivit la recommandation. Il alluma une cigarette et jeta un œil curieux sur l'intrigante Volkswagen atterrie comme un objet tombé de l'espace entre deux géraniums. Le fils du défunt fit fi du conseil, et se faufila dans la petite pièce à demi obstruée par une gazinière verte de moisissure et par des chaises défoncées, recouvertes de sous-vêtements en chiffon. Jo fut interpellé par la surprenante attitude de Romain Madelin. Il vidait nerveusement tiroirs et placards du bureau-cuisine. Nullement incommodé par l'air irrespirable et indifférent à la mort de son père, il s'activait comme un beau diable. *Il cherche quelque chose d'important, c'est sûr !* pensa Jo en respirant moins que nécessaire.

Martial, subjugué, immobile, figé, se contentait de balayer avec son faisceau lumineux un grand espace fait de parpaings. Les travaux intérieurs n'avaient jamais été terminés, peut-être n'avaient-ils jamais commencés ? La pièce couvrait la presque totalité de la maison. Seul un escalier préfabriqué en béton brut, sans rampe, perçait une trémie au centre du volume.

– Que fait-on maintenant ? demanda Jo.

Ils se tenaient tous les deux plantés devant un océan vert composé de milliers de canettes vides. Silencieux, ils ne bougeaient plus. Ils venaient d'entendre du bruit sous les cylindres de bière Heineken.

– Ça remue... là-bas ! Jo désignait l'endroit juste au pied de l'escalier.

Martial éclaira... une étoile formée par des vaguelettes mouvantes apparaissait et glissait aléatoirement à la surface.

– Qu'est-ce que c'est ? demanda Jo.
– Des rats mon Jo ! De gros rats !

17

Sans être vraiment sympathiques, les geôliers devenaient moins désagréables au fil du temps. Ils restaient malgré tout, intransigeants sur le silence. Vanessa et Raphaël interrompaient et reprenaient leurs paroles au rythme du va et vient de l'ascenseur.

– Comment raconter ma vie sans tomber dans une banalité affligeante ?

Pourtant, Vanessa voulait tout connaître de Raphaël. Finalement, il se décida.

– Dieu soit loué, mes parents ne sont plus là pour s'inquiéter ! furent ses premiers mots.

« Son père, retraité de la SNCF, était décédé depuis plusieurs années. Sa maman, victime d'une mémoire oubliée, résidait dans un EHPAD adapté à sa pathologie. Fils unique de parents âgés et aimants, il avait vécu une belle jeunesse au centre d'un couple formidable et indéfectible. C'était sans compter sur la maladie qui emporta son papa, et provoqua chez sa mère, des troubles irrémédiables de la pensée et du comportement. Elle ne reconnaissait plus son fils... Il ne s'attarda pas sur sa famille et préféra parler de lui et de ses années lycée. Elles furent pour lui, synonyme de liberté, de découvertes, d'autonomie aussi. Il en parla avec beaucoup de bonheur. Il sut très tôt qu'il voulait être policier, refusant énergiquement l'idée d'avoir été influencé par son père. En effet, son géniteur cultivait un grand regret, il aurait aimé travailler dans la police. Il en parlait souvent. »

L'ascenseur venait de signaler sa montée. Selon les règles intransigeantes de leur claustration, Raphaël interrompit son récit. Le chariot au matelas, poussé par les deux hommes en noir, réapparut. Une jeune femme partiellement recouverte d'une couverture bariolée semblait dormir sur le skaï marron. Le terrible cauchemar ressurgissait. Vanessa se coucha sur le ventre en serrant la manche de sa veste entre ses dents. La nouvelle victime inerte fut bâillonnée et solidement attachée sur le lit de métal. Les hommes sortirent. Raphaël partagea l'insupportable quelques instants, puis se reprit. Il devait aider Vanessa, lui parler, faire diversion... Elle était allongée la tête dans les épaules, le tissu de sa manche dans la bouche.

– Tu vois, je t'avais prévenue, ma vie n'est pas très intéressante ! Mais rassure-toi, je ne t'ai pas tout dit !

Raphaël s'était levé en fermant volontairement l'angle de vision où gisait leur nouvelle voisine.

– Sais-tu que tu parles à un champion national de billard ?

Les deux mains arc-boutées à deux traverses métalliques, il reprit son monologue de pacotille. À Marseille, il avait gagné la finale des championnats de France avec une Américaine de 78 points... Avant même d'avoir eu le temps de développer ce qu'était une

Américaine, Vanessa s'était redressée. Les yeux embrumés, elle se dirigea dans l'angle, là où ils pouvaient se toucher du bout des doigts. Le bras déplié, l'épaule insérée à la limite de la rupture, elle effleura les phalanges bienveillantes d'une main affectueuse. Raphaël essayait de lui communiquer un peu de la force qui lui restait, tenir bon... pour vivre tout simplement.

Leurs doigts se touchaient encore lorsque Raphaël lui confia soudainement.

– Mon meilleur ami s'appelle David ! En fait, c'est plus que mon meilleur ami, c'est mon ami ! Je suis gay Vanessa ! Dès qu'on le pourra, David et moi allons-nous marier. Il doit-être d'une inquiétude infinie, je n'ose pas y penser !

Cet aveu provoqua instantanément le fléchissement de leur étreinte digitale. Coite, elle s'assit sur son lit. *Je ne pouvais pas lui cacher ma vérité plus longtemps !*

– Mes exploits de billardeu n'ont pas l'air de t'impressionner plus que de mesure ! valida-t-il.

Elle sourit...

– J'espère bien connaître David un jour ou l'autre ! J'ai le pressentiment que l'on s'entendra bien tous les deux. Tous les trois ! reprit-elle.

Il prit un long temps de réflexion à côté de la malheureuse sous sa couverture. L'ordinaire indicible tentait de s'imposer naturellement dans leur quotidien. A court d'argument, il poursuivit la narration de sa vie tellement banale, et aborda son deuxième hobby.

– Je fais partie d'un club d'aéromodélisme. On fait voler toutes sortes d'avions radiocommandés et d'autres de tous genres. Ma discipline privilégiée, ce sont les avions en papier. Ça peut paraître étrange, mais la technique est

exigeante. Faire voler une feuille de papier A4 à plus de 40 mètres est plus complexe qu'il n'y paraît.
— J'aimerais bien voir ça ! dit Vanessa.
— Ce serait avec plaisir, mais nous n'avons pas de papier.
— Eh bien, détrompe-toi mon ami ! J'en ai, moi, du papier...

Elle se déplaça jusqu'à son plateau repas et revint avec sa bible posée entre assiette et couverts en plastique. Elle l'ouvrit et tendit à Raphaël un marque-page de fortune fait d'une feuille de papier blanche pliée en quatre.
— Et ça ! Ce n'est pas du papier ?
— Génial ! J'ai de quoi m'occuper pour un bon moment.

Raphaël déplia la feuille A4, et expliqua qu'il allait devoir la défroisser avec soin.
— Ce n'est pas impossible ! ajouta-t-il.

La feuille de papier était bien cachée dans la partie basse de son jogging, lorsque la femme à la blouse blanche entra dans la salle. Les masques noirs suiveurs étaient là eux aussi.
— Je vous l'avais pourtant bien précisé ; vous ne déposez plus personne aux Iris ! Si retenir le nom d'un étage sur trois, dépasse vos capacités intellectuelles, voyez avec le chef pour qu'il vous change de poste, ou cassez-vous ! C'est pénible de bosser avec des nuls !

Les gaillards attendirent sans broncher la fin de l'intervention appuyés sur le chariot de skaï marron. Vanessa et Raphaël connaissaient le protocole de l'intraveineuse. Ils détournèrent leurs regards. La cloche de l'église voisine tinta comme un mauvais présage. Le groupe sortit.

Par définition, l'irrationnel n'est pas logique. Il ne

propose que des réponses déconcertantes, parfois terrifiantes. Vanessa et Raphaël, depuis un certain temps, profitaient largement de ses largesses. Néanmoins, ils voulaient continuer à essayer de comprendre l'incompréhensible, et surtout, ils devaient tenir bon et ne pas se laisser impressionner... continuer à se battre.

Vanessa fut réveillée par le frottement régulier du papier glissant autour d'un barreau. C'était la technique choisie par Raphaël pour aplatir le format A4. L'objectif dérisoire de vouloir construire un avion de papier, devenait pour eux, une échappatoire essentielle. Dans l'impossibilité de mesurer le temps, l'aplatissage prit certainement plus d'une paire d'heures. Ce projet d'aéroplane les faisait voyager dans une autre dimension. Assis sur une inconfortable chaise grossièrement soudée à une invraisemblable table, Raphaël fixait avec admiration, sa feuille blanche, immaculée.

– Je vais construire le modèle le plus simple ! C'est aussi un des plus fiables ! ajouta-t-il.

Vanessa affichait le sourire d'une enfant prête à écouter la lecture d'un nouveau livre. Les deux mains couchées devant la précieuse page, Raphaël se concentrait. Il commença par plier la feuille en deux dans le sens de la longueur. Ses gestes étaient lents et précis. Il marquait fermement les pliures avec son pouce droit et son index gauche. Page pliée, il rabattit les deux angles supérieurs vers l'intérieur. La forme de papier prit l'apparence d'une enveloppe prête à poster, puis il renouvela l'opération du pliage des coins et superposa l'ensemble des deux côtés. Le planeur commençait à prendre des formes aérodynamiques. Il replia simplement les deux ailes sur elles-mêmes, et au-dessus de sa tête leva son avion prêt à voler...

– Si seulement on pouvait monter à bord et s'envoler

par la fenêtre de la douche ! s'écria Vanessa debout sur sa chaise.
— Si seulement ! répondit Raphaël. C'est frustrant, je ne peux même pas l'essayer !
En tailleur sur sa table les paumes de ses mains vers le ciel, Vanessa méditait dans sa position de yoga favorite...
— Lancé de la salle d'eau, penses-tu avoir une chance de faire voler ton petit bijou au-dessus du mur d'enceinte ?
— L'aéromodélisme papier n'est pas une science exacte. Sans l'avoir testé, je ne suis pas sûr de la fiabilité du modèle. Dans tous les cas, j'aurai besoin d'une petite brise ou d'un appel d'air salvateur, et même avec ces critères réunis ; notre bel avion devra contourner les 70 % d'espace occupé par le grand marronnier de la cour. Pour répondre simplement à ta question, la chance de passer le mur d'enceinte est minime, voire inexistante.
— Tu n'as pas répondu à ma question ? A-t-on une chance d'envoyer l'avion dans la rue ? Oui ou non ? réitéra-t-elle, d'un ton qu'il ne lui connaissait pas encore.
— Une chance sur mille ! Oui !
— Alors, on la tente ! son sourire se redessina.
— Pourquoi veux-tu envoyer notre avion dans la rue ?
— Il faut envoyer un message ! Expliquer où on est retenu, et demander qu'on vienne nous libérer. Raphaël s'il te plaît, envoi notre messager ! l'intonation était implorante.
— Et quand bien même, on n'a rien pour écrire !
— Il faut réfléchir, on doit trouver un moyen ! conclut-elle.
L'avion replié fut astucieusement caché sous un lit. Vanessa et Raphaël allongés sur leur couchette ne parlaient plus, ils recherchaient une formule magique pour marquer leur aéroplane.

18

Était-ce le fruit d'une marginalité désespérée, ou une œuvre éphémère. Cette mer d'aluminium Heineken, haute de 50 cm, exprimait certainement une détresse infinie. Vivre normalement sans désorganiser une allégorie de cette ampleur, sans détériorer une seule cannette, avait dû lui demander une adresse toute particulière et une attention de tous les instants.

Martial Falco n'arrivait pas à se motiver. Il balayait encore et encore la surface verte avec le rayon lumineux de sa torche, pensif, il scrutait... Jo en arrière-plan attendait lui aussi. Il prenait un temps d'arrêt entre chaque respiration. En fait, il n'aimait pas beaucoup les rats…

Le chef de transfert se décida finalement. Il avança vers le colimaçon en glissant ses pieds sur la terre battue, sans lever les genoux. Il creusait son sillon dans la verte marée. Jo emprunta sa trace avec beaucoup moins d'assurance. Il écrasa un certain nombre des canettes dans un équilibre instable.

– Et les rats ? s'inquiéta Jo.
– Ne t'en fais pas, ils nous ont entendus, ils se sont sauvés !

L'escalier dépassait de la trémie. Ils durent faire un saut de puce pour accéder sur la dalle de l'étage. L'odeur devenait insupportable. Le rayon lumineux montrait l'existence d'un autre niveau surélevé d'environ cinquante centimètres, sans marche, ni porte. Ils s'approchèrent et découvrirent l'énorme ventre vert. Le corps, presque totalement dénudé, reposait sur un matelas sans drap à côté d'une couverture roulée. La tête bouffie, quasiment noire, tranchait avec le haut du corps orange-pourpre et l'abdomen bleu-vert gonflé par les gaz. Les testicules rouges en mode ballon de baudruche reposaient au-dessus des jambes, elles donnaient l'impression de vouloir s'élever davantage. Martial, pour détendre Jo, eut un trait d'humour.

– Il a un problème avec son calendrier... Halloween, c'est dans dix jours !

L'effet de la blague fut gâché par l'affaiblissement de la lampe torche qui s'éteignit définitivement. Martial tapota la Maglite dans tous les sens, mais rien n'y fit.

– Tu as ton téléphone ? demanda-t-il.
– Non, il est dans le véhicule !

Dans la faible lueur du réverbère distillée par la fenêtre ouverte, Martial, accroupi près du corps, souleva un poignet fuyant et glissant.

Il interpella Jo :

– C'est une *« Breitling Premier »* ça vaut plus de 60 000 € une petite chose comme ça ! Belle montre, n'est-ce pas ?

Il reposa le bras sur le matelas, mais garda dans ses gants la peau détachée de trois ou quatre phalanges.

– C'est désagréable cette sensation gluante, j'ai horreur de ça !

Il se sépara des surplus collants sur le sol et essuya sa main sur le côté du matelas. La montre s'alluma. Elle projetait un cercle multicolore sur la bedaine explosive du mort. L'auréole lumineuse, dans l'espace lugubre, offrait une image surréaliste, pour le moins peu ordinaire.

Un instant, Martial voulut fermer la fenêtre selon les règles basiques de la conservation des corps... mais il se retint.

– C'est trop tard ! dit-il. Décidément, je ne comprends pas grand-chose à ton fonctionnement ! ajouta Martial à l'attention du défunt. Entre autres extravagances, tu te permets de claquer à poil sur ton lit au mois d'octobre, fenêtre ouverte, éclairé par ta Breitling à 60 patates. T'es quand même un sacré client !

Martial se retourna vers Jo.

– On ne s'en sortira pas tous les deux, il est intouchable, prêt à éclater. Il faut procéder à une mise en bière immédiate et le sortir par la fenêtre. Je vais appeler du renfort. Pour l'instant, on se casse d'ici. On va respirer !

Les deux garçons enjambèrent la trémie. La descente de l'escalier dans la presque obscurité fut épique. Les trois accompagnateurs attendaient dans le jardinet.

Appuyés contre la Coccinelle, Martial Falco et son apprenti s'oxygénèrent longuement avant de faire dans le compte rendu. Des images terribles se bousculaient dans l'esprit de Jo. Il venait d'entrer dans un nouveau monde, celui du cauchemar éveillé... *Ce n'est pas la vraie vie !* pensa-t-il. *Mais qu'est-ce que je fiche ici ?*

Le fils de Jean-Luc Madelin, indifférent, ne montra pas beaucoup d'intérêt au récit.

– Vous avez trouvé ce que vous cherchiez ? lui demanda Martial sans transition.

Surpris par la question, le fils prit quelques secondes de réflexion.

– Non, non, je n'ai pas trouvé ! Je cherchais l'urne de maman. Elle est décédée il y a cinq ans, et il ne l'a toujours pas inhumée. C'est pour le moins ce que je crois, je voulais vérifier !

Martial ne fit pas de commentaire, mais n'en pensait pas moins. *Il nous prend pour des billes, on ne cherche pas une urne en retournant des tiroirs !*

Le chef de transfert expliqua qu'il allait appeler sa patronne, afin qu'elle se rapproche au plus vite des frères Thémo avec lesquelles elle avait établi un partenariat. Les Thémo avaient une double activité, marbrerie et travaux de construction. Installés dans un village voisin, leur mini-chargeuse paraissait être l'outil adapté pour descendre le corps de Monsieur Madelin. Il est parfois des personnes sur lesquelles on peut compter, les deux frères faisaient partie de celles-là. Dans les quarante-cinq minutes qui suivirent, le bip particulier de l'engin de chantier traversait le calme de Verzenay. Léon et René Thémo s'étaient déplacés. Martial vit d'un très bon œil l'arrivée de ses deux nouveaux collaborateurs, il les savait expérimentés et efficaces.

Jo participa à l'étape la plus délicate de l'opération : la mise en bière. Le cercueil posé à côté du matelas dépassait d'une trentaine de centimètres sur la hauteur. Ils furent donc contraints de lever le corps pour le déposer. Martial glissa deux sangles sous le défunt pour créer quatre points de portage. Les hommes, un tant soit peu stressés, le soulevèrent doucement. Provoquer l'explosion de son ventre disproportionné eut considérablement compliqué l'opération. Le chef de transfert ne put retenir un « ouf » de soulagement lorsque le corps fut bien allongé dans son cercueil. Les Thémo respiraient mieux, eux aussi. Jo était éteint, fatigué nerveusement. En professionnels avertis, les maçons avaient déjà fixé une plaque de bois sur le godet de la chargeuse. L'engin de chantier complètement déplié arrivait au ras de la fenêtre. Ils réussirent facilement à glisser la boîte sur la planche.

Monsieur Jean-Luc Madelin, sa jolie montre au poignet, quittait sa maison en sortant par la fenêtre. Dès que le cercueil fut posé sur deux tréteaux au milieu de la ruelle, Jo, sous les conseils de son chef, posa son premier couvercle dans les règles de l'art... Martial vissa. Les Thémo n'avaient pas parlé de la Breitling. Jo se tut, son référant aussi. En présence du maire, de son adjoint et du fils Madelin, Martial fixa les scellés rouges officiels sous la flamme de son vieux briquet.

Martial fut beaucoup plus loquace sur le trajet du retour. Il était content et surexcité comme un sportif qui vient de battre un record. Certes, Jo était bien en place dans son apprentissage de croque-mort, mais il rencontra quand même des difficultés à partager l'enthousiasme de son chef. Ils déposèrent le cercueil dans le salon des mises en bière. Le fils Madelin devait passer au bureau pour préparer les obsèques de son père. Isabelle l'attendait et commençait à s'impatienter.

Dès qu'il fut seul, Jo appela l'inspecteur Ludovic Rodriguez pour l'informer de son embauche et de ses premières péripéties...

– Et tes cheveux, ça n'a pas posé de problème ? demanda Ludovic.

– Non, pas du tout, elle s'en est plutôt amusée.
– Bien ! On se verra demain, j'ai deux ou trois choses à te dire. L'idéal est certainement de se rencontrer chez toi. Ce ne serait pas prudent de se voir trop souvent au commissariat, on ne sait jamais. Dans tous les cas, je te félicite pour ta grande première... je suis sûr qu'on va faire une bonne équipe tous les deux.

L'un et l'autre se quittèrent satisfaits. Jo avait hâte de rentrer dans son studio meublé. Il ne pensait plus qu'à une chose, prendre une douche...

Le téléphone de Jo Salves sonna vers 8 h.

– Bonjour Jo, c'est Madame Chamberlin. On a un problème avec un corps. Êtes-vous libre ce matin ? J'ai besoin d'hommes forts, et vous en êtes ! Il l'entendit sourire.

– Oui, bien-sûr, vers quelle heure ? répondit-il.

– J'ai convoqué vos collègues pour 9 h 30. Ça vous va ?

– Parfait, vous pouvez compter sur moi !

Jo retourna bricoler une cafetière capricieuse à laquelle il ne comprenait rien.

C'est dans le vestiaire qu'il fit connaissance de ses collègues. Jo se présenta et serra les mains de trois porteurs solides. Éric, un grand brun souriant, Dominique, bien enveloppé, et un Marcel au visage buriné sorti de la légion étrangère depuis peu. Marcel, fier comme Artaban, exhiba une photo à l'attention du nouveau porteur. Adossé contre un char, vêtu d'un treillis, coiffé d'un béret vert, il apportait en toute modestie, la preuve irréfutable de son passé militaire.

Madame Chamberlin attendait les quatre porteurs dans le salon des mises en bière. Debout entre le cercueil de Monsieur Madelin et la fausse cheminée, elle réfléchit un moment avant de donner ses consignes.

– Messieurs, comme vous pouvez le constater, on a un petit problème !

Elle montra une grande flaque d'un liquide brunâtre et odorant sous le cercueil dégoulinant, et continua.

– Ça fuit messieurs… Le ventre de notre défunt a sûrement éclaté ! On va le changer de boîte ! Dans un premier temps, mettez-vous en tenue, combinaison blanche, masque, gants, etc. N'oubliez pas de vous badigeonner de Vicks Vaporub. Éric, prends des sangles dans le dépôt !

Les porteurs en tenues glissèrent le catafalque mobile et son cercueil jusqu'à la salle de soins. Madame Chamberlin avec beaucoup de dextérité fit sauter les deux scellés. La visseuse grinça dans le silence de la pièce.

– Soulevez le couvercle, Messieurs, s'il vous plaît !

Jean-Luc Madelin trempait dans son jus, la Breitling avait disparu...

19

La petite réunion, au domicile de Jo, fut principalement consacrée au débriefing de ses deux premiers jours d'infiltration. Les inspecteurs, Lucas Borel et Ludovic Rodriguez, écoutèrent avec beaucoup d'intérêt le compte rendu de Jo. L'habileté avec laquelle Catherine Chamberlin neutralisait les scellés était un signe évident d'habitudes anormales et amorales. La montre du défunt Madelin n'avait pas disparu par enchantement. Ils purent ajouter à l'immoralité, la malhonnêteté, la honte, l'indignité... Le profil licencieux de la patronne des PF Chamberlin commençait à se dessiner. L'inspecteur Rodriguez résuma.

– Ce cher M. Madelin a essuyé trois scellés officiels en deux jours et s'est fait taxer sa montre à 60 000 €. C'est la fête au village chez les Chamberlin ! Jo, tu vas devoir surveiller ça de très près. Ils dépouillent leurs défunts, quand et comment ? C'est un signal qu'il ne faut pas négliger. Et toi Lucas, où en es-tu avec la jolie Sophia de chez Mondial Spirit ?

– À quel niveau ? Professionnel ou personnel ? répondit Lucas en souriant.

– Commence par le professionnel !

– Bien qu'étant l'animatrice incontestable et incontestée du business de la société Mondial Spirit, je pense sincèrement qu'elle ignore tout des magouilles de son patron. Sophia a pour lui une admiration toute relative, mais ne porte aucun jugement négatif. Léopold Belfort est sans aucun doute celui qui a caché les boîtes à clitos, et d'après ton enquête chez PFC, il est également celui qui balade les défunts de son ex-belle-mère devant la cathédrale à quatre heures du matin. À ce jour, hormis le fait qu'il soit aux abonnés absents, ce sont les seules certitudes que nous ayons sur l'individu. J'ai prévu demain matin une recherche d'empreintes chez Mondial Spirit : il faut identifier le propriétaire du revolver.

– Et à titre personnel ? ironisa Ludovic.

– Elle est très sympa ! J'ai sa carte perso dans ma poche et je suis invité à prendre le café quand je le souhaite.

– Si je peux me permettre... attend que l'enquête soit bouclée pour le café…

– Bien-sûr chef ! répondit le jeune Lucas, avec une tête d'ado hypocrite.

– Sur ces bonnes paroles, je pars tout de suite chez cette bonne dame Chamberlin, j'ai rendez-vous dans quinze minutes, conclut l'inspecteur Rodriguez, détendu.

Je sens que je vais encore lui faire de la peine !

Catherine Chamberlin était devant sa porte lorsque Ludovic Rodriguez recula son véhicule sur le parking des pompes funèbres.

– Monsieur Rodriguez, je ne pensais pas vous revoir aussi vite. Quel bon vent vous amène, ou quelle tempête ?

sait-on jamais !

– Aujourd'hui, la petite brise s'appelle ma routine, tout simplement.

Elle l'invita à entrer dans son bureau, mais il déclina et résuma l'objet de sa présence en quelques mots.

– Nous avons besoin des empreintes digitales de tous les membres de votre personnel, et j'attends de vous, l'organisation d'une réunion générale pour procéder.

Elle l'interrompit et renouvela son invitation à entrer.

– Et pourquoi diantre, avez-vous besoin de toutes ces informations ? Nous n'avons pas de criminel dans nos rangs, que je sache ! C'est étrange cette manière d'agir...

– Vous n'en savez rien ! Si vous ne coopérez pas, je vais devoir convoquer tout votre petit monde au commissariat. Ce n'est pas la meilleure formule, croyez-moi !

– Fais-je partie des suspects ? Le sourire était malicieux.

– Avec tout le respect que je vous dois, vous devez montrer l'exemple et j'ai besoin de vos empreintes, bien évidemment.

Elle se leva, rouge comme une pivoine et d'un ton dirigiste, ordonna...

– Allez chercher votre truc ! On fait ça tout de suite, qu'on en finisse avec cette connerie !

– Madame, je ne fais pas partie de votre petit personnel, et vous ne me parlez pas comme ça, s'il vous plaît !

Rodriguez sortit du bureau et revint dans les minutes qui suivirent avec un formulaire et un tampon encreur. Sans mot dire, elle déposa ses empreintes sur les cases rectangulaires du questionnaire.

– Je compte sur vous pour organiser la réunion des empreintes… on va l'appeler comme ça ! le plus rapidement possible. Je vous laisse le numéro de la secrétaire du service, celui où vous nous communiquerez le jour et l'heure du petit rassemblement. Demain serait une date idéale, je vous dis donc, à demain ! Je compte sur vous.

L'inspecteur quitta les lieux. Il entendit la directrice grommeler dans son dos.

– Ça ne se passera pas comme ça !

Les empreintes de Catherine Chamberlin furent traitées en priorité comme demandé par l'inspecteur Rodriguez, et le résultat ne se fit pas attendre. Daniel Janin le responsable du labo appela l'inspecteur.

– Les empreintes relevées sur le Glock sont celles de Catherine Chamberlin.

– Merci pour ton appel, Daniel ! Une nouvelle visite de courtoisie chez la dame Chamberlin s'impose. Encore merci pour ton efficacité et ta promptitude ! rajouta Rodriguez.

Avant de sortir de sa voiture de fonction, l'inspecteur prit soin de dissimuler le revolver sous son blouson. Il voulait faire une petite surprise à la croque-morte, comme il la surnommait. Il passa d'un pas énergique l'étape de l'accueil, pour se diriger directement dans son bureau.

– Encore vous, mais c'est insupportable ! Je cherche des porteurs funéraires, présentez votre candidature, vous serez sur place, dit Catherine Chamberlin en ricanant.

– C'est la vie... tout le monde cherche quelque-chose. Vous, des porteurs, moi le propriétaire de ce joli petit joujou, mais je crois bien l'avoir trouvé !

Il posa sur le bureau, le revolver dans une enveloppe transparente.

– À propos, vous pouvez annuler la petite réunion avec votre personnel, les empreintes sur le Glock sont les vôtres ! Qu'avez-vous à déclarer ?
– Qu'est-ce que vous foutez avec le revolver de mon mari. Elle se leva en direction du vase chinois. Ça fait plus de vingt ans qu'il est là-dedans et qu'il n'a pas bougé. Elle venait de pencher le vase vide en direction de l'inspecteur. Il était là, je vous l'assure, quelqu'un s'est servi. Où l'avez-vous trouvé ?
– Peut-être êtes-vous au courant de la disparition inquiétante de votre ex-gendre ?
– Vaguement, j'ai eu Sophia au téléphone pour régler une histoire de cercueils prêtés en dépannage, et elle m'a effectivement fait part de son inquiétude. Entre nous, les couchages et les découchages de Léopold Belfort, ce n'est pas vraiment mon problème... Rodriguez la coupa.
– Certes... mais le fait de retrouver votre arme sur le lieu où il a été aperçu pour la dernière fois, peut le devenir ! J'aimerais bien connaître votre emploi du temps dans la nuit du 4 au 5 octobre, et vous allez nous expliquer tout ça au commissariat.
– À quel titre dois-je me rendre au commissariat ? le rouge recommençait à teinter son visage.
– Au titre de témoin dans une affaire de disparition inquiétante, et si je devais préciser ma pensée, j'ajouterais... le témoin en question est propriétaire du flingue retrouvé au cœur de toutes les suspicions. Vous allez recevoir une convocation, j'espère que vous êtes consciente de ma délicatesse. Je pourrais vous embarquer tout de suite... devant votre personnel, dans mon véhicule éclairé par les petites lumières bleues, et au son de la sirène. Mais je suis un gentleman !

– Je n'ai qu'une seule chose à vous dire inspecteur Rodriguez ; vous m'emmerdez !

20

Vanessa et Raphaël avaient décliné maintes et maintes fois le message de leur planeur, mais ils s'interrogeaient toujours sur la calligraphie.
Vanessa proposa une formule.
– Mis à part de l'eau, demanda-t-elle à Raphaël, de quel autre liquide disposons-nous dans nos cages de misère.
– On a déjà retourné le problème dans tous les sens. Si tu as la formule magique, je suis tout ouïe et impatient.
– À nous deux, on en possède au minimum dix litres ! il prit un temps de réflexion.
– Géniale, tu es géniale ! Un p'tit dé à coudre nous suffira ! On va inscrire notre message en rouge. Vanessa, tu es fantastique...
Raphaël ne fut pas en reste au niveau de l'ingéniosité. Il détrempa dans son verre d'eau deux pages de sa bible pour fabriquer un stylet. Il malaxa et roula la pâte de longues minutes, puis la consolida en l'imprégnant de salive avant le séchage. L'improbable opération commençait à prendre

forme. Ils étaient d'accord sur le texte. Raphaël, sûr d'être inscrit au fichier des disparitions inquiétantes, avait polarisé le message sur lui.

    RAPHAËL LATOUR
    PRISONNIER GD MAISON
    3E ÉTAGE T EIFFEL 5 CM
    CLOCHE EGLISE PROCHE
    HELP
Son empreinte digitale devait borner le message.

Indiquer la hauteur visuelle du troisième étage de la Tour Eiffel pouvait donner à des enquêteurs astucieux, le rayon d'un cercle sur lequel toutes les églises devenaient des sources de localisation. Encore fallait-il que l'avion passe le mur et qu'il finisse entre les mains d'un policier. Et pourquoi pas ? Les deux captifs s'évertuaient à ne pas y penser.

Une soudure de mauvaise facture offrait une bavure de quelques centimètres, coupante comme un rasoir. Raphaël n'hésita pas à ouvrir l'extrémité de son pouce pour récupérer quelques centilitres d'encre rouge. Son doigt saigna suffisamment dans le gobelet. Il utilisa l'eau du verre de Vanessa pour nettoyer la petite plaie et pour humidifier les petits carrés de compresses prédécoupés dans la parole de Dieu. Le stylo rouge de Raphaël n'apporta pas les garanties et la fiabilité escomptées. Il se disloqua définitivement à la troisième lettre. Finalement, Raphaël confectionna rapidement un cône en papier répondant tout à fait à l'attente.

Vanessa l'observait. Concentré comme un enfant devant son dessin, il s'appliquait. Elle sentit l'émotion l'envahir. Comme Don Quichotte, elle se sentait au cœur d'un rêve impossible. Nous sommes pitoyables tous les deux... pensa-t-elle. Il clôtura le texte en déposant l'empreinte de son pouce valide en bas de l'avion déplié et le leva en direction de son amie.

— Ne sois pas triste, on va y arriver ! lui dit-il.

Il avait remarqué la petite perle sur sa joue.

— À la prochaine douche, c'est le grand vol !

— Bravo !

La voix de Vanessa se noua.

L'homme en noir bâilla bruyamment devant la salle de douche, il attendait. Assise en tailleur sur son lit, Vanessa essayait de rester calme. Elle savait. Raphaël, seul dans le cabinet, était prêt à lancer son avion, mais uniquement à deux conditions : une lumière du jour optimale et un temps sec. Elle ne s'attendait pas à une telle explosion de joie, Raphaël cria à se rompre les cordes vocales : « *We Are the Champions !* »

L'homme en noir entra immédiatement dans la douche.

— Qu'est-ce qui te prend, tu deviens fou ?

— J'ai vu un pigeon, il s'était posé sur le rebord de la petite ouverture ! répondit Raphaël très convaincant.

— C'est bien ce que je dis, tu deviens fou. Calme-toi et dépêche-toi un peu, je n'ai pas que ça à faire ! l'homme reprit sa place de planton.

Lorsque Raphaël sortit de la douche les cheveux encore mouillés, son sourire parlait pour lui. Il avait réussi. Dès qu'ils furent seuls, il expliqua dans le détail, le vol de son avion.

— Dans un premier temps, comme je le redoutais, il a heurté le grand arbre. J'ai cru que s'en était terminé ! Mais non, il a glissé lentement de sa branche, reprit l'air comme

un aigle, puis s'est éloigné largement au-dessus du mur d'enceinte. On a réussi... C'est un bon signe !
Paradoxalement, Vanessa partagea plus modestement l'euphorie de son ami. Soudainement, elle se mit à douter, peu habituée aux largesses de sa destinée.

Comme tous les matins pour se rendre au collège, Arthur attendait son bus à l'arrêt 79, celui, juste devant l'église. Assis sur le banc, il regardait passer tous ces gens plutôt souriants aujourd'hui. Ils semblaient tous heureux, ça l'agaçait aussi. Lui n'avait pas le moral comme disait souvent sa mère. Ses parents s'étaient disputés hier soir, et il n'avait pas révisé son contrôle d'histoire comme il l'aurait voulu. L'ambiance à la maison avait été tendue et le couvre-feu rapidement décrété.
Il ne l'avait pas vu arriver. L'avion décoré de rouge heurta le plexiglas juste au-dessus de sa tête et tomba sur ses genoux. *Super ! se dit-il. Il a l'air de bien voler !* Il le plia précautionneusement dans son cartable. Son bus arrivait...
Dans la cour de récréation, avant même le traditionnel check-main, Arthur montra l'avion à Nathan, son meilleur ami. « *On l'essaye ?* » interrogea Nathan. Les deux garçons s'éloignèrent d'une dizaine de mètres, Arthur lança le planeur. L'avion dépassa Nathan et percuta un groupe de filles ricanant. Gaëlle, une fille de leur classe, voulut lui faire reprendre l'air, mais il s'écrasa à quelques mètres seulement. La stridente sonnaille annonça le début imminent du contrôle d'histoire de la 6e B. Gaëlle entra dans la classe juste devant Arthur sans même lui jeter un regard.
C'est elle qui avait son avion et il était hors de question qu'elle ne le lui rendit pas. Alors que la professeure, Madame Dubus, distribuait son questionnaire sur les

premiers pharaons de l'Égypte ancienne, Arthur rédigeait un mot à l'attention de Gaëlle. Il comptait bien le lui faire parvenir avant la fin du cours. *« Rends-moi mon avion ! »* avait-il inscrit. Le papier plié en quatre passa discrètement de main en main jusqu'à sa destinatrice. Elle prit connaissance du message, haussa les épaules et se pencha vers son sac pour attraper la précieuse maquette volante. Elle confia l'aéroplane à son plus proche voisin pour relancer la chaîne en sens inverse, mais la professeure interrompit le transfert.

– Mais qu'est-ce que vous fabriquez en plein contrôle ? Gaëlle réponds-moi ?

– C'est Arthur qui m'a réclamé son avion !

– On croit rêver, donnez-moi immédiatement cet Airbus problématique !

L'avant-dernier maillon des passeurs se leva, et alla déposer l'objet du délit sur le bureau de Madame Dubus. Elle saisit le planeur, l'écrasa lentement entre ses mains, et jeta délicatement la boule homogène dans sa corbeille à papiers.

– Je ne veux plus entendre parler de cet avion, ni de rien d'autre du reste ! Je veux tous vous voir concentrés sur votre devoir !

La nouvelle journée n'augure décidément rien de meilleur. pensa Arthur en sortant de la salle de cours.

21

En quelques semaines, Jo avait pris ses repères, et répondait à son récent statut de croque-mort avec efficacité et sérénité. Parfois même, il lui arrivait d'en oublier sa vraie mission.

Le convoi de la veille, au cimetière de Trois Puits sous un orage d'une rare violence, avait laissé des traces. En vingt minutes, son nouveau costume sur mesure avait pris la forme d'une combinaison de plongée. Pour la cérémonie de ce matin, il devait donc assurer un brossage et le repassage de son complet-veston. Louisette ne travaillait pas le samedi.

Seul dans le vestiaire, il se demandait si Martial était déjà arrivé. Il eut la réponse en ouvrant le portillon de son casier... Il était bien là.

En le convoquant, Isabelle l'avait informé.

– Tu seras en binôme avec Martial Falco pour la mise en bière, la fermeture de cercueil, et tu l'accompagneras au crématorium. Belle promotion ! avait-elle ajouté avec une certaine forme d'admiration.

La jolie Isabelle était très sympathique avec lui. Jo n'était pas dupe, mais il n'ignorait pas la dangerosité des rapports intimes dans une enquête... Ganté de bleu, Martial entra dans le vestiaire et retira ses lunettes embuées.

– Masque et lunettes ne font pas bon ménage !

Il s'approcha de l'essuie-mains pour gérer son problème de condensation.

– En couchant ma défunte dans son cercueil, sa bouche s'est ouverte ! expliqua Martial. Je vais te montrer la technique de la suture de bouche. Ça pourra te servir... sait-on jamais !

Jo avait déjà vu le processus en regardant le thanatopracteur. Il avait détourné le regard en entendant le craquement de l'aiguille dans le cartilage du nez et avait passé son chemin. Il venait de comprendre que cette fois ; il n'allait pas pouvoir y échapper.

Martial décrocha une blouse blanche d'un vestiaire à son attention. Jo positionna un masque sur son visage, mais galéra avec des gants en caoutchouc trop étroits pour lui. Une défunte fluette, en mauvaise posture au fond de son cercueil, ne semblait pourtant pas être très gênée par sa bouche en forme de fleur fanée. La petite dame donnait l'impression de surveiller les deux exécutants. Elle avait un petit œil bleu-faïence ouvert, presque malicieux. Sa chute, mal assurée par Martial trop seul pour assurer un geste de binôme, avait également provoqué la perte d'une coquille d'œil. Il lui rendit sa dignité en glissant rapidement une nouvelle coque plastifiée entre paupière et cornée.

Martial invita Jo à déplacer le catafalque...

– Peux-tu m'expliquer la signification du mot catafalque ? questionna Jo. Est-ce un mot générique, ou un objet précis ?

– Tu as raison... ce n'est pas très clair. Moi aussi, je me suis posé la question. Au départ, un catafalque est une estrade funéraire supportant un cercueil. Pour résumer ; dans le langage des pompes funèbres modernes, tous les supports provisoires ou définitifs utilisés pour poser un cercueil sont appelés catafalque.

Celui-ci se composait d'une planche épaisse fixée sur une plateforme mobile. Il servait à la présentation des corps en salon. Jo s'exécuta, et le fit rouler au centre de la pièce. Martial venait de préparer un nécessaire de suture sur le chariot élévateur rutilant : une aiguille courbe de dix centimètres, une fine pince, un scalpel et environ un mètre de ficelle blanche. Il superposa les deux extrémités du fil pour doubler sa solidité et le glissa dans le chas de la grosse aiguille. Jo se rapprocha de l'opérateur sur un clin d'œil d'invitation. Martial perfora le plancher buccal de la défunte en passant sous la langue ; le fil ressortit dans l'espace entre gencive et lèvre inférieure. Il traversa ensuite la lèvre supérieure pour rejoindre le cartilage du nez. Il fit la même opération de l'autre côté, et noua avec un bel effort les deux brins du fil dans la cavité buccale. La bouche avait repris une position fermée. *« Sans risque de réouverture »* avait-il ajouté avec une pointe d'humour. Il massa quelques instants les lèvres de la défunte avec de la vaseline, déposa un peu de rouge sur ses pommettes et lui brossa les cheveux.

Sans même saluer ses deux collaborateurs des pompes funèbres, Alexandre, le policier chargé des scellés, commença son histoire drôle du jour. Martial et Jo venaient d'ouvrir les portes pour transférer le cercueil dans le salon de présentation. Martial, le doigt sur la bouche, invita Alexandre à baisser d'un ton. Il n'était pas nécessaire de faire partager à la famille, la dernière blague cochonne du bar le

Balto. Alex, comme ils le surnommaient, ne se déplaçait que pour les crémations. En principe, il ne travaillait pas le week-end, mais sa motivation pouvait facilement emprunter la forme d'une bonne bouteille de Champagne. Ce samedi-là, il était bel et bien présent.

Jo maîtrisait désormais le cérémonial de la fermeture des cercueils : les gestes devaient être lents et synchronisés. *« On ne quitte pas des yeux son collègue »,* répétait inlassablement Catherine Chamberlin à tous les intervenants en formation.

Debout derrière la famille, appuyé contre la fausse cheminée, Alex le policier tenait d'une main son pistolet à colle rouge, et de l'autre, le sceau en laiton à l'effigie de Marianne. Prêt à sortir de son impassibilité, il attendait le crissement de la dernière vis pour intervenir. Le deuxième scellé, boursouflé et dégoulinant, ne fut pas à la hauteur de sa réputation. Il y a des jours comme ça !

Jo fut surpris par le discours de son collègue. Prétextant un problème de circulation, Martial Falco venait d'inviter les quatre membres de la famille à se rendre au crématorium sans attendre. Contrairement à la tradition, il ne leur avait pas proposé de suivre le corbillard pendant le trajet. Jo accompagna la fratrie et le papa jusqu'à leur véhicule.

– De quel côté sort le corbillard ? demanda la fille de la défunte, occupée à diriger le fauteuil roulant du vieux monsieur accablé par le chagrin. Il est hors de question que l'on n'accompagne pas maman jusqu'au crématorium ! Vous le direz à votre responsable !

– Je n'y manquerai pas ! répondit Jo, embarrassé.

Lorsqu'il revint sur ses pas pour retrouver Martial, Jo se heurta à un accès condamné. Il fut obligé de ressortir pour réintégrer la salle de soins de l'autre côté, mais la porte était également fermée. Il ne pouvait plus accéder au salon de présentation des défunts. Intrigué, il plaça son oreille contre le capitonnage. Il entendait nettement des bruits sourds, irréguliers. À son niveau de connaissance du métier, il ne parvenait pas à justifier le lien de cause à effet. Dans une position délicate d'espionnite aiguë, il fut parcouru par un frisson lorsqu'il reconnut, sans aucun doute possible, la voix de Catherine Chamberlin. *Que fiche-t-elle dans le salon ? Par où est-elle entrée ?* pensa-t-il. Une clé tourna dans la serrure. Jo se précipita sur une bombe de désinfectant et un chiffon pour nettoyer une table réfrigérée.

– Tu peux venir m'aider ! demanda son collègue. On va charger le cercueil dans le corbillard. Excuse-moi, j'ai fermé les portes par habitude. Mille excuses pour l'attente, mais le catafalque donnait des signes de faiblesse, j'ai bricolé !

– Pas de problème Martial ! Au fait, la famille est toujours là, ils nous attendent !

– Putain... ce n'est pas possible, ils ne comprennent rien ! La grand-mère ne va pas se sauver ! De quoi ont-ils peur ?

Catherine Chamberlin n'était plus dans le salon...

Ils devaient traverser la salle de soins pour rejoindre le garage des corbillards. Martial dirigeait le catafalque, Jo le poussait. Le futur inspecteur en était sûr maintenant, le scellé cloqué, posé par Alex le fonctionnaire de police, avait été substitué. Le cercueil avait été ouvert...

La famille attendait dans un Espace Renault devant la grille de la cour. La fille de la défunte devança la sortie du Vito Mercedes et s'approcha de la portière côté chauffeur. Martial descendit sa vitre.

– Vous avez eu un problème ? dit-elle en regardant sa montre. On ne sera jamais au crématorium pour dix heures !

– Toutes mes excuses, Madame ! Effectivement, nous avons eu un petit souci. Dans un salon proche de celui de votre maman, l'épouse d'un défunt a fait un malaise. On attend le Samu d'une seconde à l'autre. Ne vous inquiétez pas pour l'horaire au crématorium ! Je viens de les appeler.

Sans pour autant cacher son scepticisme, elle retourna vers sa famille d'un pas rapide. Ses frères commençaient visiblement à s'impatienter. Martial démarra doucement, l'Espace suivit.

Les deux battants gris de la porte du crématorium s'écartèrent lentement devant le Vito. Martial, avec beaucoup de maîtrise, se gara en marche arrière devant la porte de l'accueil des cercueils. Johnny le directeur et ami de Catherine Chamberlin se précipita pour ouvrir le hayon du véhicule. Il aligna le chariot élévateur, dévissa la cale métallique et amorça le transfert.

Jo s'approcha logiquement pour proposer son aide, mais...

– Non, non gamin ! Je vais le rentrer avec Martial ! imposa Johnny.

– Enchanté, moi, c'est Jo ! répliqua-t-il avec ironie.

– Désolé Jo ! Mais ici, c'est moi qui décide de qui porte quoi... Ok ?

Le directeur ne respirait vraiment pas la sympathie. Il accompagna Martial derrière le rideau rétractable de la salle de cérémonie chuchotante. Quelques fleurs furent déposées avant le premier morceau d'accordéon. Martial fit apparaître le cercueil et lu avec empathie le traditionnel message de bienvenue. Jo avait pris place au dernier rang de l'enceinte

bondée.
　　La distribution des pétales de roses n'en finissait pas. Martial, un grand panier à la main, planté au centre de la salle, liquidait des fleurs presque fanées à une foule éplorée. *C'est mon travail !* pensa-t-il. *Mais se prendre une demi-douzaine d'Ave Maria en boucle, c'est de la maltraitance !*
　　Le voyeurisme malsain remplit souvent la petite salle de visu. Derrière une vitre, les volontaires peuvent assister au départ de leur cher défunt via les 800 degrés du four à gaz. Un monsieur en chemise blanche, cravate, salue respectueusement la capsule spatiale en bois aggloméré, et appuie sur un bouton rouge. Ce coup de pouce magique déclenche la poussée d'un bras mécanique qui propulse définitivement la vie éteinte vers les flammes. Ce spectacle fait fréquemment des déçus, beaucoup s'attendent à voir le cercueil brûler, mais non...
　　La cérémonie de Martial Falco confirma les statistiques immuables, entre les vrais et les faux accompagnants, ils furent nombreux à assister au départ.
　　L'assemblée, devenue jacassante, sortit.
　　Martial et Johnny s'étaient enfermés dans un bureau...
　　La salle d'introduction des corps était ouverte. Jo entra... Deux impressionnantes rampes de lancement horizontales trônaient dans un éclairage indirect et dans le ronronnement de deux fours en pleine activité. Il visitait et découvrait les lieux. Une porte rouge, marquée en blanc « *Accès strictement réservé aux crématistes* », s'ouvrait assurément sur un environnement technique interdit.
　　Sans se poser de question, Jo enfreignit la recommandation et se fraya un chemin au milieu de barils superposés. Surpris par la température élevée et le bruit

lancinant des brûleurs, il découvrit une machinerie surprenante : un univers métallique de sous-marinier où les hublots étaient éclairés par deux soleils. Il s'approcha du four de gauche, celui où la défunte de Martial devait commencer à subir les assauts du feu. Telle une pierre réfractaire, le cercueil rougissait doucement, seules quelques timides guirlandes de flammèches décoraient son couvercle dans une lumière orange du plus bel effet. Cet esthétisme l'embarrassa. Il se glissa de quelques pas vers l'autre fenêtre de vision, vers l'autre soleil...

L'incandescence y était plus importante. La structure du cercueil s'effondrait comme un château de sable heurté par une grosse vague.

Le défunt auréolé apparut sur son lit de braises.

Il bougeait...

Jo, stupéfié, ne réalisait pas vraiment. Sa montée de stress fut violente, indicible...

Le cadavre se mouvait de plus en plus nettement... il se redressa et s'assit sur son séant...

En quelques secondes, Jo venait de quitter toutes les logiques du monde, de perdre toutes ses idées reçues, prêt à tout voir, à tout croire...

Les yeux de l'homme en feu le suivaient. Il sentait ses jambes se dérober, lorsqu'il fut secoué par Martial qui venait de lui saisir le bras, Jo n'en menait pas large...

Des hurlements nourris d'une vulgarité loin d'être paranormale ou surnaturelle, lui firent reprendre un peu de lucidité. Le directeur du crématorium était dans une furie hors normes. Il s'approcha de Jo et le saisit par les épaules.

– Putain ! Qui t'a autorisé à entrer ici ? Est-ce que tu sais lire ? Oui ou merde ? On n'entre pas ici sans autorisation... bordel !

Après quelques secousses, il lâcha le col de Jo.

– Allez… dégage ! dit-il en montrant la sortie. Je ne veux plus te voir ici ! Je vais appeler Catherine.

Jo venait de réintégrer le monde des énervés, sans transition. Un instant, il eut la tentation de répondre au petit moustachu grassouillet par un coup de boule. Mais n'en fit rien. Il reprit gentiment sa place d'employé modèle dans le corbillard. Ils roulèrent une dizaine de minutes avant que Martial n'interrompît le silence.

– Je suis confus pour l'épisode Johnny ! Il est un peu nerveux en ce moment, mais dans l'ensemble, c'est plutôt un chic type !

– Si tu le dis !

Le mutisme s'imposa encore de longues minutes.

– Puis-je te poser une question ? demanda Jo. Il n'attendit pas la réponse et continua... tout à l'heure, un défunt dans le four s'est redressé de son cercueil et s'est assis. J'ai halluciné ou non ?

Martial éclata de rire...

22

Nathan venait de déposer son sac au sol lorsque sa maman entra dans la chambre.

– Dis-moi Nathan, que signifie cette feuille froissée sur ton bureau ? Où as-tu trouvé ça ? questionna sa mère, l'air préoccupé.

– C'est l'avion d'Arthur !

Nathan expliqua qu'il avait oublié son cahier de texte dans la classe de Madame Dubus la prof d'histoire, et qu'avec son autorisation, il avait récupéré la boule de papier pour essayer de reproduire une copie de l'avion.

– Je veux faire une surprise à Arthur ! avait-il ajouté.

– Où, Arthur l'a-t-il trouvé ?

– Dans la rue, je crois ! répondit Nathan.

– Il y a des mots écrits sur cette feuille. Des messages difficiles ! Si c'est un farceur qui a envoyé ça, il est bon à enfermer ! On est vendredi aujourd'hui, et ce soir, ton père joue au tennis avec Greg. Je vais lui remettre ce papier pour qu'il le lui montre. Greg est policier et j'aimerais bien savoir ce qu'il en pense. Tu connais la signification de « help », tu fais de l'anglais...

— Si papa part avec la feuille, je ne pourrai jamais faire une copie de l'avion !

— Nathan, il y a des priorités dans la vie. Si tu veux créer des avions en papier, regarde sur internet ! Tu trouveras certainement une multitude de tutos.

Satisfait d'avoir battu son ami Greg en deux sets, Marc prit un bain relaxant. Le match avait été difficile. Il se remémora et savoura longuement cette belle victoire sous une montagne de mousse débordante. Après tout, ce n'était pas si souvent que Greg s'inclinait. La mère de son fils Nathan semblait assoupie dans la zénitude. Sortie de bain portée en toge romaine, il s'approcha sans bruit et posa son verre de bière sur la table basse du salon. Ce soir, il prenait son temps pour déguster sa Jupiler au côté de sa femme endormie dans le canapé. Il se sentait heureux.

— Chéri, tu es rentré ? dit-elle en se relevant brusquement. As-tu bien joué ce soir ?

— J'ai gagné en deux sets !

— Bravo mon champion, félicitations ! Au fait, tu as montré à Greg la feuille de Nathan ?

— Quelle feuille ? il se reprit... Mon Dieu, je suis désolé, j'ai complètement oublié... elle le coupa.

— Ce n'est pas cool Marc, je comptais sur toi !

— Il n'est peut-être pas couché. Je vais lui envoyer tout de suite une photo et un message pour lui expliquer tes inquiétudes. C'est bien pour te faire plaisir ! Moi, je ne vois pas l'intérêt de cette recherche ! Tu connais l'histoire de l'aiguille dans la botte de foin... mais peu importe, je vais faire ça pour ma petite Jennyfer adorée !

Ce matin n'échappait pas à la règle, la ligne 8 était

débordante de voyageurs indifférents et odorants. À la station Madeleine, Jennyfer réussit malgré tout à se faufiler pour s'installer plus confortablement sur un siège bleu. Elle se rendait rue Balard vers un rendez-vous sans enjeu majeur, pourtant elle ressentait depuis le petit déjeuner une sensation d'inquiétude insidieuse. Elle n'arrivait pas à justifier ni à dissiper cette source de contrariété. Lorsque son téléphone vibra dans son sac à main, elle repensa tout de suite à Greg, l'ami de Marc, et dans l'instant comprit ce qui la chagrinait. Elle avait attendu jusqu'à tard dans la nuit, une réponse au SMS de son mari. Son intuition se révéla juste, une balle de tennis et le prénom Greg s'affichait sur son écran.

– Jennyfer ! Désolé de te déranger ce matin... J'espère que tu n'es pas en rendez-vous ?

– Bonjour Greg ! Non, non, mon rendez-vous est à dix heures ! Je suis dans le métro et je ne peux pas te parler...

– Pas de problème, rappelle-moi dès que tu seras sortie de ta boîte à sardines. À tout de suite...

À peine abritée du vent devenu humide, elle avait choisi la table la plus éloignée de la terrasse du bar tabac. Le serveur désabusé lui apporta malgré tout un thé citron. Jennyfer voulait parler à Greg sans contrainte de voisinage. La balle jaune s'afficha, Greg répondit instantanément.

– Jennyfer, merci de me rappeler aussi rapidement, et surtout, merci pour ta perspicacité ! Nous avons effectivement dans nos fichiers, une disparition au nom de Raphaël Latour. Plusieurs notes de service nous sont déjà parvenues à son sujet. Tu as un rendez-vous à dix heures ! Je l'ai bien compris, mais vers quelle heure penses-tu en sortir ?

Jennyfer, quelque peu surprise, pris un temps de réflexion.

– Je n'en ai pas pour longtemps, le contrat a déjà été

négocié, nous allons procéder à la validation par les signatures au siège, rue Balard. Mais pourquoi me poses-tu cette question ?

– Je suis désolé de te mettre à contribution, mais nous avons un besoin urgent de travailler avec le papier original. À la sortie de ta réunion, si tu es d'accord, je t'envoie une voiture pour aller récupérer le document à ton domicile. Après, ils te déposeront où tu voudras ! Dans tous les cas, ce sera plus rapide que le métro...

Jennyfer réagit après un nouveau silence.

– Pourquoi pas ! Je pense sortir de mon rendez-vous vers 10 h 45.

– Parfait, une voiture t'attendra rue Balard dès 10 h 30. Encore merci, Jennyfer ! J'essaierai de passer en début de semaine prochaine pour te remercier de visu et pour vérifier le nouveau régime alimentaire de ton mari : il m'a mis une volée de bois vert au tennis. Je t'embrasse ! À très bientôt !

Sur une petite table ronde de la salle de réunion au 2e étage du 186 bis rue Balard, une bouteille de champagne Krug et des biscuits roses témoignaient de l'intérêt porté par la société Bargès, à la signature du contrat. Le PDG prit la parole et conclut son laïus en s'adressant à Jennyfer.

– Jennyfer ! Vous permettez que je vous appelle Jennyfer, depuis plusieurs mois, nous nous côtoyons presque quotidiennement... Je voulais simplement vous remercier pour votre efficacité et votre bonne humeur sans faille. Tous mes collaborateurs sont d'accord avec moi. Jennyfer, merci ! et maintenant Champagne... Je suis conscient de la précocité de l'horaire pour l'apéritif, mais aujourd'hui, on peut faire une petite exception !

J'accepte l'exception avec juste une petite coupe ! Et

qui plus est, je suis attendue !

Monsieur Bargès une coupe de Champagne à la main fit glisser à plusieurs reprises le rideau en velours de la grande fenêtre. Il semblait intrigué...

– Je me demande bien ce qui se passe en bas ! dit-il. Depuis environ dix minutes, il y a une voiture de police tous feux allumés.

– La voiture de police est certainement venue pour moi ! dit Jennyfer avec un rictus malicieux. Je viens de vous dire que j'étais attendue ! répliqua-t-elle.

Monsieur Bargès éclata de rire.

– Et en plus, elle a un sens de l'humour irrésistible ! Bravo Jennyfer, vous êtes formidable ! Décidément, on va vous regretter !

Le policier se précipita vers Jennyfer. En parfait gentleman, il ouvrit la portière côté passager. Le chauffeur reprit son poste de conduite et démarra en trombe toutes sirènes hurlantes. Monsieur Bargès, toujours placé en observateur derrière le rideau de velours, se resservit une grande coupe de champagne... pour éviter un malaise.

Greg ne se trompait pas ; traverser Paris dans un véhicule de police ne souffre d'aucune comparaison au niveau des délais. Le pilote roulait vite, doublait souvent, slalomait entre cyclistes et bus sans perdre son calme et sa concentration. *Il devait avoir une grande expérience de la conduite rapide dans la capitale, ou peut-être était-ce tout simplement un pilote de rallye confirmé.* Entre fatalisme et excitation, Jennyfer, accrochée à sa ceinture de sécurité, maîtrisait sa peur tant bien que mal. Elle ressentit une douleur musculaire naissante, lâcha la sangle et se massa l'avant-bras droit. Ils venaient de se garer en double file devant la porte de son immeuble.

– Vous m'attendez ici ? demanda-t-elle en posant un pied au sol. Je suis de retour dans cinq minutes.
– Je ne bouge pas ! répondit le chauffeur.

Elle prit le temps de glisser la feuille en question dans une enveloppe kraft. L'ascenseur était occupé. Jennyfer descendit lentement son escalier en respirant calmement. Cette démarche familière lui apporta une bouffée d'oxygène. Elle reprenait le contrôle. Jennyfer s'approcha du véhicule côté chauffeur. Il baissa sa vitre, elle tendit l'enveloppe marron.

– Je vous remercie infiniment ! déclara-t-il très respectueusement. Si je comprends bien, notre petite virée s'arrête ici !

– Je pense poursuivre ma journée en télétravail ! valida-t-elle en soupirant.

Il lui fit un signe de la main et repartit pour une nouvelle course folle. Elle regarda la sirène lumineuse s'éloigner, satisfaite de lâcher sa position inconfortable de copilote débutante.

23

— J'ai rendez-vous avec l'inspecteur Ludovic Rodriguez à quatorze heures. Dites-lui que Madame Chamberlin est arrivée. Je vous prie !

La jeune femme de l'accueil du commissariat de Reims marqua un temps de réflexion. *Pour qui elle se prend celle-là avec ses lunettes fumées et son manteau patchwork. Je vais la calmer !*

— Dans un premier temps, Madame, vous ne me parlez pas sur ce ton, et secundo vous allez vous asseoir comme tout le monde sur un siège rouge ou bleu derrière vous, merci !

Je préviens l'inspecteur de votre arrivée !

Catherine Chamberlin, la tête haute, haussa les épaules, et en désespoir de cause, fit virevolter son étrange pèlerine multicolore en marchant vers les attentes pour prendre place. Aussi, elle semblait bien énervée lorsque l'inspecteur s'approcha d'elle.

Sans même le saluer, elle lui demanda.

– C'est quand votre anniversaire, Monsieur l'inspecteur ?
– Et pourquoi ça ? Chère Madame !
– Demandez qu'on vous offre une montre ! Je dis ça … c'est pour vous ! Vous avez quand même vingt minutes de retard Monsieur Rodriguez.
– Je vous en prie, Madame ! dans votre position... vous devriez faire preuve d'un peu plus d'humilité.
– Quelle position ? Quelle humilité ? riposta-t-elle.
– Madame Chamberlin ! on ne va pas parlementer dans le hall. Suivez-moi s'il vous plaît !

Il la devança en direction des bureaux.

Un panonceau *« Hors Service »* les obligea à emprunter l'escalier. La rencontre d'un couple menotté dans le sombre couloir du deuxième niveau, eut l'air de lui rendre son calme. Peut-être était-ce le fruit d'une prise de conscience pragmatique. Les menottes, c'est toujours impressionnant.

Elle était déjà assise lorsque Rodriguez termina son cérémonial de l'ordinateur et de la corbeille à papier. Ses deux poignets sur la table de travail, il fit sur son siège pivotant quelques quarts de tour alternés, et prit la parole.

– Alors, Madame Chamberlin ! On s'est quittés sur le fait que l'arme retrouvée sur les lieux de la disparition de Léopold Belfort vous appartenait. Est-ce que vous me confirmez cette regrettable évidence, ou pouvez-vous me donner une autre explication ?

– Je vous ai déjà répondu inspecteur ; ce revolver appartenait à mon mari et par respect pour sa mémoire, j'ai toujours fait en sorte de le laisser là où il avait l'habitude de le ranger. Quant à savoir ce qu'il faisait chez l'autre, c'est à vous de me le dire... Moi, je n'en sais fichtrement rien !

– Vous n'avez pas l'air d'apprécier beaucoup Monsieur Belfort, reprit Rodriguez. Est-ce que votre ex-gendre connaît l'existence de ce revolver ?
– Ce n'est pas impossible ! ma fille ne l'ignore pas…
- Vous allez me dresser une liste de toutes les personnes susceptibles de…
Elle le coupa…
– Pas besoin de liste ! À part Marie-Pierre, personne n'est au courant. Et puis cette arme, c'est un peu une histoire de famille, notre secret. Vous pouvez comprendre ça ! Personne n'entre dans mon bureau, pas même la femme de ménage.
– Quel a été votre emploi du temps le quatre octobre après 18 h 30 ? demanda-t-il sans transition.
– Comment voulez-vous que je sache ! Elle sortit son téléphone d'un sac à main bien organisé, et après consultation de son agenda, répondit. Je n'ai rien noté de particulier.
– Vous en êtes sûr ? Il posa une feuille sur son bureau. J'ai là, la copie d'un bon de livraison de deux cercueils, un Parisien et un Mozart, signé de votre main au quatre octobre. Sophia ne se souvient pas de votre passage… Elle a quitté le funérarium à 18 h 30. La livraison a donc eu lieu après… Pouvez-vous m'expliquer ?
Il posa ses deux coudes devant le computer Apple. Il attendait… Elle réfléchissait… mais n'eut pas le temps de répondre. Le commissaire Boulin entra, il tenait un fax à la main. Il se présenta respectueusement à Catherine Chamberlin.
Elle s'adressa sans détours à Robert Boulin.
- Monsieur le commissaire, je ne vous connais pas, mais je suis contente de vous rencontrer ! Je suis quelque peu

maltraitée par vos enquêteurs et je souffre de cette situation. J'espère que vous allez m'aider à retrouver ma dignité. Je n'ai rien à me reprocher, et je suis considérée comme une criminelle. Elle se redressa sur son siège.

– Madame Chamberlin, vous êtes là pour témoigner sur la disparition de Monsieur Belfort, je suppose ! affirma-t-il en interrogeant Rodriguez du regard. Vous venez d'employer le mot criminel, mais jusqu'à preuve du contraire, Monsieur Belfort n'est pas mort, que je sache ! poursuivez, je vous en prie ! dit-il à son inspecteur.

– Madame allait justement m'expliquer comment, et à quel moment, elle avait livré deux cercueils à Mondial Spirit, le jour de la disparition de Léopold Belfort, dit Rodriguez d'une voix calme.

Elle reprit :

– Était-ce le quatre, le sept ou le dix octobre, je ne saurais pas vous le dire. Je me souviens effectivement avoir livré deux cercueils à Léo en fin de journée. J'étais accompagné par Martial mon employé. Montre en main, nous ne sommes pas restés plus de cinq minutes. Moins on se voit, mieux on se porte. Je ne l'apprécie guère et c'est réciproque. Voilà, vous savez tout !

Le commissaire semblait s'impatienter, il prit la parole.

– Excusez-moi Madame, mais je dois parler à l'inspecteur Rodriguez. Ludovic s'il vous plaît ! l'inspecteur emboîta le pas de son patron vers le couloir.

– Rodriguez, dit-il à voix basse. On a une piste sérieuse dans l'affaire Raphaël Latour. Je viens de recevoir un fax du 36, rue du Bastion. C'est le nouveau 36, Quai des Orfèvres... ils ont déménagé. Dès que vous en avez fini avec la dame versicolore, on saute dans le premier TGV pour

Paris.

— La direction de la police judiciaire, rien que ça ! s'interrogea Rodriguez à voix haute.

— Je pense que c'est un hasard. Je vous expliquerai dans le train. En attendant, continuez à la cuisiner sans perdre trop de temps malgré tout, notre train part à 17 h 35. N'oubliez pas de la questionner sur la Mercedes retrouvée hier à Barbès. Elle a peut-être une idée.

— J'allais y venir ! Rodriguez retourna s'asseoir.

— Madame Chamberlin ! continua-t-il. Où en étions-nous ? Ah oui, votre ex-gendre... À ce propos, on a retrouvé sa voiture, rue Labat dans un quartier de Barbès. Est-ce que vous lui connaissez des affinités à Paris, amis ou habitudes ?

— Non, aucune.

— En fait, vous ne savez pas grand-chose, ou plus exactement, il faut vous tirer les vers du nez à chaque fois. On va s'arrêter là pour aujourd'hui, mais je vous préviens, si Monsieur Belfort ne se manifeste pas rapidement, je crains que nous soyons amenés à nous revoir très prochainement !

— Suis-je libre ?

Rodriguez baissa la tête en fermant les yeux.

— Je connais le chemin, inutile de me raccompagner ! Elle sortit sans saluer l'inspecteur.

Ludovic prit le temps de passer à son domicile...

Le commissaire l'attendait sur le quai. Presque silencieusement, le grand boa bleu glissa lentement et s'immobilisa. Ils n'eurent pas besoin de chercher le contrôleur, l'homme à la casquette se tenait debout, juste derrière la porte où les deux policiers patientaient pour monter. Ils se signalèrent en montrant leurs cartes de police et leurs armes selon les nouvelles règles. Le responsable du

TGV leur proposa des places en première classe...
— Alors, avez-vous tiré quelque-chose de la dame des pompes funèbres ? questionna le commissaire en retirant son pardessus.
— Non, pas vraiment ! Elle commence à devenir agaçante. Avec sa fausse sérénité et ses airs de grande dame, je suis sûr qu'elle nous ment !
— Confidence pour confidence, j'ai le même ressenti ! affirma le patron. Mais on n'est pas là pour parler de Madame Chamberlin. Quoique... la nuit de la disparition de Raphaël, David, son colocataire, a fait la fête devant la cathédrale avec mère et fille... Comme par hasard, et jusqu'à preuve du contraire, la mère était présente sur les lieux de la disparition de son ex-gendre. Ça commence à faire beaucoup. Même pour des enquêteurs débutants. Votre croque-morte, comme vous l'appelez, semble être impliquée jusqu'au cou dans les deux affaires de disparition. C'est évident... elle ne nous dit pas tout ce qu'elle sait. Pour en revenir à Raphaël Latour, comme je vous l'ai dit tout à l'heure, j'ai reçu un fax du capitaine Greg Moretti du *« 36 »*. Le commissaire chercha la feuille dans sa serviette. Tenez Ludovic, lisez !

« Monsieur *le commissaire Boulin,*

Mes services viennent d'établir une correspondance, entre un papier déconcertant trouvé dans une rue de Paris, et la disparition inquiétante de Monsieur *Raphaël Latour, enregistrée par votre équipe courant octobre. Nous ne sommes pas habilités à enquêter sur cette affaire, mais ce document en notre possession paraît être un élément déterminant pour votre enquête. C'est pour le moins, mon sentiment. Vous pouvez me contacter au 01 03 26 42 12. Bien à vous. Greg Moretti. »*

– Eh bien, qu'en pensez-vous mon cher Ludovic ?
– Les nouvelles de Latour ne sont pas si fréquentes. Je suis curieux de voir le document en question.
– J'ai appelé le capitaine Greg Moretti. Il m'en a décrit l'essentiel : de mémoire, « *RAPHAËL LATOUR* », a signifié qu'il était prisonnier en trois mots, « *PRISONNIER GD MAISON* », il a laissé un message surprenant relatif à la tour Eiffel, et il a signalé la présence d'une église certainement proche de son lieu d'enfermement, « *CLOCHE ÉGLISE PROCHE* ». La conclusion du message : un seul mot, « *HELP* », et une empreinte digitale. On reconnaît bien là, un élève de l'école de police. Moretti ne m'a pas envoyé de copie pour cause de labo. Ce texte est visiblement écrit avec des lettres de sang. Les scientifiques nous confirmeront tout ça... On a enfin du pain sur la planche.

Le bip de son IPhone modifia son attention.

– Je viens de recevoir un nouveau message... où sont mes lunettes, nom d'un chien ? râla le commissaire. Greg Moretti nous envoie une voiture de police avec un chauffeur. C'est vraiment très sympa.

L'immeuble, du « *36* », rue du Bastion dans le nord de Paris, n'avait rien de commun avec son prédécesseur des bords de Seine. C'est une construction moderne, flambant neuve. Rodriguez ne put s'empêcher de penser qu'il eut quand même préféré traverser la grande cour carrée de l'illustre « *36* ».

« *Attendez-moi à l'accueil, je descends !* » avait simplement répondu Greg Moretti. Sans jamais l'avoir vu, ils le reconnurent. Il avait bien le profil du policier baroudeur de la crim : grand, certainement sportif, cheveux bruns tombants sur son col, barbe de trois jours, une chemise à carreaux et un revolver à la ceinture. Il accueillit ses

collègues de Reims avec un large sourire.
— Belle maison ! dit le commissaire en traversant le grand hall.
— Cela fait deux ans déjà ! C'est un outil complètement adapté, et bien agréable, je vous le confirme... Je vais vous montrer une de nos salles de crise juste à côté de mon bureau. Un véritable petit bijou.
Effectivement, ils pénétrèrent dans un espace multiposte aux murs recouverts d'écrans dotés des dernières technologies de surveillance.
— C'est impressionnant ! dit le commissaire.
— Je vous invite à me suivre côté bureau ! J'ai une salle de réunion privée... ou presque.
Le capitaine poussa la porte de son lieu de travail pour montrer aux deux visiteurs rémois la philosophie esthétique du grand paquebot bleu-blanc-rouge. Un endroit épuré où le gris perlé dominant est simplement découpé par un mobilier de bois clair, par des fauteuils noirs et par une multitude d'écrans de toutes tailles.
— Tout est comme ça ! Il faut juste ne pas se tromper d'étage... affirma Greg.
— Vous avez vraiment un bel outil de travail ! commenta Pierre Boulin avec une fausse pointe de jalousie.
— Mais vous n'êtes pas venu uniquement pour visiter les locaux, que je sache. On va passer dans une salle de réunion.
Avant de répondre aux questions, Greg Moretti prit la parole.
— C'est une histoire de fou, ce message ! pour résumer ; l'épouse d'un ami de mon club de tennis, a trouvé cette feuille froissée sur le bureau de son fils de onze ans. Elle s'est logiquement interrogée, et a eu la perspicacité de

penser qu'il s'agissait peut-être d'un vrai signal de détresse... puis elle m'a contacté. Voilà... vous connaissez la suite.

— Avant toute chose, je tiens à vous remercier de votre accueil. Vous venez de parler de perspicacité... la vôtre est également à souligner. Merci capitaine ! déclara sincèrement le commissaire.

Moretti sortit d'une chemise en carton, le sachet protecteur de la fameuse feuille grossièrement dépliée.

— Voilà l'objet de notre intérêt, dit-il. Je ne me suis pas attardé sur le sujet, mais une chose m'a malgré tout interpellé : *« 3E ETAGE T EIFFEL 5 CM »*. J'ai l'impression qu'il a voulu renseigner sa localisation, et c'est très astucieux. Mais je ne veux pas interférer dans votre enquête, c'était juste une simple remarque personnelle.

— Non, non, ne vous excusez pas, votre observation est pertinente. Le commissaire saisit le document et l'examina en ajustant ses lunettes. J'ignore dans quelles conditions a été rédigé ce papier, mais à première vue, elles devaient être extrêmes. C'est à nous de jouer !

— Est-ce que vous pouvez nous communiquer les coordonnés de la maman du jeune garçon ?

Le capitaine sortit son téléphone, et après quelques glissements de page, déclencha le bip d'un message sur l'IPhone de Pierre Boulin.

— Je viens de vous envoyer son numéro de téléphone. Elle s'appelle Jennyfer Pasquier. Vous verrez, elle est très sympathique.

Rodriguez fit un résumé bien structuré de l'affaire Raphaël Latour, et survola la disparition de Léopold Belfort, autre satellite de la planète Chamberlin. Le capitaine semblait intéressé, et posait moult questions plus judicieuses les unes que les autres. La soirée était déjà bien avancée...

Les trois hommes commençaient à s'apprécier et les conversations sortaient désormais du cadre professionnel. Le dernier TGV pour Reims était sur le point de partir. Greg Moretti réserva deux chambres dans un hôtel voisin, et recommanda le meilleur restaurant du quartier à ses deux collègues. Sous réserve qu'il soit encore ouvert. Les Rémois appelèrent un taxi.

24

Jo n'était pas encore habitué à piloter les Vito Mercedes automatiques. Martial l'avait briefé en lui répétant qu'il devait impérativement neutraliser son pied gauche entre siège et portière, mais malgré tout, ce soir, il était un peu stressé en traversant Reims, en direction de Cormontreuil. Madame Chamberlin à plusieurs reprises l'avait averti : *« Jo, vous allez bientôt pouvoir assurer les transferts de nuit. »*. Il avait été appelé à 22 h 35 par Isabelle, à dix minutes de la fin du match de coupe de France « Nancy - Strasbourg », mais il n'était pas inquiet : Nancy gagnait déjà 2-0. Son collègue Éric Delhéri assurait depuis plusieurs années, la presque totalité des permanences nocturnes en coéquipier efficace. Expert en la matière, il n'avait malheureusement pas encore son permis de conduire.

« Pas besoin de GPS, avisa Éric en prenant place dans le véhicule de transfert. Le Chemin du Coq, je connais, et si je ne me trompe pas, je pense être déjà intervenu dans cette famille. Je vais te guider... Ce sont des gens du voyage,

avait-il ajouté. » Sa mémoire ne l'avait pas trahie, une dizaine de jeunes-gens en pleurs se serraient les uns contre les autres devant la grille d'une petite maison en préfabriqué. La porte s'ouvrit devant le véhicule. Un homme d'allure dynamique faisait de grands gestes, il dirigea l'ambulance vers le fond de la cour en terre battue. L'éclaireur indiqua où se garer ; entre un virulent feu de camp et une caravane faiblement éclairée. Plusieurs hommes de bonne volonté assis autour des flammes se levèrent pour proposer leurs services, ils voulaient aider... participer à la levée du corps de leur guide, de leur référent, de leur Papy. Éric, avec sa bonhomie naturelle, leur assura qu'il n'hésiterait pas à les appeler en cas de besoin. Transférer un gros corps de sa couche vers une housse mortuaire n'est jamais simple, et qui plus est, dans une caravane de douze mètres carrés en compagnie de plusieurs proches inconsolables. Éric, gentiment, mais fermement, fit sortir la famille. Il laissa sous-entendre qu'il allait certainement faire appel aux hommes pour sortir le défunt par le grand hublot en plexiglas.

Lorsqu'ils furent seuls pour procéder, Éric expliqua à Jo qu'ils allaient emporter le corps au funérarium le temps des soins, avant de le ramener dans son lit sous vingt-quatre heures. Il restera dans sa caravane jusqu'à l'heure de ses obsèques et de l'incendie qui la réduira en cendre : « *C'est la tradition !* » avait-il ajouté.

La mémoire de Jo fit un petit saut en arrière... L'image de la roulotte dans les flammes venait de se superposer avec celle du défunt en feu dans le four. Il ne put s'empêcher de poser la question à Éric.

– Au créma, j'ai vu un mort en feu se redresser de son cercueil pour s'asseoir. Qu'en penses-tu ? J'ai halluciné ou non ?

Même cause, même effet. Éric éclata de rire bruyamment...

Il avait pendant quelques secondes, oublié le lieu et les circonstances dramatiques de l'instant.

– Tu crois qu'ils m'ont entendu rire ? demanda-t-il, inquiet.

Le portillon de la caravane s'entrouvrit.

Un gaillard apparut dans l'entrebâillement.

– On est tous prêts... vous pourrez nous appeler quand vous le jugerez nécessaire.

Puis il referma doucement la porte, pour ne pas déranger le grand-père.

Éric, soulagé, respira profondément.

Le passage périlleux du corps par la fenêtre, assuré par une multitude de mains aimantes, fut plus simple qu'imaginé. L'ambulance traversa lentement la cour sous une haie d'honneur et des applaudissements. Tous savaient que leur papy ne s'absentait que quelques heures...

Les dernières maisons de Cormontreuil disparaissaient une à une dans le rétroviseur... Éric posa deux clés sur le siège du milieu en déclarant solennellement :

– Tiens, mon Jo ! Madame Chamberlin m'a demandé de te les confier. Ce sont les clés du dépôt. *Quelle preuve de confiance ! pensa Jo.* Seuls, les chauffeurs ont l'autorisation de les garder. Tu fais dorénavant partie des privilégiés ! continua Éric. Je n'ai pas encore cette chance. Mais la semaine prochaine, je suis convoqué à l'examen du code de la route, et je compte bien réussir. Ne sait-on jamais ?

– Et à propos du créma ? réitéra Jo sans transition. Personne ne m'a répondu clairement... Tout le monde se gausse, mais je n'ai obtenu aucune réponse, et c'est énervant.

– Excuse-moi, j'avais déjà oublié ton mauvais rêve, ton cauchemar...

Il continua en souriant.

– Ce que tu as vu est très étonnant, certes, mais c'est un phénomène normal. La colonne vertébrale et certains muscles se rétractent sous l'effet de la chaleur et font se redresser le squelette. C'est aussi simple que ça. La première fois, c'est impressionnant, je te le concède ! Tu vas pouvoir dormir sereinement cette nuit... tu n'es pas fou. Du moins pas encore ! il rit à nouveau.

L'enseigne rose du funé était déjà visible lorsque Éric repéra la vieille Ford. Elle était stationnée à une vingtaine de mètres de la place Gaultier. Étonné, il s'interrogea à voix haute.

– Qu'est-ce que Martial fiche au funé à cette heure-ci ?

Jo ne l'avait pas remarquée. La vieille bagnole était garée juste devant la sienne.

Les deux hommes installèrent leur défunt dans une case réfrigérée en prenant soin de lui surélever la tête pour éviter une concentration sanguine au niveau du visage. *« Le thanato nous en sera reconnaissant »* avait expliqué Éric en remplissant la fiche du nouvel arrivant et le registre des entrées.

Éric enfourcha sa bicyclette, Jo referma consciencieusement lumières et portes. Avant de démarrer sa Clio, il consulta les résultats des matchs sur le site du journal l'Équipe. Nancy vainqueur 3-0 s'était qualifié pour les huitièmes de finale, Jo applaudit silencieusement et enclencha la marche arrière.

Le témoin lumineux orange de la porte automatique clignota avant qu'il n'ait eu terminé son demi-tour. Un coupé pénétra dans la cour à vive allure. Il ne connaissait pas ce véhicule, mais sans même avoir reconnu une quelconque conductrice, il pressentait l'arrivée de la patronne. Jo se gara et sortit au plus vite pour vérifier son intuition. Le monstre noir stationné dans la cour portait bien son nom, baignée dans une lumière parcimonieuse, la Jaguar semblait prête à bondir. Il s'était posté derrière la porte secondaire, d'où il pouvait observer le parking. Il n'eut pas longtemps à patienter pour confirmer ses supputations. Le bip d'ouverture et le scintillement de toutes les leds du véhicule devancèrent Catherine Chamberlin de quelques secondes. Suivie par Martial, elle s'approcha de l'arrière du coupé. Le hayon se leva comme par magie. Équipée d'un grand tablier blanc et de bottes, elle saisit un large bac en plastique jaune et son employé, un outil indéfinissable de grande taille. Ils disparurent vers la salle de soins. La Jaguar crépita à nouveau, et se tapit lentement dans la quasi-obscurité.

Jo tournait et retournait les clés du dépôt au fond de sa poche. Il hésitait à franchir cette porte. Était-ce le bon moment pour un changement de costume improvisé. Il réfléchissait... Sa montre affichait 02 h 12, Ludovic Rodriguez sans nul doute dormait, mais sa décision était prise, il allait l'appeler.

La voix de l'inspecteur émergea d'une lointaine galaxie. Ludovic écouta plus qu'il ne parla et conclut rapidement.

– Tu ne bouges pas ! Observe tant que tu peux, mais tu n'entres pas seul. Je suis à Paris avec le commissaire. On sera de retour demain dans le courant de l'après-midi, j'espère que l'on se verra en soirée. Dans l'immédiat, je te le répète : tu ne prends aucun risque... Jo, tu m'entends ? *Pourquoi a-t-il coupé ?* s'inquiéta Rodriguez.

Martial Falco venait d'apparaître dans la cour, poussant dans la direction de Jo, un diable chargé de trois grandes caisses hermétiques. Martial posa son chargement derrière le pilier de portail, et déclencha l'ouverture de la grande porte principale. À moins d'un mètre de son collègue observateur, il bloqua le capteur de fermeture avec une planche fine prévue à cet effet, puis s'éloigna vers sa voiture en laissant apparemment toutes les issues accessibles.

Sans même s'être remémoré une seule fois les consignes de Rodriguez, Jo s'introduisit jusqu'à l'entrée de la salle de soins. La porte du salon des mises en bière était ouverte au large, il s'avança... Le cercueil qu'il avait fermé à 17 h 30, laissait visible un passage, une trouée libérée derrière la cheminée décorative.

Désormais, Jo comprenait : La fausse cheminée était amovible et cachait un accès discret entre le salon des mises en bière et une autre salle secrète. Bien pratique pour rouvrir les boîtes en toute discrétion.

Accroupi derrière une imposante couronne de fleurs verticale maintenue par un trépied, il apercevait nettement le grand tablier blanc s'agiter à la cadence d'une scie électrique et du bruit sourd de morceaux jetés dans une cuve résonnante. Jo n'avait plus aucun doute : *Elle découpe...*

– Martial, qu'est-ce que tu fiches ? le ton était dirigiste et énervé.

Catherine Chamberlin poursuivit à haute voix.

– Il est parti chercher sa voiture. Il est pénible, ce n'était pas urgent... Il faut toujours qu'il prenne des initiatives à la con !

Jo profita de la position retournée de la découpeuse et du grincement tapageur de la scie pour se rapprocher de l'ouverture. Elle leva le bras d'un cadavre sans tête recouvert d'une fine couche de glace, posa sa lame au niveau des cartilages de l'épaule et sectionna. La cuve en forme de pétrin tinta une fois de plus.

— Martial, tu m'entends... j'ai besoin de toi.

— J'arrive ! répondit Martial, de retour dans le salon des mises en bière.

Jo avait entendu son collègue arriver, mais se trouvait coincé dans une position inconfortable. Allongé derrière une énorme composition florale, le souffle incontrôlable et un grand creux au niveau de l'estomac, il attendait que Martial franchisse enfin le passage de la salle des dépeçages.

25

Le cœur de Jo ne battait pas encore à son rythme de croisière, mais l'air respiré de l'autre côté de la grille évacuait doucement les frissons et l'odeur âcre de la boucherie humaine. Il avait repris son poste d'observation derrière la petite porte. Les deux partenaires de la nuit finissaient certainement leurs coupables découpes. Il les attendait...

Martial devança Catherine Chamberlin sur le parking, il rapprocha le diable de sa Ford et commença le transfert des caisses dans le coffre.

– Nom de Dieu Martial, ferme-moi ce portail. Tu as la mémoire courte ou quoi ? Une visite à quatre heures du matin, ça ne te parle déjà plus !...

Il sortit le boîtier de sa poche et commanda la fermeture grinçante.

– Il reste une caisse, c'est la plus lourde. Je vais t'aider ! proposa la patronne.

Assurément, le dernier caisson fut difficilement glissé sur le siège arrière.

– Attends-moi, je vais me changer ! dit-elle en s'éloignant.

Lunettes bleues, manteau de fourrure blanc et démarche condescendante, une version métamorphosée de la dame Chamberlin apparut. Drapée dans sa panoplie de chef d'entreprise dynamique, elle venait de glisser dans un autre registre, à cinq heures du mat.

Elle posa une main caressante et compatissante sur le toit de la vieille Ford. Martial, déjà en place derrière son volant recouvert de faux cuir marron, descendit sa vitre pour recevoir les dernières consignes. Jo n'entendit pas tous les mots confiés à voix basse, mais comprit l'essentiel :

« Elle partait devant, certainement pour prévenir un contrôle inopiné de police ou des douanes. Lui devait s'arrêter sur l'aire de repos après la sortie « Reims-La Neuvillette » et attendre un dernier message pour continuer... ou rebrousser chemin. »

Avant même que la Jaguar ne rugisse dans la nuit, Jo s'était rapproché de sa voiture et avait opté pour la filature de la Ford, assurément plus à la portée de sa Clio. Effectivement, son collègue emprunta l'autoroute en direction de Paris à vitesse réduite, puis bifurqua vers celle de Laon. Jo ne s'arrêta pas derrière Martial sur l'aire de repos, le risque de se signaler était trop grand. C'était sans importance... Il avait d'ores et déjà anticipé la destination des convoyeurs, et continua sa route en direction du crématorium de Reims seulement à quelques kilomètres.

La clarté dans la cour du créma à cette heure tardive, confirma son intuition. Il fit demi-tour pour éloigner et cacher son véhicule sur le grand jard dédié au parcage des visiteurs du magnifique cimetière de La Neuvillette. Bien qu'indépendant, le crématorium est implanté dans cet étonnant jardin aux centaines d'arbres d'essences différentes. Son collègue Éric le lui avait fait découvrir avec beaucoup d'enthousiasme. Jo avait été surpris de découvrir qu'un chemin pratiquement caché menait à la cour du créma. Pour s'introduire, il devait simplement se hisser par-delà l'enceinte du cimetière.

Le son caractéristique du moteur de la Ford s'amenuisa derrière le portail. Martial venait d'arriver...

Une grille verte, adossée à la loge du conservateur du cimetière, se proposait comme une opportunité d'escalade. Jo la franchit sans problème et contourna la salle de cérémonie avant de se retrouver dans l'avant-cour du crématorium. En longeant les bureaux, il avait entrevu Catherine Chamberlin par la fenêtre. Elle palabrait et gesticulait devant Johnny le directeur, cet homme imprévisible et violent, qui l'avait empêché de porter le cercueil, et qui fut à deux doigts de le molester dans l'espace technique des fours. Tapi dans l'angle du bâtiment, il aperçut nettement le coffre de la Ford éclairé par la lueur de la salle d'accueil. Sans s'arrêter, Martial transférait les boîtes une à une. Jo se régla sur l'alternance de ses allers-retours pour traverser la cour et se dissimuler derrière un véhicule utilitaire garé à côté de la Jaguar. À présent, il appréhendait clairement l'activité de chacun : la Chamberlin dans sa pelisse blanche gérait, Johnny dévissait les couvercles de deux volumineux cubes de bois et Martial empilait les grosses caisses hermétiques en plastique. Johnny transporta le dernier contenant avec Martial, puis poussa du pied les cales de la porte, réduisant la large vision à un mince filet de lumière. Jo dut se rapprocher des deux battants pour continuer son observation. La parole des uns et des autres était devenue plus intelligible, surtout celle de l'autoritaire

Catherine Chamberlin.

— C'est insupportable cette odeur... Martial, ouvre-moi cette porte, s'il te plaît, ordonna-t-elle.

Johnny ! je ne sais pas où tu achètes ces masques de pacotille, ils sont trop fins et ne servent à rien. Autant pisser dans un violon, poursuit-elle, excédée.

Jo eut le réflexe et le temps de se glisser dans l'espace créé par le battant ouvert et l'angle du mur contigu. Il se trouvait désormais à moins d'un mètre des protagonistes et avait une vue directe sur le contenu des grands caissons en bois. Une perception cauchemardesque... Les images glauques et terrifiantes de ces têtes humaines aux cheveux hirsutes mélangées aux morceaux de bras, aux bébés mort-nés, et à d'autres pièces anatomiques indescriptibles qu'il apercevait, lui provoquèrent instantanément la nausée. L'émanation des gaz putréfiés rendait sa position encore plus incommodante, mais il n'avait pas d'autre choix que de tenir...

— Elles sont à la limite d'être pleines tes boîtes ! invectiva la Chamberlin.

— Ce n'est pas un problème, je ne les fermerai pas... comme d'habitude ! C'est toujours comme ça avec la morgue de l'hôpital, ils font des économies de bois et de bouts de chandelles, lui répondit Johnny.

Les deux hommes enfilèrent des tenues blanches intégrales, des sur-chaussures, des gants et commencèrent le transfert des découpes récentes vers les deux cubes de pièces anatomiques du CHU. Les membres débités s'entassèrent jusqu'à dépasser les limites des réceptacles en pin.

Le mutisme collégial fut rompu par Johnny, lorsqu'il sortit par les cheveux une tête au visage parfaitement conservé.

– Mais c'est Léo, s'écria-t-il. Tu aurais pu me prévenir, ça fait quand même un drôle d'effet.
– Ne fais pas ta chochotte mon Johnny. Un mort, c'est un mort ! dit la Chamberlin.
– Certes, mais tout de même ! Monsieur Belfort ne donne plus de nouvelles... Tu m'étonnes ! Je comprends mieux maintenant !
– Il n'est pas près d'en donner... conclut-elle.

Le chariot élévateur couina avant de se stabiliser au plus près du premier conteneur.

– On va devoir donner un bon coup de rein pour le glisser. Tu es prêt Martial ?

Les deux hommes s'accroupirent pour soulever et glisser la caisse de bois débordante vers le chariot, mais Martial se releva.

– Stop ! s'écria-t-il. Catherine, s'il vous plaît, trouvez-moi un linge ou un journal pour cacher le visage de Léo. Il me regarde !... Ça me coupe la chique, je ne peux pas porter dans ces conditions...

Le premier chargement, recouvert d'un étrange cache orange, disparut sur la gauche. *Certainement dans la salle d'introductions.* pensa Jo. Le processus fut le même pour la deuxième fournée. Les trois compères n'étaient plus dans le champ de vision de l'IPhone du futur inspecteur. Sa vidéo, prise au travers de l'espace de rotation des gonds, apportait la preuve irréfutable de l'assassinat de Léopold Belfort. C'était une pièce à conviction de premier ordre. Il le savait.

Le grondement du bras mécanique, poussant dans les flammes les découpes de son ex-gendre, fut accompagné par une déclaration solennelle et tonitruante : « *Je tenais à t'accompagner moi-même dans le feu de l'enfer... Que le diable accueille ton âme, et qu'il la garde !* »

– Martial, veux-tu fermer la porte, s'il te plaît ! Je vais rebrancher l'alarme extérieure, l'ordre émanait du petit crématiste moustachu.

Jo compris dans l'instant qu'il allait être détectée et s'éloigna d'un pas rapide vers l'espace partagé entre crématorium et cimetière. Il déclencha malgré tout une kyrielle de sirènes plus stridentes les unes que les autres. Le signal sonore fut rapidement coupé... Sa présence était révélée.

– Il faut en avoir le cœur net, dit Johnny. Martial, tu vas couper par la salle de cérémonie, moi, je passe par la cour. Mon fusil est dans le Toyota, ça tombe bien. Je suis curieux de connaître les enfoirés qui visitent le créma à six heures du mat.

La brume du matin commençait à se fondre dans l'obscurité reculant, laissant la température de l'aurore blanchir les stèles les plus exposées aux vents tournoyants. Martial marchait lentement au centre du chemin goudronné, scrutant de droite et de gauche des carrés de sépultures simplement isolés par des murs de feuillus. Des pas et une toux d'irritation se rapprochaient, il reconnut le chef du créma.

– J'ai aperçu une silhouette dans le carré des pyramides. Suis-moi ! chuchota Johnny.

Ce columbarium, aux mille cases de granit rose, devait son nom usuel de carré des pyramides à deux improbables monuments en forme de tombeau égyptien. Délires d'architectes obligent...

Martial fut étonné à la vue de l'incroyable arme de son accompagnateur.

– C'est pour la chasse aux éléphants ? questionna-t-il.

– Aux sangliers mon grand ! aux sangliers...
– Perso, je trouve ça un peu disproportionné pour attraper un curieux dans un cimetière.
– Tu es toujours aussi naïf mon pauvre Martial, tu ne changeras donc jamais.

Jo se cachait derrière un mur de cases columbarium. Sa montre était toujours connectée au téléphone de Ludovic Rodriguez. L'inspecteur redoubla d'inquiétude lorsqu'il crut entendre une déflagration.

– Ils ont tiré en l'air ! le rassura Jo. Ils se rapprochent... je ne vais plus pouvoir parler, mais je reste connecté.

Son bracelet vibra, il lut le texto de Ludovic : *« J'organise les renforts. Gagne du temps ! on rentre à Reims. Je reste connecté à ta montre. »* La précarité de sa cachette et la nouvelle position des deux hommes ne lui laissaient pas d'autre choix ; il devait traverser le jardin au pas de course et fuir. Derrière la grosse pyramide, un espace de végétation, moins dense, semblait lui offrir une possibilité de sortie. Jo s'élança jusqu'à la trouée, plongea aux pieds d'arbustes morts et roula à plusieurs reprises sur le revêtement luisant de la route d'enceinte. Le retentissement de la nouvelle détonation et l'impression d'avoir été touché ne l'empêchèrent pas de se relever et de se précipiter vers le plus proche canton.

Martial et Johnny se tenaient immobiles à l'entrée du grand carré de tombes, et regardaient le garçon capuchonné courir et sauter de monument en monument. Le piège s'était refermé. Jo renversait dans sa course désordonnée, toutes sortes de fleurs, de croix et de plaques résonantes. Le directeur du créma modifia sa mise en joue à plusieurs reprises. Il suivait la cible sautillante dans la lunette de son fusil.

– Arrête Johnny ! Tu ne vas pas le tirer comme un animal ! On n'est pas à la chasse... Martial saisit le canon de l'arme et le baissa vers le sol.

– Ne touche pas à ça, ce n'est pas ton problème.

Johnny se dégagea brutalement de l'emprise de Martial et prit une position de tireur d'élite appuyé sur une large stèle. Jo venait de glisser sur le granit humide d'une sépulture.

– Merde ! je ne le vois plus, grogna le chasseur en balayant son arme de droite et de gauche.

Martial, en fermant l'angle de tir, s'avança rapidement vers ce qu'il pensait être l'endroit de la chute. La tête posée sur un prie-Dieu, Jo était allongé sur des cailloux blancs. Il regarda son chef de transfert sans sourciller.

– Jo ! c'est toi ? Mais qu'est-ce que tu fiches ici ?

– Je suis touché. Vous êtes complètement frappés, ajouta-t-il en se retournant difficilement. Sa montre venait de vibrer, mais il ne bougea pas.

– Lève-toi p'tit con ! Johnny enfonçait le canon de son fusil dans les côtes du fuyard.

Martial s'interposa une fois de plus, et entre quatre yeux rapprochés, hurla...

– Calme-toi ! et pose ton putain de fusil. C'est mon collègue, tu n'as pas besoin de ton attirail de chasse.

Martial s'accroupit et aida Jo à se redresser. Une tache rouge teintait le gravier blanc, sa manche droite pissait le sang.

Catherine Chamberlin s'impatientait à côté de son coupé ronronnant, lorsque les trois hommes entrèrent dans la cour...

Finalement, il ne se recoucha pas et opta pour un petit déjeuner frugal accompagné d'une salade de fruits. Le capitaine Greg Moretti avait été réveillé par l'appel de Ludovic Rodriguez à 6 h 05 ; les deux rémois devaient rentrer de toute urgence, et ils avaient besoin d'une voiture.

Un inspecteur stagiaire était en danger, d'après ce qu'il avait compris...

Sans attendre, Greg leur avait fait déposer son véhicule de service, une Peugeot 3008. La traversée de Paris fut rapide, mais angoissante... Ils avaient nettement entendu les déflagrations du cimetière, et la communication téléphonique avec la montre de Jo était de plus en plus mauvaise. Ils redoutaient de perdre le contact.

À la première barrière de péage, la voix de Catherine Chamberlin résonna clairement dans l'habitacle des policiers.

– Mais, qu'est-ce que vous faites là, Jo ? Vous êtes blessé ?

Coupée par une voix d'homme.

– C'est le p'tit con qui nous espionnait.

– Rentrez-le à l'intérieur ! avait-elle demandé.

Le son, redevenu presque inaudible, s'éloignait petit à petit. Les deux policiers concentrés dans le silence de la voiture électrique n'entendaient plus rien. A priori, les protagonistes s'étaient éloignés de Jo. Peut-être se consultaient-ils ?

La voiture de police, devancée par son halo bleu, filait dans la file de gauche à vive allure. Le commissaire interrogea Ludovic.

– À votre avis, on arrive dans combien de temps ?

– À ce rythme-là, trois petits quarts d'heure. Je ne peux pas aller plus vite.

– J'ai réussi à convoquer une dizaine d'hommes. Si mon calcul est bon, on devrait les devancer et diriger les opérations ! Nous serons accompagnés par une ambulance, ajouta le commissaire.

Ils roulèrent un long moment sans ne plus parler.

Assurément, des éclats de voix se rapprochaient de la montre. Soulagés, les deux policiers comprirent qu'ils étaient toujours connectés. Ils entendirent nettement Catherine Chamberlin, elle s'égosillait.

– Je t'interdis de faire ça !

– Laisse-moi faire ! lui rétorqua la voix masculine. Sans cercueil, c'est plus rapide et en une heure, on en parle plus. Peut-être même, vais-je économiser une balle. Tu ne veux pas voir ça ?

– Tu es complètement cinglé. Je t'interdis... ! répéta-t-elle.

– Tu n'as rien à m'interdire, je ne fais pas partie de ton petit personnel, au contraire, tu ferais mieux de me remercier ; c'est moi qui vais faire le sale boulot.

– Martial, dis-lui d'arrêter son délire !

La réponse de Martial, à l'évidence trop éloignée, ne fut pas perceptible par les policiers.

– Johnny, je te l'ordonne une dernière fois ; détache-le ! Je l'emmène avec Martial. Jayden s'en occupera...

Le groupe s'était probablement déplacé, et une fois de plus, le son ne passait plus dans la 3008. Le niveau d'inquiétude des deux policiers grimpa vers l'insupportable.

– Ludovic, vous avez bien compris ce que j'ai compris ? demanda le commissaire.

L'inspecteur prit un temps de silence...

– Oui commissaire, j'ai surtout compris, que les limites de l'inconcevable étaient bien incertaines au crématorium de Reims. Ludovic tapait sur son volant en signe d'impuissance.

– Allons Rodriguez ! Il faut reprendre vos esprits, garder la tête froide et analyser. Le commissaire continua. Résumons la situation ; nous faisons face à un psychopathe, qui envisage supprimer un de nos collègues par la crémation...

– Vivant ! fulmina Ludovic. Il veut le brûler vivant. Il veut le cramer vivant...

– Je vous l'accorde, c'est effroyable... mais ne nous énervons pas, réfléchissons... il y a certainement un moyen de contrecarrer ce fou furieux.

Il marqua un nouveau temps d'arrêt et poursuivit...

– Et si je demandais une coupure électrique sur La Neuvillette ?

– Super idée commissaire, mais ce n'est pas l'électricité qu'il faut couper, c'est le gaz. Le crématorium est gros consommateur de gaz, il est sûrement équipé d'un compteur communicant. Si cela est, GRDF peut à coup sûr couper le gaz à distance.

De l'autoroute, Ludovic voyait de plus en plus nettement se dresser la cathédrale dans la lumière du matin, ils arrivaient à Reims.

Le commissaire, en ligne avec GRDF, comprit rapidement que les compteurs GAZPAR n'étaient pas équipés de vanne de coupure. Ils ne pouvaient donc pas être coupés à distance.

– Je vais tenter ENEDIS pour l'électricité, si les fours sont pilotés informatiquement, ça peut être une autre possibilité. Ça fait beaucoup de *« si »*, mais je vais essayer quand même, monologua Pierre Boulin.

26

Catherine Chamberlin et Martial venaient de quitter précipitamment le crématorium sous la menace de l'imprévisible Johnny et de son fusil de chasse. Elle s'était réfugiée dans sa voiture garée à quelques mètres seulement de la Clio de Jo. Sa tête cognait lentement et régulièrement le cuir rond du volant de son bolide. Elle n'arrivait pas à écarter la vision surréaliste de son employé allongé sur cette planche. *Qu'est-ce que Jo faisait au crématorium ce matin ?* Elle se répétait en boucle les terribles mots de Johnny : *« Je vais l'attacher sur le couvercle d'une boîte anatomique. Ça fera l'affaire ! »* Elle le savait capable du pire, et chercha son téléphone pour appeler les conseils de Jayden Ramassamy. Des gyrophares bleus s'approchaient à grande vitesse dans sa direction... Elle démarra sans attendre et croisa les véhicules de police à 500 mètres du parking. Ils se dirigeaient vers le crématorium... *Qui a prévenu les flics ?* Elle réussit à joindre Jayden Ramassamy. Quelques premières hésitations verbales de Catherine suffirent à déclencher la colère de son interlocuteur...

– Si ce n'est pas toi... ce n'est pas non plus l'autre frappé du créma... alors c'est Martial qui vous a vendu, ou l'autre qui vous a espionné ? fulmina Jayden.

– Ce n'est pas Martial qui a prévenu les flics, j'en réponds comme de moi-même, je te l'ai déjà dit, assura Catherine.

– C'est donc ta nouvelle recrue ! Tu t'es encore fait infiltrer ! Peu importe ! dans tous les cas, ça ne sent pas bon et c'est trop tard... Tu ne peux plus rester à Reims : tu passes chez toi, tu fais tes bagages, tu récupères ton magot, tu embarques Marie-Pierre et vous rappliquez à Rueil-Malmaison sans prendre d'autoroute. On verra bien après ! Je t'envoie l'adresse de Rueil sur ton autre téléphone. Les papiers de la vente du fonds sont dans le coffre chez le notaire, il faut simplement les antidater. Je m'en occuperai avec Isabelle en début de semaine. À coup sûr, on va se prendre une perquise dans les prochains jours. J'envoie dès demain une équipe pour modifier ton bureau, supprimer la salle de soin bis et bloquer la cheminée. Désolé Catherine ! Tu ne connaîtras pas ton nouveau burlingue... Il faut dire que tu les as cumulées ! Vous avez quelques heures devant vous, ne traînez pas ! conclut Jayden avant de couper la communication.

Catherine, à son corps défendant, prévint sa fille et Martial, d'un départ imprévu et imminent...

– Ne sois pas impatient, ton tour arrive !

Johnny, au pied de l'impressionnante table d'introduction, tenait toujours son fusil... Il regarda sa montre, et poursuivit.

– Encore trente minutes de cuisson pour le premier

four avant ton grand saut chez notre pote Héphaïstos.
– Tu ne connais pas notre ami... Ça ne m'étonne pas ! Laisse tomber...

Jo, attaché sur sa planche à un mètre cinquante du sol, était en posture de départ sur la première table. Il ne parlait plus. Ses longs cheveux en désordre accentuaient visuellement sa position de supplicié. Sa vie était désormais entre les mains de ses collègues pour un temps de plus en plus limité. Il n'osait même plus quelques bribes de confiance, chaque tentative d'effort mental était annihilée par l'environnement assourdissant du bruit des brûleurs et le crépitement des deux fours.

– Son bras blessé le faisait souffrir...

Au niveau de l'échangeur Reims Centre, comme dans une chorégraphie réglée au millimètre, Ludovic et Pierre Boulin s'étaient ralliés au convoi des cinq voitures de police en partance pour le crématorium. Le commissaire dans son for intérieur prit cette coïncidence heureuse pour un signe positif. Il avait réussi à joindre, par le biais de la sous-préfecture, un responsable d'ENEDIS qui faisait le nécessaire pour couper l'électricité : *« le plus rapidement possible »,* lui avait-on assuré. Quatre mots souvent employés, mais si souvent galvaudés... Le commissaire Boulin pensait malgré tout avoir été persuasif.

Jusqu'ici, les deux policiers n'avaient perdu que très peu de détails sur l'évolution dramatique de la situation. La montre connectée avait rempli son rôle de lien chanceux et inattendu. Ils avaient nettement entendu le directeur du créma, fusil à la main, expulser Catherine et son employé Martial. Ils avaient également été les témoins auriculaires du douloureux attachement de leur jeune collègue sur le couvercle en pin d'une boîte de pièces anatomiques.

Johnny rapprocha un petit escabeau et se hissa au niveau de Jo.

– Une dernière petite vérif avant le départ ! Les montres et les portables sont interdits dans le four, dit-il sur un ton de steward. C'est comme dans une centrale nucléaire, les piles ça explosent et « Boum », adieu le créma. Je sais que tu t'en fous, mais pas moi ! expliqua-t-il. Je vais récupérer ta montre et ton téléphone, si tu en as un ?

Il attrapa difficilement le téléphone glissé dans la poche du jean, et décrocha sans problème la montre du bras sanguinolent.

– Une Apple-Watch et un iphone-14, on ne se refuse rien dans les pompes funèbres !

Jo se contenta de le haïr davantage...

Pierre Boulin avait séparé ses hommes en deux, il voulait encercler le bâtiment. Ludovic Rodriguez fut désigné d'office pour diriger le commando côté cimetière, le commissaire resterait avec son équipe, côté crématorium. Ils étaient tous en contact radio. À l'instar de Jo plusieurs heures auparavant, Ludovic choisit l'escalade de la grille verte pour introduire ses hommes dans le grand silence des tombes. Un policier, dos à la grille, servit d'appuis pour permettre à ses collègues d'escalader le mètre quatre-vingts de grillage. Les bruits sourds des talons choquant le gazon se succédèrent régulièrement comme les signes d'une volonté et d'une détermination sans faille.

Ludovic ordonna à deux de ses hommes de se glisser vers la droite et de prendre des positions abritées. « *Cet homme est fou et armé, soyez prudent ! avait-il prévenu. Dès que je suis à l'intérieur, je vous fais entrer par les portes fenêtres, en attendant, vous ne bougez pas.* » Il n'eut pas terminé son propos que l'obscurité envahit la salle de cérémonie. *Le patron a réussi sa coupure électrique, pensa Ludovic.*

L'inspecteur se dirigea avec ses deux autres collègues vers l'aile gauche et s'aperçut tout de suite qu'ils avaient accès à la cour arrière du créma. Il plaça un de ses gars derrière le seul véhicule du parking, un trafic marqué *« Crématorium de Reims »*, et l'autre de façon à couvrir et bloquer le passage vers le cimetière. Lui, retourna sur ses pas pour observer le bureau ; il ne s'était pas trompé ; la lueur rapidement aperçue en passant, émanait bien de deux écrans. Il reconnut, sans aucun doute possible, les schémas très explicites des deux fours sur chacun des écrans. L'électricité était coupée, mais pas l'ordinateur centralisateur des commandes. *Putain ! ils ont un onduleur !*

Il prévint le commissaire...

- Je suis en conversation téléphonique avec l'individu, avait-il répondu brièvement.

Le commissaire avait composé le numéro de téléphone du crématorium sans certitude, mais étonnamment, le directeur des lieux avait répondu très calmement dès la première sonnerie.

– Denis Greff, crématorium de Reims ! bonjour ! avait annoncé Johnny.

– Pierre Boulin, commissaire principal de Reims... Monsieur Greff, je vous donne deux minutes pour détacher le jeune homme perché sur votre table d'introduction, et pour sortir gentiment les mains sur la tête.

Le ton intransigeant n'obtint pas de réponse claire... il poursuivit.

- Le crématorium et le cimetière sont complètement bouclés, vous n'avez aucune chance de vous en sortir. C'est fini pour vous !

– Faites en sorte de libérer le garçon sans créer de problème, c'est votre intérêt !

Un soubresaut électrique de quelques secondes surprit le commissaire. Le directeur du créma raccrocha... L'obscurité se stabilisa à nouveau. Le crématiste ne répondait plus au téléphone, Pierre Boulin se fit apporter un porte-voix pour ne pas perdre le contact.

– Greff ! ça suffit les conneries ! je te le répète une dernière fois, tu n'as aucune chance de t'en sortir... le mégaphone hululait sur une fréquence de plus en plus aiguë. Le patron renouvela son appel à plusieurs reprises, mais la perforation résonnante de la porte métallique arrêta net la litanie du porte-voix. L'équipier à quelques mètres du commissaire venait de crier...

– Je suis touché patron !

Le policier se laissait glisser, à première vue, il souffrait d'une jambe. Le commissaire le maintint par les épaules et l'aida difficilement à se déplacer derrière le pilier de la double porte. Le blessé fut évacué sur un brancard dans les minutes qui suivirent.

Pierre Boulin reprit sa place, allongé au sol entre les deux battants.

Alors que la sirène de l'ambulance s'éloignait, la porte arrière de la salle des fours donnant sur la cour, s'ouvrit doucement. *Était-ce Johnny Greff ou un courant d'air opportun ?* La question ne se posa pas longtemps. La voix nasillarde du forcené s'adressa directement au commissaire.

– Chef, encore quelques minutes à patienter pour le grand départ ! Le petit bouton rouge va clignoter... et... hop, buon viaggio !

L'inspecteur Rodriguez n'avait rien perdu des échanges verbaux de son patron avec Johnny. Le moment n'était plus à la réflexion, il enclencha le cran de sécurité de son revolver, brisa une vitre de la salle informatique avec l'arme et plongea la tête la première dans le cadre libéré de son verre. À genoux sous le bureau, il débrancha méthodiquement tout ce qui ressemblait de près ou de loin à des prises, à des câbles, ou à des boîtiers.

Le crématiste entama un compte à rebours d'une voix suffisamment forte. Il s'arrêta au troisième chiffre de recul, une alarme stridente venait de retentir... Le portillon de la fournaise trembla soudainement et libéra une dizaine de centimètres d'entrebâillement sur les flammes. Rodriguez avait sans doute réussi à débrancher le câble lié aux paramètres de sécurité. Il traversa le hall d'accueil et s'introduisit à pas feutrés dans la salle des départs. La pièce était inégalement éclairée par l'ouverture interrompue de la porte du four. Silencieux, l'inspecteur se tenait à présent dans le dos de Johnny. Il voyait au-dessus de lui, une forme foncée recouverte d'une multitude de motifs rouges dessinés par le feu. La température devenait insupportable. Jo était bien là !

Le fou furieux tapait et retapait sur le bouton mural en hurlant tous les jurons du monde à l'attention de ce fichu tunnel désormais en sécurité.

Il épaula son arme et tira en direction d'une issue arrière. Le policier caché jusqu'alors derrière l'utilitaire venait de l'ouvrir avec son pied. Rodriguez profita de cette diversion pour se ruer sur Johnny et lui coller son arme sur la tempe en hurlant.

- Lâche ton arme et mains sur la tête !

Déséquilibré, le crématiste tomba sur les genoux et se laissa passer des menottes...

– Jo, tu m'entends ?

La réponse fut presque inaudible.
– Merci…
Ce merci-là venait d'ailleurs... A bout de bras, l'inspecteur s'attela à faire pivoter délicatement la planche où reposait son collègue, puis étape par étape, il la fit glisser lentement vers le sol. Jo respirait calmement... Rodriguez commença à détacher ses liens...

Le commissaire était resté à l'extérieur, il n'était pas très motivé pour franchir la porte grise à la force de ses bras, ni même pour escalader le grillage du cimetière : « *Je suis en contact avec le technicien d'ENEDIS, il va rétablir le courant dans moins de dix minutes, et vous pourrez m'ouvrir le portail automatique... Je ne vais quand même pas me casser une jambe !* »

La deuxième ambulance s'éloigna avant que l'électricité ne soit revenue. Toute l'équipe fut rassurée par les propos du médecin urgentiste. Jo avait perdu beaucoup de sang, mais sa blessure ne semblait pas inter à son pronostic vital. Il était en sécurité.

27

Vanessa s'était endormie...
Raphaël, assis derrière la porte de sa cage, les bras encore accrochés aux barreaux, venait de suspendre ses tractions abdominales. Il éprouva le besoin de se concentrer pour réfléchir. La théorie philosophique de son amie sur le temps qui passe, et la proximité qu'elle entretenait avec son père décédé depuis huit ans, interrogeait sa logique prosaïque. Vanessa considérait le temps passé depuis l'accident de son papa comme nul et inexistant. Pour elle, le futur était l'unique temps réellement appréhendable. Dans l'avenir, je pourrais prévoir de compter des moutons, écrire des tonnes d'âneries, trouver le temps long, projeter, modifier, quantifier... ce que je ne peux pas faire dans le passé. Seule la mémoire, sans notion d'épaisseur, peut retourner en arrière. Dix secondes, une année, vingt-cinq ans ou des siècles, sont compressés avec la même force et pèsent le même poids.
Elle résumait ainsi sa démarche intellectuelle :

« *Papa est mort il y a huit ans, mais en réalité, il vient de me quitter à l'instant. Sa présence et son absence se superposent...* »

Et elle avait conclu :

« *Cette conception abstraite, nourrit l'inconscient de l'être humain. Sans elle, Dieu n'aurait jamais existé.* »

Raphaël validait globalement son approche, mais ne l'expliquait pas clairement...

Il mit de côté l'analyse improbable de Vanessa et reprit ses abdominaux sans réussir à évacuer son obsédante interrogation. *Est-ce que mon avion a rempli sa mission ? Le saurai-je un jour ?*

Le rythme de ses tractions musculaires baissa brutalement. Il lui semblait avoir perçu un grondement inhabituel. Il arrêta son effort. Ce coup de tonnerre dans le ciel de Paris, le rapprocha de son ancien statut d'homme libre, celui, où les orages n'obéissent à personne et surtout pas à des gardiens de cages habillés en noir. Raphaël accepta avec bonheur cette pseudo-bouffée de liberté providentielle. Assis sur le sol, adossé contre les barreaux de sa porte, il fermait les yeux en écoutant la colère céleste, frustré malgré tout de ne pas entendre la pluie...

La foudre tomba sur le grand marronnier de la cour ou peut-être sur le toit de l'immeuble. La détonation fit sursauter Raphaël, les veilleuses du palier de l'ascenseur et les lightbox exit vacillèrent simultanément. Raphaël, les pieds dans la cage et le haut du corps à l'extérieur, comprit qu'une décharge électrique de grande intensité venait d'interférer sur les aimants de la serrure. Sa porte s'était ouverte...

Vanessa dormait toujours, il entendait sa respiration régulière. Il prit un moment avant de se lever. Le choc psychique avait été âpre. Inconsciemment, il attendait une autorisation des hommes en noir pour sortir. *La porte de son amie était-elle déclenchée ?* L'évidence s'imposa, les aimants des deux serrures étaient de nouveau bloqués, lui se trouvait dehors, elle, à l'intérieur.

Il fit le tour des trois cages comme s'il découvrait l'endroit pourtant si familier. *Dois-je la réveiller ou non ?* Il ne prit pas de décision, ou plutôt si, il la laissa dormir.

De sa prison, il n'apercevait quotidiennement que quelques mètres carrés du bleu roi interdit. Combien de fois l'avait-il foulé dans ses délires ou dans ses rêves. Cette moquette était devenue un symbole frustrant : le passage obligé vers la sortie, vers la liberté… quel qu'en fut le prix. Ses phantasmes n'avaient pas pris en compte les tâches douteuses, ni l'usure jusqu'à la corde du lamentable revêtement de sol. Raphaël ne rêvait plus, il était désormais planté devant une moche et surprenante réalité : la grille d'un vieil ascenseur ceinturé par un large escalier d'une belle décrépitude. Cependant, il n'ignora pas le petit secrétaire d'une autre époque adossé au mur à côté d'un épais rideau de velours grenat. Un bloc de papier et un feutre posé sur la tablette haute l'exhortèrent évidemment à écrire un message à l'attention de Vanessa :

« Vanessa, il ne m'a fallu qu'une seconde et beaucoup de chance pour ouvrir ma porte pendant l'orage. Je n'ai pas tout compris, mais peu importe… J'ai déjà un pied et presque toute ma tête dehors ! Ne te fais pas de soucis, je reviens vite pour te sortir de là ! Je t'embrasse. Détruis ce billet comme tu le pourras ! Raphaël. »

De retour dans l'antre maudit, il déposa au travers des barreaux, le mot sur la table, juste devant le livre débordant d'écritures saintes et de grands principes d'amour ; ceux, des cordonniers mal chaussés.

Vanessa dormait toujours...

Sur le palier, il entrouvrit l'épaisse courtine de velours et découvrit un imposant vitrail éteint. L'absence d'éclat indiquait une heure tardive. Raphaël descendit sans bruit, aidé en cela par une privation de chaussures. Les pieds nus étaient la règle dans les cages.

Il commençait à comprendre la structure de cet immeuble de trois étages, faite de grandes salles. Cela ressemblait à un hôtel particulier oublié par le temps des belles réceptions.

Raphaël s'approcha de l'ouverture du second étage en longeant les murs comme l'aurait fait un policier confirmé. Toutes précautions sonores et visuelles prises, il se glissa sur la droite dans un espace sans surprise. Noyées dans l'odeur du désinfectant industriel, deux autres cages sans occupant réservaient la presque totalité du volume. Toutes sortes de chariots et de tables à vocations médicales ou mortuaires encombraient dans un désordre inutile, la surface extérieure des geôles métalliques. Raphaël jeta un coup d'œil rapide dans le cabinet de toilette, sans fenêtre, et sans intérêt. Il quitta les cellules et poursuivit une descente surprenante. Il venait de passer une ligne de partage des eaux et entrait dans un nouveau monde. Le déprimant escalier et sa rampe grise étaient devenus éclatants de brillance. Le chemin de moquette central, métamorphosé par le plus beau bleu, dessinait chaque marche avec une barre dorée étincelante. Un vitrail scintillait délicatement à la faveur d'un éclairage extérieur discret. Le contraste était saisissant, incongru...

Sur le palier du premier étage, un bureau en acajou massif posé sur un tapis chamarré validait l'image luxueuse de cette autre partie du décor. Une série de stalles doubles disposées en quinconce fermait symboliquement la montée d'escalier. Une porte entrouverte laissait apercevoir une grande salle, où bancs et chaises rutilants étaient impeccablement tournés vers un pupitre surmonté d'un micro. Salle de conférence ou lieu de culte, Raphaël opta pour la deuxième formule. Deux guitares sèches sur leurs supports attendaient fatalement deux adolescents boutonneux, pour accompagner quelques psaumes soporifiques.

    La grande maison silencieuse paraissait désertée par tous. Un grand hall avec ses deux imposantes baies et sa double porte vitrée s'ouvrait certainement sur la cour où trônait le majestueux marronnier. Le mobilier et la configuration du lieu paraissaient être adaptés à l'accueil d'un public. Raphaël craignait les caméras de surveillance ; il prit cependant le risque de traverser l'espace pour se réfugier derrière une banque en bois verni.

    Accroupi derrière le meuble, il se maintenait en équilibre, une main appuyée sur l'étagère où s'alignaient une multitude de livrets blancs. La couverture des fascicules représentait un calice et une rose stylisés, enveloppés par deux mots d'une pompeuse calligraphie : *« La Vérité »*. La première page intérieure ressemblait à un contenu éditorial avec la photo et la signature de son auteur : *« Raymond Lavoie »*. Raphaël feuilleta rapidement quelques versets entrecoupés d'illustrations naïves et de commentaires enfantins. Sur le coup, il chercha dans sa mémoire, où, comment et pourquoi les symboles du calice et de la rose se rappelaient à son souvenir. Il ne s'interrogea pas longtemps...Vanessa avait longuement parlé de sa mère, et lui avait explicitement cité le nom d'un gourou canadien, *« Raymond Lavoie »*, à la tête d'une église évangélique *« La*

Rose et le Calice ». Elle avait également souligné l'évidence sectaire de l'organisation. Raphaël pouvait désormais compléter le tableau, l'organisation était aussi criminelle. Vanessa n'était pas retenue ici par hasard...

Raphaël fut surpris par le grincement d'un verrou. Quelqu'un ouvrit une porte derrière l'ascenseur. Sans certitude visuelle, il suivit les déplacements de la personne grâce aux couinements de ses sabots sur le marbre. Il ne fut pas long à l'identifier ; elle venait d'entrer, sa démarche énergique et saccadée en attestait. À présent, Raphaël la voyait, sa respiration s'accéléra une nouvelle fois... Elle avait troqué sa blouse blanche pour une tenue verte de chirurgien, floquée CHU Marseille.

La dame grognait... *C'était bien elle !*

Elle ouvrit la porte du grand ascenseur, bloqua la glissière avec un carton, et se dirigea à l'opposé dans un espace hors de vue. Elle réapparut au centre du hall derrière un cercueil à la trajectoire capricieuse, puis elle le glissa entre les grilles pour descendre vers un niveau intérieur. Toujours en râlant...

Raphaël sortit de son retranchement et inspecta l'endroit resté ouvert. La pièce était étroite ; il comprit la problématique des volumes et l'exaspération de la dame. Trois autres modèles de cercueils, dont deux dressés contre le mur, occupaient l'espace restant. Cet entassement de boîtes attestait d'une certaine activité morbide, incompréhensible... Raphaël fit en sorte de rester concentré sans trop chercher à comprendre. Il poussa l'autre porte située derrière l'ascenseur, celle par où la femme en vert était apparue. Un long couloir de béton le mena rapidement vers une spirale de marches en métal noir. Le bas de l'escalier était à moitié éclairé par une lumière blanche filtrée par une porte de verre dépoli. Assis sur la marche du haut, Raphaël s'apprêtait à descendre lorsqu'il entendit la voix de son ancienne geôlière. Elle égrenait ses jurons au rythme des chocs incontrôlés de son charroi. L'ombre chinoise s'éloigna progressivement derrière la vitre, le silence revint. Raphaël entreprit une descente prudente en glissant sur les fesses. Il entra dans la luminosité, et s'arrêta...

Un moniteur de surveillance cardio-respiratoire égrenait le bip intermittent d'une fréquence cardiaque. Raphaël n'était pas dupe, il venait de pénétrer dans l'antichambre d'un bloc opératoire. Cette pièce ouvrait ses deux vitrages fumés sur un autre volume. Raphaël, toujours accroupi, ne voyait pas encore, mais d'ores et déjà imaginait la suite logique de l'agencement. Il s'avança... Dissimulé derrière un poste de pré-anesthésie, il avait désormais une vue partielle sur une salle d'opération. L'incontournable infirmière venait de réajuster son masque. Elle écarta ses doigts pour assurer le bon positionnement de ses gants, et s'approcha d'un patient allongé sur la table opératoire. Le présumé chirurgien, les mains éclairées par deux luminaires scialytiques, opérait. Sans la regarder, il donnait des ordres à répétition. Elle exécutait sans tergiverser... La gestuelle était fluide et professionnelle.

Sur un plateau mobile devant la table ergonomique, plusieurs séries de conteneurs marqués « STÉRILE HUMAN ORGAN » et un grand sac transparent de glace pilée ne laissaient plus aucun doute à Raphaël sur les malversations de l'organisation. Après prélèvement, un greffon doit être placé en hypothermie dans une glacière hermétique où la température ne dépasse pas 4 °C. Raphaël ne l'ignorait pas.

La belle église évangélique couvrait donc un trafic

criminel d'organes humains à grande échelle, et sans doute accumulait des millions de dollars en retour. Raphaël venait de découvrir les nouveaux marchands du temple. *Nos voisins de cage d'un soir n'étaient donc, que des corps destinés à être prélevés de leurs organes. Pourquoi pas nous, pourquoi nous avaient-ils épargnés...*

Raphaël percevait les bips irréguliers du moniteur cardio comme un angoissant compte à rebours. Il dut s'abstraire et se concentrer pour rester immobile.

L'infirmière n'attendit pas la dernière alarme pour débrancher le donneur. Le moniteur des signes vitaux se mit à clignoter, le malheureux ne respirait plus... Le son lancinant ne s'interrompit pas. Elle venait de supprimer un être humain.

Impossible, le chirurgien continuait son travail.

Un premier sac de toile débordant de glace pilée enveloppait deux réceptacles emboîtés l'un dans l'autre. La main assassine remonta la fermeture éclair, la sécurisa avec un petit cadenas, et poussa la glacière mobile à côté de la porte. Ce conteneur n'allait évidemment pas séjourner très longtemps à cet endroit. Raphaël reprit une position d'observateur sur la marche haute du colimaçon. Il ne pouvait pas rester dans le passage, entre la salle d'opération et la sortie. Son intuition fut rapidement confirmée. Deux hommes de noir vêtus, au profil trop familier, venaient d'entrer dans la première salle. Comme à leur habitude, ils se mirent en position d'attente. Les masques chirurgicaux, au travers du verre dépoli, transformaient leurs visages en formes monstrueuses. Raphaël ne se laissa, ni distraire, ni impressionner ; lui aussi était dans l'expectative. Les ombres et les silhouettes se multiplièrent. Soudainement l'activité s'accéléra. La double porte s'ouvrit largement devant le passage d'un cercueil poussé par la femme. Désormais, Raphaël les entendait parler.

– Karine, tu le refermes et tu le balances dans sa boîte. On va le garder au frais. En principe, il partira pour Orléans dans trois jours ! On doit assumer un changement de programme... le stupide Martial Falco et toute l'équipe de Reims sont en cavale. Les cons !

– Ok Jayden ! elle prit un temps de réflexion pour analyser la situation... Les garçons sont attendus à Orly dans 55 min, tout est prêt ! conclut l'infirmière.

Le chirurgien, à demi déshabillé, une serviette sur le front, se dirigea vers l'ascenseur. La cabine s'éleva sans dépasser le premier étage.

Raphaël comprit l'importance de ses prises de décisions. S'il voulait sortir, il devait absolument emboîter le pas des deux colosses. La pression augmentait... *Advienne que pourra !*

Les sacs rouges marqués « W12 TRANSPLANTATION » venaient d'être déposés devant l'ascenseur, c'est du moins ce que Raphaël supposait. Du haut de l'escalier, il ne suivait plus rien.

Seule certitude, le top départ se rapprochait. Sa respiration était redevenue anarchique, mais il suivait malgré tout, les faits et gestes de chacun, avec une relative précision. Comme un signal de départ, le chargement venait d'être envoyé au rez-de-chaussée.

Il se décida... traversa le long couloir en béton, et entrouvrit la porte donnant dans le hall désormais éclairé. La cour, elle aussi, était devenue lumineuse. Il percevait au travers du grillage de l'ascenseur, un véhicule, tous phares allumés, prêt à démarrer. Les deux hommes installèrent les sacs dans le coffre avec infiniment de précaution, puis revinrent derrière la réception du grand hall. Ils parlaient à voix basse. Raphaël comprit qu'ils cherchaient la pochette des faux documents relatifs aux vrais greffons.

– Habituellement, elle est rangée dans le tiroir du haut. Je ne comprends pas. Je vais demander à Karine... ne bouge pas !

Le grand n'appela pas l'ascenseur, mais le contourna pour accéder à l'escalier métallique. Comme une ombre plaquée, Raphaël se déplaça en tournant dans le sens inverse.

Même plié en deux, ses chances de traverser la réception sans se faire voir étaient faibles. Il pensa qu'attendre une autre opportunité pour s'échapper, n'était pas moins risqué. La porte en verre était restée ouverte, il s'élança, franchit le hall et sortit.

Raphaël ignorait s'il avait été vu...

Le fait que l'homme en noir ne se soit pas manifesté, n'était pas une solide garantie. Il connaissait le gars, son calme et sa maîtrise de l'hypocrisie.

Le moteur de la voiture ronronnait déjà. Il s'accroupit le nez sur la vitre arrière, la pluie de l'orage ruisselait sur son visage, et sur l'image furtive de Vanessa. Il ne voulait pas vivre cette fraction de bonheur clandestin sans elle : « *Je voudrais courir sous la flotte* », disait-elle si souvent.

Raphaël allongea ses pieds sous l'Audi bleue pour améliorer son angle de vue. Il voyait désormais les deux gardiens parler calmement. Raphaël respirait mieux... Il ouvrit la porte arrière gauche. Le cliquetis de la serrure fut concomitant avec le déclenchement général de l'obscurité. Comme un signe avant-coureur du départ, le couple de gaillards venait de tout éteindre avant de sortir. Sans réfléchir, Raphaël s'aplatit dans l'espace entre banquette arrière et sièges avant. La porte se referma doucement, presque sans bruit. Des pas mouillés se rapprochèrent, les deux hommes prirent leurs places aux commandes de l'Audi marquée en rouge et vert : *« Équipe de transplantation W12 »*. La berline allemande fit demi-tour dans la cour, s'arrêta quelques instants et redémarra.

Raphaël savait que désormais, il était dehors. Il s'efforçait à respirer doucement.

– La télécommande du portail déconne, je vais demander une nouvelle pile à Karine ! dit le chauffeur.

La grande vitesse, les ralentissements brutaux à répétition, les slaloms, le gyrophare bleu, le son intermittent de la sirène et le mutisme de ses deux comparses ne favorisaient pas le relâchement musculaire. La position allongée sur le côté devenait douloureuse, insupportable. La vue de Raphaël se limitait au rayonnement des projecteurs publics les plus élevés. L'éclairement devint malgré tout plus saccadé et régulier, ils roulaient sûrement sur le périphérique, l'aéroport se rapprochait...

Le passager rompit le mutisme.

– Orly, deux kilomètres !

– On procédera comme d'habitude, elles nous attendent à Orly 3. Remets ton masque, s'il te plaît ! on arrive ! dit le chauffeur en réactivant la clarté bleue.

– C'est bon... je les vois !

L'Audi ralentit et s'arrêta dans la file des taxis au niveau de deux femmes en tenues d'infirmières. Elles attendaient.

Le jour se levait, Raphaël ne doutait plus, le moment était arrivé... il lui suffit d'une traction sur les avant-bras, pour se projeter et ouvrir la portière...

– Messieurs !... Suis désolé, mais je vous laisse ! La déclaration n'était pas nécessaire, mais ce fut plus fort que lui.

Il s'échappa en direction des portes d'entrée automatiques et se faufila dans un groupe de touristes asiatiques. Il traversa une large partie du hall, en bousculant voyageurs et bagages. Créer une perturbation à l'ordre public et provoquer une réaction de la police, était ce qui pouvait lui arriver de mieux. Il se doutait bien que les hommes en noir n'allaient pas le laisser filer sans réagir. Raphaël ne les voyait pas, mais il les pressentait derrière lui. De la banque d'enregistrement, où il reprenait son souffle, il reconnut une des deux silhouettes sur la passerelle du premier niveau. Il reprit sa course vers les postes d'inspection et choisit parmi la dizaine de tapis, le plus fréquenté. Ses pieds nus claquaient sur le sol brillant. « *Monsieur, arrêtez-vous !* » hurla une jeune-femme agent des douanes en plein contrôle d'embarquement. Elle avait une main sur la crosse de son revolver. Un homme en noir venait d'emprunter l'escalator... Raphaël l'avait vu, il s'arrêta en glissant sur les genoux, et se coucha sur le ventre aux pieds des douaniers. La tête entre les bras, il ne bougeait plus. Des cris, des aboiements de chiens et des ordres haut en couleur surgirent presque instantanément pour encercler le point de contrôle du vol Paris-Tunis TU0323.

Raphaël, dans son survêtement déchiré, fut menotté, et emmené par deux gendarmes. Sa démarche était claudicante, mais il se sentait en sécurité. Il respirait... Il n'eut pas l'outrecuidance de chercher du regard ses ex-gardiens, certainement en observation derrière une vitre ou dans l'angle d'une boutique.

Vanessa devait se poser mille questions...

Les choses avaient été si vites, il n'arrivait pas encore à regarder la réalité en face. Il lui aurait fallu du temps, mais l'adjudant derrière son bureau ne semblait pas décidé à lui en laisser. Le garant de l'ordre de l'aéroport d'Orly s'impatientait.

– Pour la troisième fois, je vous demande vos nom, prénom, adresse et accessoirement ce que vous faisiez à Orly à 7 h 30 du matin, dans une tenue d'été de clochard aviné.

Raphaël reprenait doucement ses esprits. Ce mode d'interrogatoire violent, le heurtait... Il se sentait fatigué, et prit un long temps avant de répondre.

– Je m'appelle Raphaël Latour, j'habite 166, avenue de Laon à Reims 51100. J'ai vu un cadavre assis sur une chaise devant la cathédrale de Reims, je l'ai suivi, je me suis battu dans un dépôt de cercueils, j'ai eu droit à une mise en bière dans les règles, j'ai fait un long voyage dans un cercueil inconfortable et je me suis retrouvé dans une cage au troisième étage d'un immeuble appartenant à une espèce de secte... et si je vous dis que dans les sous-sols, on pratique les prélèvements d'organes à la chaîne... Vous ne me croiriez pas !

– Monsieur Latour, arrêtez de vous ficher de nous ! soyez un peu sérieux s'il vous plaît ! Je n'ai pas de temps à perdre et ce n'est pas votre intérêt de faire le clown...

– Pouvez-vous me retirer les menottes s'il vous plaît ? demanda Raphaël.

L'adjudant eut un moment d'hésitation, puis fit un signe de tête à son adjoint qui exécuta la requête. Raphaël reprit la parole.

– Mon Adjudant, je comprends parfaitement votre scepticisme, et j'admets bien volontiers que vous n'avez pas de temps à perdre. Sauf votre respect, je suis moi aussi dans l'urgence absolue...

Raphaël marqua un temps d'arrêt et reprit.

– Une dernière chose mon Adjudant ! pouvez-vous appeler le responsable de l'école de police de Reims ? Je vais vous donner son numéro. Je suis élève dans cette école. Le directeur va pouvoir vous confirmer mon enlèvement et vous rassurer sur ma dangerosité.

Le gendarme posa un post-it et un stylo sur le bureau à l'attention du jeune homme... Quatre ou cinq sonneries se succédèrent dans le haut-parleur du téléphone.

– Allo ! École de police division de Reims, bonjour ! Brigadier-chef Macard, je vous écoute...

– Bonjour brigadier, je suis l'adjudant Vermuse de la gendarmerie Aéroport de Paris-Orly. Pouvez-vous me mettre en relation avec votre directeur, s'il vous plaît ? il posa le combiné sur sa poitrine et à voix basse se tourna vers Raphaël.

– Quel est le nom de votre directeur ?

– Delas... Luc Delas ! Assura Raphaël avec détachement.

– Luc Delas ! répéta le gendarme.

– Il n'est pas encore arrivé, ou plutôt si... ne quittez pas, je le vois dans la cour, il se gare. Je vais le prévenir !

Le directeur saisit le téléphone tendu par le brigadier-chef.

– Luc Delas, école de police de Reims. Vous souhaitez me parler ?

L'adjudant enchaîna longuement en expliquant les circonstances de l'arrestation de Raphaël. Il semblait vouloir se justifier...

Luc Delas lui fit abréger son plaidoyer, et conclut.

– Vous avez effectué votre travail. Pouvez-vous me passez Monsieur Latour ?

Raphaël porta le téléphone à sa bouche, respira

profondément et d'une voix chevrotante dit quelques mots.

— Bonjour, Monsieur le directeur ! Je suis content de vous entendre, si vous saviez ? Je suis pieds nus, sans vêtement. Il éclata en sanglots...

— Raphaël, repassez-moi l'adjudant !

— Allo ! Pour votre information mon adjudant, Raphaël Latour fait l'objet d'une disparition inquiétante depuis de nombreux mois, et je vais tout de suite prévenir le commissaire Boulin chargé de l'enquête. Dans l'immédiat, j'aimerais bien que vous vous occupiez de son aspect physique. Il faut lui acheter des vêtements et des chaussures. Vous ne manquez pas de boutiques à Orly... Faites une note de frais au nom de l'école de police de Reims. Il me paraît psychologiquement fragilisé. Je suppose que vous avez un cabinet médical sur site ou un médecin à proximité, appelez-le ! Il faut qu'il soit vu rapidement. Dans tous les cas merci d'avance. Pourrais-je lui parler à nouveau, s'il vous plaît ?

Raphaël eut un sourire reconnaissant.

— Ne vous inquiétez pas Monsieur le directeur, ça va aller !

— Je sais Raphaël ! Dans un premier temps, restez sous protection de la gendarmerie. Je pense que le commissaire ou son adjoint ne devrait pas tarder à vous rejoindre. Le plus dur est fait ! essayez de vous décontracter, de penser à votre retour... tout va bien maintenant ! Raphaël, je vous laisse, j'appelle tout de suite mon ami Robert Boulin. À très vite !

28

La réunion quotidienne relative à la disparition inquiétante de Raphaël Latour avait été annulée par le commissaire. Le jeune inspecteur Lucas Borel, chargé du volet Mondial Spirit et de la disparition de Léopold Belfort, accompagnait depuis peu son collègue Rodriguez à tous les debriefings Latour. La collusion entre les deux affaires apparaissait désormais comme une évidence. Le dénominateur commun s'appelait sans aucun doute, Catherine Chamberlin : disparue des radars depuis peu. Elle aussi...

Les deux inspecteurs profitèrent de cette modification d'emploi du temps pour rendre une courte visite à Jo, toujours hospitalisé. Ils l'avaient déjà visité à plusieurs reprises, et ne manquaient pas d'éloges à son endroit, tout en soulignant une forme d'imprudence naïve.

« *Il est encore jeune ! Et puis, ce n'est pas si souvent qu'un inspecteur, et qui plus est, apprenti, nous rapporte en vidéo, la tête d'une disparition inquiétante sur un plateau.* »

avait déclaré le commissaire en prenant sa défense.

Ils sortirent du parking police et enjambèrent le canal à Reims-Centre. Reims est une ville extraordinaire, avait commenté Ludovic Rodriguez au volant de la 3008 de service.

– Quelle que soit ta localisation de départ, la voie Taittinger te permet d'accéder aux quatre points cardinaux du Grand Reims en une poignée de minutes.

Ludovic hocha la tête comme s'il empruntait la rocade pour la première fois. Ses dires furent immédiatement corroborés. Ils ne roulèrent pas plus de dix minutes pour atteindre le parking du CHU.

Une jeune femme derrière son chariot rejoignit les deux inspecteurs devant la porte de la chambre 286.

– Désolée messieurs, c'est l'heure des soins. Je change son pansement... je n'en ai pas pour longtemps.

– Sans problème ! répondit Ludovic. On attend votre feu vert...

Rodriguez s'assit à côté de son collègue sur le rebord d'une haute fenêtre auréolée de briques rouges. Il questionna Lucas avec un sourire malicieux.

– Alors, ce café chez Sophia ? Tu n'en parles plus ?

L'infirmière sortit vivement de la chambre sans laisser de droit de réponse à Lucas, momentanément épargné par la question.

– Voilà Messieurs, vous pouvez entrer, j'ai terminé !

Ludovic s'était naturellement interrogé sur la solidité psychologique de son jeune stagiaire, et sur d'éventuelles séquelles. Le psy l'avait définitivement rassuré : « *Jo possède un équilibre mental hors du commun, ne soyez pas inquiet ! Il est solide et va s'en sortir haut la main. Il fera, à n'en pas douter, un bon officier de police.* »

Un large sourire et un bras en écharpe validèrent un diagnostic médical de bon augure. Jo accueillit ses visiteurs, debout au pied de son lit. Ludovic ravala sa salive en voyant son jeune collègue... une pointe d'émotion s'était glissée sur son visage. L'image encore brûlante de la rampe du four sur les pieds de Jo... le sollicitait encore.

— Je t'ai apporté ton téléphone ! Ne le perds pas, celui-ci vaut de l'or ! On a fait des copies de toutes les vidéos du crématorium et du cimetière. Elles sont déjà entre les mains de la juge d'instruction. Sans ta présence improbable de ce soir-là, Léopold Belfort disparaissait à tout jamais sous l'Everest des crimes non élucidés. Encore bravo mon Jo, et merci ! C'est la dernière fois que je te dis merci ! Ludovic Rodriguez ne tient pas à passer pour un pauvre radoteur...

Le portable de l'inspecteur se mit à vibrer... Il écouta longuement avant de répondre. Lucas Borel et Jo avaient reconnu la voix lointaine.

— Ok commissaire ! on part dès que possible, je vous tiens au courant ! répondit Rodriguez bloqué un instant dans ses pensées, puis il redressa ses épaules et déclara avec une satisfaction non dissimulée. Messieurs, ça bouge, ça bouge ! Raphaël Latour est de retour ! Il est en sécurité à la gendarmerie des frontières de l'aéroport d'Orly. Lucas, tu es l'heureux élu, pressenti pour m'accompagner à Paris-Orly. Tu n'y vois pas d'inconvénient ?

— Sans problème Ludo !

Ils se tapèrent dans la main, et assurèrent Jo de l'informer au fur et à mesure. La frustration du footballeur sorti avant la mi-temps se lisait sur le visage du gamin. Entre ordre et conseil, Ludovic lui proposa de faire un topo sur les vidéos du crématorium : « *Peut-être a-t-on raté quelque chose ? On compte sur toi pour une analyse détaillée. C'est important pour nous !* » Jo n'était pas dupe... il leva son bras valide pour saluer ses amis reculant. La porte de la chambre se referma doucement.

Les deux inspecteurs doublèrent la barrière de péage Reims-Thillois en début d'après-midi. Cet aller vers Paris laissait à Ludovic l'opportunité de refaire un point complet sur la disparition de Raphaël Latour.

L'inspecteur Borel connaissait David Petinet, l'ami de Raphaël, il l'avait reçu le lendemain de sa disparition. Déposition prise, ils s'étaient rendus ensemble sur le parvis de la Cathédrale et avaient trouvé une cordelette. L'objet accrédita et valida dans une certaine mesure, les propos de David sur la disparition de son compagnon, mais n'apporta rien de probant au niveau scientifique.

Lucas Borel, rapidement basculé sur le volet Mondial Spirit de l'enquête, ne connaissait que les grandes lignes de la disparition de Raphaël. Ludovic Rodriguez commença un récapitulatif :

– Raphaël Latour est élève à l'école de police de Reims. Son ami, David Petinet, alcoolisé, sortait d'une fête estudiantine. Après s'être disputé, il le rechercha en vain dans le quartier de la cathédrale. Le soir même, Petinet assurait l'avoir reconnu sous une couverture blanche à côté d'une dame sur le parvis. D'après lui, il était mort... Madame Chamberlin, elle-même, confirma la présence d'un cadavre devant la cathédrale. Selon elle, le mort en question n'était autre qu'un défunt de son funérarium, une mauvaise blague, sans plus. Nous tenions, dans cette disparition, un premier lien Chamberlin, sans certitude. Seul, Raphaël pourra confirmer ou infirmer ces conjectures. J'ai hâte de l'entendre à ce propos...

Le téléphone de Ludovic en mode Bluetooth résonna

violemment dans les haut-parleurs de la 3008. La voix du commissaire investit l'habitacle.

— J'ai de bonnes nouvelles concernant Raphaël. Il a été vu par un médecin. Très fatigué et amaigri, il semble malgré tout être capable de rentrer prochainement à Reims. L'équipe de la scientifique termine une projection approximative de son lieu de captivité, mais je pense qu'on ne doit pas négliger le témoignage du gamin qui a trouvé l'avion en papier. Raphaël sera peut-être en mesure de valider l'endroit... Si tel est le cas, ça nous fera gagner du temps ! Ludovic, je vais vous envoyer le numéro de téléphone de la maman. Elle est convoquée avec son fils dans les bureaux du 36, dans trois jours, mais il faut aller plus vite... Raphaël ne peut pas rester éternellement à Paris. Lucas va s'occuper de lui trouver une chambre d'hôtel, il a certainement besoin de dormir. Je veux une protection rapprochée... une vraie ! vous ne le quittez pas d'une semelle. Ludovic, vous vous occuperez du môme et de sa mère. Tenez-moi au courant. Je compte sur vous. !

Le SMS s'afficha sans tarder :

« Madame Daroussin Maman d'Arthur 0703676731 »

Rodriguez profita d'un ralentissement de la circulation Porte de Bercy pour appeler Madame Daroussin. Elle répondit instantanément.

— Madame Daroussin ! Je suis Ludovic Rodriguez du SRPJ de Reims. Vous êtes convoquée, avec votre petit garçon Arthur, dans les bureaux du...

Elle ne lui laissa pas le temps de terminer sa phrase.

— Après-demain, mercredi, à quinze heures !

— Oui, c'est cela ! valida l'inspecteur. Je suis confus, mais on est dans l'urgence, et je dois vous rencontrer au plus vite. Est-ce que je peux vous entendre aujourd'hui ? Ce sera rapide, ne soyez pas inquiète.

— Aujourd'hui, impossible ! Désolée, mais je suis à mon travail, et je vais rentrer tard ce soir. Arthur sera déjà couché...

Il y eut un moment de silence, Rodriguez réfléchissait.

— Arthur a bien trouvé un avion en papier sur le chemin de son école ? N'est-ce pas ?

— Oui ! il en était malade de son avion...

— Demain matin, à quelle heure part-il pour le collège ? elle hésita un instant.

— Comme tous les jours à 7 h 30 !

— Eh bien, si vous n'y voyez pas d'inconvénient, et avec votre autorisation... Demain matin, à sept heures, je vous apporte les croissants, et j'accompagne votre fils Arthur à son collège.

— Je pense que ça va beaucoup l'amuser, dit-elle avant de continuer... Les croissants ne sont pas obligatoires ! Peut-être, voulez-vous notre adresse ? Vous notez ? ou je vous envoie un message ?

Ludovic interrogea son équipier du regard.

— On vous écoute, Madame !

— Monsieur et Madame Daroussin, 290, rue Bonaparte. C'est un grand portail vert, vous ne pourrez pas vous tromper...

Lucas nota l'adresse sur un petit carnet, et fit le clin d'œil de la tâche accomplie à son chauffeur qui reprit la parole.

— Madame Daroussin, il ne me reste plus qu'à vous remercier, et vous dire, à demain matin !

— À demain, Monsieur l'inspecteur !

La circulation sur le périphérique en direction d'Orly ne fut pas plus fluide. Le temps s'égrainait difficilement dans la Peugeot, au milieu des motards casse-cous et des camionnettes blanches bosselées et taguées. Ludovic Rodriguez avait hâte de rencontrer l'élève de l'école de police. De son côté, Raphaël lui aussi s'impatientait, le policier ne soupçonnait pas les véritables raisons de son inquiétude. Le jeune-homme devait les informer du kidnapping le moins médiatisé du monde, celui de son amie Vanessa... sûrement en grand danger. Il fallait faire vite !

De gros oiseaux métalliques semblaient se réchauffer aux premiers rayons dorés de cet hiver capricieux. Les grands volatiles blancs se contrefichaient bien de l'invasion des voitures miniatures, du reste, ils les voyaient à peine. Dans celle du commissariat de Reims, l'inspecteur Rodriguez passa en mode exaspération, et sortit les armes fatales, le gyrophare bleu et la sirène. Des dizaines d'autres modèles réduits se rangèrent dans une haie d'honneur, pour laisser passer les deux rémois jusqu'au parking Orly 3.

Les deux inspecteurs marchaient précisément dans les traces de Raphaël : les portes automatiques d'Orly 3, la traversée du hall, l'espace des enregistrements, le poste de douane et ses douze tapis d'inspection. Cet après-midi, le hasard régalait, même la jeune-femme au polo bleu marine était encore à son poste. Elle les héla bien avant qu'ils ne s'approchent. Ludovic sortit sa carte de police et s'avança dans sa direction pour se justifier.

– Bonjour !... Inspecteur Rodriguez du SRPJ de Reims et mon collègue l'inspecteur Lucas Borel. Pouvez-vous nous appeler un responsable de la gendarmerie de l'aéroport ?

La douanière, les deux mains dans une valise, reprit

le contrôle en cours.
 – Vous êtes là... pour le jeune-homme de ce matin ? je suppose...
 Rodriguez fit un signe de tête.
 – C'est moi qui l'ai intercepté, il nous a fait peur... Je finis avec les deux derniers passagers, et j'appelle l'adjudant Vermuse qui s'en est occupé. Avec sa tenue vestimentaire minimaliste et ses explications confuses, votre bougre ressemblait plus à un oiseau tombé du nid, qu'à un dangereux contrebandier en fuite, mais... mes collègues et moi n'avons pas tout compris !
 – Vous avez raison, c'est une histoire compliquée, répondit l'inspecteur, sans s'étendre sur les questions restées en suspens dans l'esprit de la jeune-femme.
 Les deux policiers se glissèrent à quelques pas des postes de contrôle, devant le faux aquarium géant. Les gendarmes arrivèrent finalement. L'adjudant Vermuse se présenta dans un look de gendarme classique avec petite moustache. Son collègue plus jeune resta légèrement en retrait. Les poignées de mains de l'adjudant furent exagérément chaleureuses, comme ci, il s'excusait de son erreur d'appréciation matinale.
 – Je vais vous rendre une copie métamorphosée de votre jeune gars. Nouvelle garde-robe, nouvelles chaussures, et belle sérénité. Du moins, je le pense, le docteur aussi... c'est le principal ! Ce matin, c'était plus difficile, il nous est arrivé en haillons, pieds nus, confiné dans un discours minimaliste. Il nous a fallu un peu de temps, pour prendre la vraie mesure de son épopée.
 – Vous avez été parfait mon Adjudant, encore merci de votre collaboration. Elle nous a été précieuse. *Décidément, j'ai l'impression de passer ma vie à dire merci !*

pensa Rodriguez.
— Si vous voulez bien me suivre ? proposa le militaire. Raphaël Latour est resté à la gendarmerie. D'après ses dires, ses ravisseurs, des hommes armés, le cherchaient dans le hall de l'aéroport. Deux gendarmes sont actuellement chargés de sa sécurité.
Sans jamais l'avoir rencontré, Ludovic Rodriguez reconnut Raphaël. Depuis quelques semaines, le commissaire avait remplacé les bulles de son tableau blanc par les photos des protagonistes, format A4. Cette décision avait été saluée et qualifiée de *« sage »* par ses inspecteurs, le mot *« avant-gardiste »* eut été trop fort.
Effectivement, l'élève de l'école de police ne semblait pas trop affecté. Il accueillit les deux inspecteurs rémois avec une décontraction de circonstance. Au fil des minutes, le tapotement régulier de ses doigts sur la table trahit malgré tout, une forme de stress, ou d'impatience. Il ne quittait plus l'inspecteur des yeux... Il essayait de passer un message silencieux, d'archétype : *« J'ai besoin de vous parler ! »* Ludovic Rodriguez fit accélérer les préparatifs du départ. L'adjudant avait déjà préparé un stratagème pour sortir Raphaël de l'aéroport en toute sécurité. Il proposa aux policiers de se garer au parking souterrain P3 niveau 1 : *« Son transfert sera organisé comme une évacuation de prisonnier, avec des gilets pare-balles. On va malgré tout, essayer de rester discret ! avait-il assuré. »*
Dès que Raphaël fut à bord de la 3008, les gendarmes de la protection rapprochée se transformèrent naturellement en sémaphores mobiles devant la Peugeot. Les trois hommes quittèrent sans encombre l'aérogare architecturale, et filèrent à grande vitesse vers le centre de Paris en suivant les recommandations du GPS de Lucas, programmé : « 20, rue

des Mauvais Garçons dans le 4ᵉ arrondissement. » Lucas avait retenu une chambre au Grand Hôtel du Nord, pour deux nuits. Le stress de la circulation, la vitesse et la sirène ne furent pas propice à la conversation. Ludovic s'adressa à son protégé devant l'hôtel.

– Raphaël, on ne s'est pas vraiment parlé à la gendarmerie... Avant toutes choses, comment te sens-tu physiquement ? et moralement ? demanda Ludovic.

– Physiquement, je n'ai pas de problème particulier, le docteur m'a fait un check-up relativement complet. En revanche, j'ai perdu quelques repères temporels. C'est une sensation désagréable, le jour et la nuit se chevauchent un peu... Il va me falloir un peu de temps. Moralement, j'ai eu mon copain David au téléphone, il est rassuré. C'est important pour moi… mais je suis malgré tout très inquiet pour mon amie Vanessa. C'est la jeune-femme avec laquelle j'ai partagé l'enfermement... il faut absolument la sortir de là !

– Ne t'inquiète pas, on va s'en occuper ! Mais dans l'immédiat, tu dois impérativement te reposer. Lucas va rester avec toi, et si tu as besoin de quoi que ce soit, tu le lui demandes.

– Ok patron ! répondit Raphaël avec un sourire apaisé.

– Moi aussi, je reste à Paris cette nuit, j'espère qu'il leur reste une chambre ?

– J'ai une dernière question patron !

– Tu ne m'appelles pas patron, mais Ludovic ou Ludo ! Et tu me tutoies. On sera peut-être collègue d'ici peu ? Je t'écoute, Raphaël...

– Est-ce que mon avion a été retrouvé ?

– Bien sûr, qu'il a été retrouvé ton formidable avion !

Je t'expliquerai tout ça demain... Moi aussi, j'ai une multitude de questions à te poser.

Les trois hommes se glissèrent dans la file des arrivants du Grand Hôtel du Nord.

29

Lorsque les événements s'enchaînent favorablement, l'inattendu se résume souvent par une expression générique : *« la chance »*. Le mot est fréquemment réducteur, parfois injuste, mais tout un chacun le comprend ; la messe est dite. À peine surpris, Ludovic Rodriguez ne chercha pas d'explication surnaturelle, lorsque la réceptionniste lui confirma la disponibilité de la chambre voisine des garçons. Il lui sourit simplement...

Aller chercher ce gamin demain matin, et l'accompagner à son collège, n'était pas pour lui déplaire. Il s'assoupit rapidement, sans avoir précisément élucidé les raisons de sa sérénité. Raphaël n'avait pas été retenu seul, une jeune femme était encore captive. Le temps pour intervenir était compté. La localisation du lieu de séquestration s'avérait être de nouveau l'urgence absolue. L'inspecteur en était conscient…

La guitare de Mark Knopfler résonna à quatre heures précises. Le réveil des Sultans of Swing venait de sonner.

Ludovic avait deux heure devant lui. Il avait choisi de marcher, de traverser la Seine, de bénéficier du charme et de la zénitude du grand fleuve. Pourquoi ne pas profiter du spectacle invisible aux yeux des livreurs de colis Amazon et des veilleurs de nuits rentrants. Même les métros, suspendus dans le ciel comme des vers de terre articulés et bruyants, l'attendaient. Il voulait regarder la Seine impétueuse couler dans l'indifférence de la ville énervée... Le ciel bleu, promis par le météorologue de France Inter, avait sans nul doute pesé sur sa motivation à marcher.

En déposant la clé de sa chambre à la réception de l'hôtel, Rodriguez s'était arrêté sur un dépliant touristique : « *Balade à Saint-Germain-des-Prés* ». Ce secteur, précisément, devait être sa première destination. Les parents d'Arthur Daroussin habitaient rue Bonaparte, au cœur de St Germain. Il glissa le feuillet publicitaire dans la poche de son blouson et prit la direction de la célèbre passerelle métallique : « le pont des Arts ». Le programme du matin ; trouver une boulangerie avec des croissants et une église avec un bourdon résonnant. Le plan sommaire reproduit sur son dépliant, ne mentionnait pas les fournils, mais indiquait les lieux de culte. La photo de la plus ancienne église de Paris : *« L'église de Saint-Germain-des-Prés »,* occupait tout l'espace en première page de son document. Cette maison de Dieu était la seule du quartier, et sa fameuse cloche certainement audible du lieu d'enfermement de Raphaël, commençait à tinter dans la tête de l'inspecteur. Ce matin, sans marcher très vite, Ludovic avait l'impression d'aligner des pas de géant. La vérité se rapprochait inéluctablement. Il le savait...

Les artisans pâtissiers, mémoires vives d'un savoir-faire passé sont des artistes dans tous les sens du terme. Ils exposent au quotidien leurs délicats cubes, cercles, ovales et autres pyramides recouvertes de fines crèmes multicolores. Ils les alignent et forment des œuvres éphémères sur des cadres invisibles. Ce matin, l'inspecteur bataillait contre un virus bien connue, le BBR *« nom scientifique du baba au rhum »*. Il peut être d'origine virale, mais reste bénin malgré tout. Ludovic se ressaisit et les yeux toujours fixés sur le tapis bigarré des pâtisseries, répondit à un questionnement non identifié venu du dessous : *« Six croissants et quatre pains au chocolat, s'il vous plaît, Madame ! »* Une vendeuse en surpoids se releva derrière la caisse enregistreuse, et prépara la commande avec le sempiternel : *« Et, avec ceci ?!! »* Il eut envie de lui répondre sur le même ton débile : *Une semaine de vacances aux Baléares, mais pas avec vous !* il se contenta d'un autre sempiternel : *« Combien vous dois-je ? »* Il sortit en pensant : *Accepter la connerie des grosses boulangères tatouées, est peut-être une forme de tolérance fraternelle.* Il ne lui fallut que quelques mètres pour regretter sa mauvaise pensée, et oublier sa formule ringarde.

    La rue Bonaparte était toute proche. L'inspecteur se souvenait de l'indication : *« Au n° 290, c'est un grand portail vert, vous ne pourrez pas vous tromper ! »* Il était 7 h 02 lorsque l'inspecteur Rodriguez fit défiler la liste des noms sur l'écran de l'interphone. Une voix féminine indiqua la porte de gauche du deuxième étage, sans même vérifier l'identité du visiteur. L'ouverture automatique presque silencieuse fut instantanément déclenchée. Ludovic appela l'ascenseur.

    – Entrez monsieur l'inspecteur, le café est servi. On vous attendait ! dit la maman d'Arthur.

    – Choses promises, choses dues, commenta Ludovic en déposant ses deux sachets de viennoiseries entre cafetière et cruche de chocolat fumant.

Madame Daroussin fit les présentations croisées de la tablée. La petite sœur d'Arthur faisait son show de petite fille de six ans et demi, lui, légèrement en retrait, observait. La grand-mère, pas très à l'aise, disparut délicatement, le papa à peine mentionné était déjà parti.

– Ne fais pas ton timide Arthur ! Ça ne te ressemble pas ! souligna la maman.

– Ne vous inquiétez pas ! rassura Ludovic. On va faire connaissance...

– Vous êtes venu avec une voiture de Police ? demanda Arthur qui reprenait du poil de la bête.

– Non, je suis à pied, aujourd'hui, je retrouve mon statut de potache, j'ai 12 ans…

– Eh bien, puisque collégien il y a. Je vais inviter ces messieurs de 6e B à se dépêcher un peu, histoire de ne pas ajouter un nouveau retard au compteur. Le départ est fixé dans moins de cinq minutes... rappela-t-elle, les mains en porte-voix.

– Moi, je suis prêt ! dit l'inspecteur, debout sur le point de terminer son café. Madame ! continua-t-il en se rapprochant de la porte, je vous remercie infiniment de votre accueil et de votre compréhension. Nous avons un besoin impérieux de savoir où, et dans quelles conditions, Arthur a très précisément trouvé l'avion en question. Votre sollicitude nous aide beaucoup, sachez-le ! Soyez tranquille pour Arthur... je ne le quitte pas d'une semelle, et le déposerai moi-même au collège, à moins que l'on ne se fasse percuter par un autre aéronef en papier... mais ça, c'est une autre histoire...

Arthur se dirigea vivement vers l'escalier et dévala les marches par deux. Le collégien avait parfaitement saisi les objectifs de l'inspecteur. Il marchait devant, bien décidé à prendre la reconstitution à son compte.

— Je vais vous rejouer l'épisode de l'avion comme si vous y étiez ! avait-il déclaré en s'approchant de l'arrêt de bus situé devant la doyenne des églises parisiennes, la station Saint-Germain-des-Prés.

Arthur, très concentré, s'assit sur le banc et commença à développer son épopée.

— Voilà, j'étais assis exactement à cet endroit, ou plus exactement à l'extrémité. » Il fit un signe discret pour signaler l'endroit précis, juste là où une dame venait de déposer plusieurs cartons de papier toilette. Il continua. Je ne l'ai pas vu arriver ! l'avion a tapé le plexiglas juste au-dessus de ma tête et m'est tombé sur les genoux. Ce top planeur était trop beau, je l'ai plié bien comme il faut, et l'ai rangé dans mon cartable. Je voulais le montrer à mon meilleur ami Nathan. Depuis ce jour, avec Nathan et d'autres potes, on s'est mis à fabriquer des avions en papier. On prépare une compétition pour le mois prochain... Maman dit, que le meilleur gagnera, c'est donc moi qui vais gagner !

Arthur éclata de rire...

Il venait de confirmer les supputations silencieuses de son accompagnateur. L'église abbatiale, point d'orgue du boulevard Saint Germain, devenait à l'évidence, le repère sonore évoqué par Raphaël dans son message. De ce fait, et d'après le témoignage du jeune collégien, le lieu d'enfermement se trouvait donc à portée de vol d'un aéroplane en papier. Les hypothèses géographiques se réduisaient drastiquement. Rodriguez multiplia les prises de vue avec son IPhone. Claude Lelouche en personne n'eut pas renié ces plans circulaires autour de l'abri bus des intellos du Café De Flore.

– Monsieur, monsieur... le bus arrive ! que fait-on ?
– Laisse tomber Arthur ! on prendra le prochain ! l'inspecteur poursuivit son travail de repérage. Le prochain, dans combien de temps ?
– Quinze minutes environ ! répondit Arthur.
– Pas de souci, je t'accompagnerai au collège. Aujourd'hui, tu es policier par intérim et tu peux te permettre un petit retard !
– Cool ! répondit le stagiaire intérimaire.

Rodriguez dut montrer sa carte de police pour calmer les ardeurs velléitaires d'une secrétaire désagréable. Cette dame, affectée à la gestion des arrivées tardives, était par la même occasion, juge suprême des pénalités adaptées.

– Aujourd'hui, Arthur n'est en rien responsable de son retard, dit l'inspecteur. Voulez-vous une décharge écrite contresignée par le commissaire du SRPJ ?

Ludovic profita du dos tourné de la dame pour faire un clin d'œil à son protégé.

– Non, non ! Je vais simplement prévenir son professeur de français. Lui dire que son élève, Arthur Daroussin, va intégrer son cours avec 35 minutes de retard, et ce, en toute légalité, puisque soutenu par l'autorité publique. Elle montra du doigt une porte de sortie hors d'âge, et d'un ton autoritaire ordonna. Arthur, tu peux y aller maintenant ! tu as déjà perdu assez de temps...

Le collégien, cartable sur le dos, tapa dans la main du policier, et sans se retourner traversa la cour en trottinant. Ludovic l'observa un moment par la fenêtre. *Drôle de bonhomme !*

Sa motivation n'était plus d'ordre badin lorsqu'il décida de marcher vers le Grand Hôtel du Nord. Ludovic devait impérativement joindre son commissaire toujours bloqué à Reims. Il choisit de parcourir la ville à pied pour lui téléphoner. Pierre Boulin fut très attentif au récit détaillé de l'épisode Saint-Germain-des-Prés. Il valida derechef cette avancée significative, sans étonnement particulier. Lui-même avait orienté l'enquête dans cette direction... En revanche, il s'arrêta sur les derniers propos de Raphaël : *« Je suis très inquiet pour mon amie Vanessa... la jeune-femme avec laquelle j'ai partagé mon enfermement... il faut absolument la sortir de là ! »*

Le commissaire qualifia ses allégations d'inquiétantes...

Après une perte de réseau momentanée, le patron reprit la parole.

– Ludovic, je sais que vous êtes sur le chemin de l'hôtel... Dès votre arrivée, si Raphaël est apte à vous parler, il faut absolument essayer de tirer au clair le mystère de cette codétenue, ou du moins en savoir un peu plus. Son discours avec les gendarmes de l'aéroport était confus et dispersé. Raphaël s'est remémoré le cadavre assis sur une chaise devant la cathédrale de Reims, son voyage dans un cercueil, et plus inquiétant, il a sous-entendu avoir découvert un trafic d'organes dans un cadre de crimes organisés. Puis, il a parlé avec beaucoup d'insistance de cette Vanessa. Ça fait beaucoup de choses... il se peut que cette affaire soit énorme. Je n'ai pas épilogué avec les gendarmes sur le mort de la cathédrale, on connaît l'histoire. Il faut essayer de savoir qui est cette jeune femme. Elle est désormais notre priorité absolue... Je vais appeler Greg Moretti de la crim pour le tenir au jus. On va peut-être avoir besoin de leurs services. Dans tous les cas, il ne faut pas perdre de temps. Je vous rejoins le plus rapidement possible

Comme d'habitude, vous me tenez au courant !

A priori interpellé par sa secrétaire, le commissaire prit rapidement congé de son inspecteur.

La protection rapprochée de Raphaël était un modèle du genre. Rodriguez retrouva Lucas Borel attablé avec son protégé. Ils bavardaient autour d'un petit déjeuner complet : où croissants, tartines beurrées, assiettes de charcuterie et confitures de toutes sortes côtoyaient une corbeille de fruits digne de ce nom. Ludovic prit place dans le fauteuil de la grande chambre, sans même un trait d'humour sur les conditions de travail infernales de son collègue préféré.

Il ne voulait pas interrompre Raphaël qui expliquait clairement et calmement l'histoire de sa compagne de cellule... son amie, comme il disait. Il venait de relater l'accident d'avion de son père et commençait à développer les rapports difficiles entre Vanessa, sa mère, et *« La rose et le Calice »*. Lucas prenait des notes sur son petit carnet magique.

Raphaël, élève policier dans l'âme, ponctuait volontiers ses propos par des déductions personnelles ou des conclusions hâtives, mais en vrai professionnel, se reprenait et assurait : *« Je m'en tiens aux faits, rien qu'aux faits ! »*. Il était persuadé que la secte, au-delà de son activité religieuse spécialisée dans l'immobilier de riches veuves, était la devanture secrète d'un trafic d'organes international.

– Je partage ton analyse Raphaël ! fit remarquer Ludovic avant de poursuivre. Je vois que vous avez bien avancé dans l'historique et la chronologie des événements. J'ai toute confiance en Lucas pour la consigne des déclarations de Monsieur Raphaël Latour, et pour la synthèse exceptionnelle qu'il va nous concocter.

– Très touché, Monsieur le commissaire ! avança Lucas à son collègue.

– Commissaire, pas encore, mais je ne désespère pas ! souligna Rodriguez. Blague mise à part, j'ai une bonne nouvelle les garçons ! Je pense avoir localisé le lieu de la captivité, et ce grâce à l'avion...

– Waouh ! s'exclama Raphaël en sautant de sa chaise, c'est génial ! Il fit quelques pas, la voix serrée par l'émotion. Ils avaient mis tant d'espoir dans cette utopie de la dernière chance. Un silence envahit l'espace dans une belle compassion solidaire.

Ludovic se reprit et fit défiler sur son téléphone une liste d'icônes vidéo. Il cherchait les rushs de Saint-Germain-des-Prés. Il s'approcha de la table du petit-déjeuner pour proposer le visionnage d'un premier film. Il ne fallut que quelques secondes à Raphaël pour intervenir haut et fort.

– C'est là ! C'est là, j'en suis sûr ! je reconnais le marronnier. Peux-tu envoyer la vidéo depuis le début et augmenter le son ?

Ludovic s'exécuta...

– Écoute ! Plus aucun doute, on entend la cloche de l'église... Ils réécoutèrent l'extrait à plusieurs reprises.

– Je reconnais le carillon ! dit Raphaël accoudé, index posé sur la tempe.

– Je m'en doutais, mais tu confirmes définitivement mon hypothèse. Il nous reste à préparer une visite de courtoisie à tout ce beau monde du 11 bis, Rue de L'Abbaye. Je vais organiser ça avec le commissaire, assura Ludovic.

30

Le lieu de détention de Raphaël et de la jeune femme nommée Vanessa Gruat était désormais établi. Une réunion d'urgence, avec Greg Moretti et le commissaire Boulin, fut programmée à treize heures.

Une voiture de la DPPJ se gara en double file devant le Grand Hôtel du Nord. Deux policiers ostensiblement armés assurèrent la sortie du témoin privilégié Raphaël Latour, et l'emmenèrent toutes sirènes hurlantes vers le rendez-vous dans le 17e arrondissement. Les deux inspecteurs rémois furent du voyage dans leur 3008 suiveuse.

Le capitaine Greg Moretti accueillit chaleureusement Rodriguez, qui lui présenta son jeune collègue Lucas Borel. Le commissaire tardait… Lucas, en présence de Raphaël, fut invité à résumer la situation en l'attendant. Le policier du 36 prit acte une nouvelle fois du trafic criminel inquiétant et de l'éventuelle présence sur les lieux de Vanessa Gruat.

Il consulta sa montre pour évaluer le retard de Pierre

Boulin et intervint.

— On ne va pas attendre demain ! L'éventualité d'une intervention rapide avait déjà été évoquée avec Boulin. J'en prends la responsabilité... Je vais anticiper les demandes d'autorisations auprès de ma hiérarchie, et on bouge aujourd'hui dans deux heures ! Ce genre de milieu peut réserver des surprises, je vais solliciter l'aide d'une équipe du RAID.

Raphaël se permit une question.

— Pourrais-je vous accompagner ?

— Pourquoi pas ! répondit Greg Moretti, mais tu resteras à distance pendant l'opération. Quand tout sera sécurisé, tu pourras nous aider et nous apporter rapidement des éléments de compréhension intéressants... mais ta présence est malgré tout du ressort de Reims, et seul le commissaire Boulin en décidera !

Le patron de la PJ rémoise arriva avec presque 45 minutes de retard, sans vraiment s'étendre sur un banal problème de circulation. Le capitaine l'informa immédiatement des décisions qui à son sens s'imposaient. Pierre Boulin valida l'initiative. Greg Moretti eut malgré tout la délicatesse de ne pas souligner qu'il attendait d'ores et déjà un certain nombre d'autorisations par mail. Ils visionnèrent ensemble les vidéos tournées par Ludovic. Le début d'après-midi n'était pas un créneau horaire satisfaisant, ni habituel pour ce genre d'opération en milieu urbain. Chacun en était conscient, mais l'urgence de la situation les obligeait. Le cercle de travail s'agrandit avec l'arrivée d'un commandant du RAID, responsable de l'intervention déjà nommée « *Saint Germ* ». Il se rapprocha de Raphaël pour élaborer un plan papier de l'immeuble, étage par étage et pièce par pièce. L'élève policier, basculé dans la réalité des superflics, hésitait entre deux moments de vie hors du commun. Il était partagé entre une histoire personnelle dramatique et une expérience professionnelle exceptionnelle, certes prématurée...

Visières en plexiglas relevées sur les casques, six hommes du premier fourgon Mercedes Z1 traversaient la ville à vive allure. La route défilait sur un écran de contrôle intérieur dans l'indifférence des regards graves et concentrés. Simplement éclairés par la faible lumière d'un plafonnier, les policiers étaient en position d'attente. Toutes les mains droites étaient refermées sur deux barres horizontales suspendues. Les cagoules noires du RAID semblaient déjà ne plus faire qu'un seul corps prêt à intervenir.

La voix de leur commandant résonna dans l'habitacle.

– Je vous rappelle l'essentiel de la mission. On neutralise et on interpelle tout ce qui bouge, personnel médical, religieux et autres. Arrivée imminente, je répète, arrivée imminente...

Greg, à son niveau, s'adressa à toutes les voitures de police déjà sur place.

– C'est bon pour nous ! Demande de bouclage !

Le ballet des voitures blanches et bleues évolua dans l'éclairement bleu des gyrophares. En quelques instants, ils bloquèrent toutes les issues de la rue de L'Abbaye et le grand portail du 11 ter. Les deux véhicules du RAID se faufilèrent au cœur du dispositif dans un espace réservé.

– Bouclage terminé ! Z1, c'est parti !

Les policiers du premier fourgon, fusils mitrailleurs aux poings, sortirent et s'alignèrent dans une première file indienne silencieuse. L'homme de tête, derrière un étonnant bouclier, s'arrêta devant la porte en chêne et d'un geste figea

l'alignement.
 – Z2, c'est à vous !
 L'autre groupe, dans une même chorégraphie sautillante et cadencée, se plaça à l'opposée dans la symétrie. Trois hommes, fusils dirigés vers le haut du mur d'enceinte, se détachèrent pour former autour du portail, un cercle de vigilance d'une quinzaine de mètres. Le chef de groupe fit un pas de côté, leva son bras, et en pliant ses doigts par intermittence, intima silencieusement l'ordre d'ouvrir la porte. Un outil de la forme et de la taille d'une perceuse portative, équipé de deux tampons ronds, fut utilisé pour désolidariser la serrure de la porte en quelques secondes. La chaîne d'ombres cagoulées, alignée derrière le bouclier de l'espace, se reconstitua et glissa dans la cour.
 Comme une provocation, une plaque bleue sur la porte de l'hôtel particulier renseignait les visiteurs : *« Sonnez et entrez »*. Le leader décala prudemment son pavois des temps modernes et actionna le bouton de la sonnette. L'ouverture automatique provoqua un son surprenant. Le hall était désert. Les hommes se séparèrent en deux groupes devant l'ascenseur. Il était prévu d'investir simultanément le sous-sol et les trois niveaux supérieurs. L'objectif premier étant d'arriver rapidement au troisième étage, où la présence de Vanessa Gruat semblait être la plus probable. Deux doigts levés déclenchèrent un nouveau top. La première équipe escalada l'escalier à la moquette bleue jusqu'à la salle de prière décrite par Raphaël. La haute porte entrouverte laissait échapper le son d'une voix mélodieuse accompagnée par des violons. L'ordre suivant déclencha l'intrusion bruyante des hommes armés dans la grande salle. La chanteuse, surprise et paniquée, se coucha au sol en signe de soumission. Les deux violonistes figés sur leurs tabourets tremblaient de tous

leurs membres, sans mot dire.

— Relevez-vous ! et mains sur la tête, ordonna le chef. Les garçons aussi ! mains sur la tête... et sortez doucement !

Apeurée, dans son strict tailleur noir, la belle métisse s'agenouilla pour se relever. Elle bredouilla des mots incompréhensibles, mais n'eut pas le temps de se reprendre. Au-dessus de sa tête, le canon d'un fusil mitrailleur dessinait des ronds d'impatience et l'invitait clairement à sortir de la salle dans les meilleurs délais. Avant de poursuivre leur progression, les quatre policiers de l'unité d'élite passèrent au crible toutes les allées de sièges alignés.

Rodriguez et ses hommes avaient suivi l'intervention sur un écran de contrôle. Positionnés dans l'escalier, ils attendaient la jeune femme et les deux violonistes... Ils allaient de toute évidence maîtriser des boucs émissaires, de surcroît musiciens.

Le dernier débriefing avait été orienté troisième étage. Cet espace était, il y a moins de 96 heures, le lieu d'enfermement de Raphaël et d'une jeune-femme dont on supposait qu'elle était toujours présente. Le processus et les règles de sécurité liées à une libération d'otage s'imposaient naturellement. L'équipe Z1 s'était aplatie sans bruit sur les marches du haut. Pas un casque ne dépassait au sommet du grand serpentin de moquette défraîchie. Le petit robot aux roues surdimensionnées passa de main en main jusqu'au dernier niveau, et fut lâché sur le sol pour explorer coins et recoins de la grande pièce. Le retour vidéo fut pour le moins surprenant. Les cages annoncées par Raphaël n'étaient plus... Seuls, des murs fatigués par le temps et une cheminée ancienne témoignaient d'un déménagement dans les règles. L'absence de Vanessa devenait mystérieuse... voire inquiétante. Le robot télécommandé retrouva rapidement son driver et son sac de cuir noir.

Le premier des hommes s'avança au centre du grand carré désert et saisit le micro de son émetteur.

– Deuxième et troisième étage, sécurisés ! Troisième étage vide de toute présence et de tout mobilier ! Tentative d'extraction Vanessa Gruat, échec ! il soupira... Z1 à Z2, où en êtes-vous ?

– Z2 à Z1, sous-sol vide de toute présence et de tout mobilier ! terminé !

Greg Moretti, désabusé, finalisa.

– Opération « *Saint Germ* » fiasco ! On se prépare à rentrer !

À la demande de Ludovic Rodriguez, l'inspecteur Borel interrogea la jeune métisse et les violonistes sous l'abribus entre deux voitures de police. Une chanteuse professionnelle rémunérée et deux élèves du conservatoire national réunis pour répéter un concerto de Mozart, ne lui parut, ni anormal, ni suspect. Le discours des répétiteurs était sans ambiguïté. En outre, ils avaient tous affirmé qu'un homme de grande taille habillé en noir leur avait ouvert la porte en début d'après-midi. Cette allégation était importante compte tenu du fait que le colosse ne portait pas de masque. Ludovic éconduit les musiciens, en n'excluant pas les entendre prochainement aux fins d'établir le portrait-robot de l'homme en question.

– Si je comprends bien, la fête est terminée... et dans tous les sens du terme ! ajouta, avec une pointe d'humour, la chanteuse aux longs cheveux défrisés noirs et à la fine tresse blanche du plus bel effet. Dans tous les cas, je ne franchirai plus jamais le seuil de cette maison !

Les deux garçons allèrent récupérer leurs instruments et les partitions. Lucas nota les coordonnées des trois musiciens sur son magic-notebook et laissa sa carte professionnelle à chacun des protagonistes.

Raphaël commençait à s'impatienter à l'arrière du véhicule de police garé dans une rue adjacente. Une longue période de stress s'était écoulée lentement. Il avait eu le temps de subodorer une multitude de scenarii, sans avoir effleuré, ni même s'être rapproché de la vérité tellement improbable.

Il sursauta lorsqu'un homme du groupe frappa énergiquement sur le pare-brise pour l'inviter à sortir. Les trois responsables parlaient au centre de la cour. Ils semblaient l'attendre. Raphaël accéléra le pas.

Ludovic fut le premier à réagir.

– Désolé Raphaël, ils l'ont déjà transférée ! on arrive trop tard... fut la réponse spontanée à la question implicitement posée par les grands yeux interrogatifs. Ils ont été plus rapides que nous ! Mais ne sois pas inquiet, on va la retrouver ta Vanessa !

– Ne vous inquiétez pas ! renchérit le commissaire Boulin en lui touchant l'épaule.

– Voilà ce que je te propose dans l'immédiat, dit Ludovic en changeant volontairement d'orientation. Tu m'organises un tour du propriétaire dans le détail, puis on se fait une petite séance d'écriture pour mettre tout ça noir sur blanc. Ça te va ?

Raphaël valida la proposition en baissant la tête.

L'inspecteur n'avait donné aucun détail sur l'état des lieux. Il voulait lui laisser découvrir le changement.

Raphaël marqua un temps d'arrêt devant la porte en verre maintenue ouverte par Ludovic. Ce premier obstacle symbolique fut inconsciemment plus difficile à franchir qu'il ne l'eut imaginé. Il respira, mit ses épaules en arrière et pénétra dans le grand hall. Les lieux, les odeurs et les peurs sont de puissants marqueurs... Ses premiers pas sur le marbre brillant de la scène de son évasion n'étaient pas encore vraiment assurés, loin d'être assumés. Raphaël doutait encore.

Il se dirigea derrière le meuble de l'accueil, posa une main sur la banque et pencha son regard vers des étagères vides. *Ils ont retiré tous les fascicules sur lesquels étaient dessinés une rose et un calice.*

Raphaël s'accroupit et se remémora un instant son attente angoissée, puis il s'approcha de l'ascenseur... L'inspecteur Rodriguez l'arrêta gentiment.

– Tu es sûr que ça va aller ?

– Oui, oui ! ne t'inquiète pas ! Il n'y a pas deux mètres carrés dans cette baraque où je n'ai pas cru mourir. C'est un peu éprouvant, mais je suis désormais en sécurité ! Je n'ai plus rien à craindre...

Il poursuivit en expliquant que l'ascenseur descend directement à la salle d'opération du sous-sol, mais qu'un autre accès existe : une porte plus petite à l'opposé. Le commissaire et Lucas venaient de se joindre à eux. Le portillon en question, ou du moins ce que le RAID en avait laissé, permit aux hommes de s'introduire jusqu'à l'escalier en colimaçon. Raphaël s'assit sur la première marche de métal noir et se retourna.

– C'est de cet endroit que je les observais !

Ils descendirent et pénétrèrent dans la première pièce où quelques jours auparavant, un moniteur de surveillance cardio-respiratoire égrenait le bip intermittent d'une fréquence cardiaque.

– Incroyable, ils ont tout embarqué... Les salauds de charognards !

Je vous prie d'excuser mes mots, mais ils me sortent du cœur ! assuma Raphaël.

– Ne t'inquiète pas, ici, tout le monde pense la même chose ! Ils ont tout déménagé en un temps record. Ils ont vidé tous les étages : plus de salle d'opération, plus de cercueil, plus de cage. Des champions du monde de l'organisation et du déménagement !

Raphaël semblait une nouvelle fois être au bord de la rupture. Ludovic abrégea la visite et invita ses collègues à se diriger vers le Grand Hôtel du Nord pour la dernière nuit à Paris.

31

Sur l'ordre de Jayden Ramassamy, Martial Falco, Catherine Chamberlin et sa fille Marie-Pierre devaient s'exiler à Rueil-Malmaison. Mais ce ne fut pas aussi simple... Marie-Pierre refusa catégoriquement de quitter Reims, prétextant qu'elle n'était en rien responsable des malversations et des fâcheuses affaires de sa mère. Catherine avait anticipé le refus de sa fille et était restée très approximative sur le lieu de l'éventuel exode. *Moins elle en sait, moins elle sera en danger, pensait sa mère.* Du reste, Marie ignorait toujours la mort de son ex-époux Léopold Belfort.

Il était cinq heures et le soleil pas encore levé, quand une DS5 de location entra dans la cour de la famille Chamberlin. Martial prit en charge les trois sacs posés sur le perron conformément aux directives de Jayden : *« pas de valise, uniquement des sacs »*. Il frappa à la porte du salon... Elle répondait souvent : *« Come in ! »*, c'était un bon signal, en revanche, ce : *« Oui ! »* apathique, n'en était pas un.

Martial entra, Catherine ne bougeait pas, elle semblait ne rien vouloir perdre des dernières images de sa maison, de l'odeur de sa piscine. Assise sur une table basse à côté d'un verre de vin rouge, Madame Chamberlin pleurait.
　　　Lui resta en retrait quelques minutes.
　　　– C'est toi Martial ?
　　　– C'est bientôt l'heure, Madame Chamberlin !
　　　– L'heure de quoi ? On se le demande... J'arrive mon Martial !
　　　Elle se leva, sortit lentement en contrôlant sa démarche, et certainement comme d'habitude, déposa son trousseau dans la boîte à clés extérieure. « *Advienne que pourra, Dieu nous garde* » furent ses derniers mots.
　　　De tout le voyage, Martial ne fut pas beaucoup plus bavard.
　　　Il fit jouer Mozart sur Spotify.

　　　La plaque signalétique de bois pyrogravés « *La rose et le Calice* » leur indiquait effectivement la bonne adresse, mais impossible de manifester leur présence, la porte était fermée. Pas d'interphone, ni de sonnette, Jayden était en mode avion. Martial débloqua la situation, comme souvent. Son intuition l'avait conduit derrière l'autre pilier du portail, là où une vieille chaîne rouillée actionnait peut-être une cloche de la même génération.
　　　– J'arrive, j'arrive !
　　　La voix était douce et bienveillante. Une robe de bure, une coiffe de religieuse violette, des pieds nus dans des sandales, une cordelette autour de la taille et un sourire figé venaient d'ouvrir la porte. Les paroles devinrent silence, les sourires devinrent parole et finalement les graviers du jardin crissèrent d'un même pas.

– Nous avons un nouveau pasteur, ou plutôt une nouvelle... Elle vous attend, installez-vous ici, je vais la chercher.

La robe de bure s'appelait Annette, elle venait de prononcer ses vœux et sa tête côtoyait encore les nuages, peut-être même quelques étoiles : « *C'était une belle fête !* » avait-elle assuré en s'éloignant vers ce qui devait-être un autre grand salon. Finalement, Annette n'avait pas la langue dans sa poche.

– Bonjour ! Je suis Anakoni, la nouvelle pasteure élue pour remplacer Jayden dans ses fonctions nationales. Il devait vous accueillir, mais il a eu une obligation de dernière minute, il m'a chargé de vous transmettre ses excuses et toutes ses amitiés...

– Il sera là dans combien de temps ? coupa Catherine. J'ai besoin de le voir rapidement ! le ton était marqué.

La jeune métisse tortilla une fine tresse blanche perdue dans ses longs cheveux noirs défrisés et changea vite de conversation.

– Est-ce que vous aimez Mozart ? Moi, je suis une fan, une inconditionnelle. J'adore également les Beatles, mais je préfère malgré tout notre Wolfgang Amadeus. Je le chante tous les jours !

– Écoutez ! c'est comment votre prénom déjà ?

– Anakoni !

– Écoutez Anakoni, je vous ai posé une question simple ! Il est inutile de tourner autour du pot, répondez-moi s'il vous plaît ! Quand pourrais-je voir Jayden ?

– Je n'ai pas l'intention de vous mentir... à vrai dire ; je n'en ai aucune idée ! Il m'a demandé de vous installer confortablement dans vos chambres, sans rien me dire de plus. Il va probablement m'appeler ce soir, je vous tiendrai au courant, soyez en sûr ! Dans l'immédiat, si vous voulez me suivre ?

Un large vitrail générateur d'étoiles jaune et rouge s'appuyait magnifiquement sur une structure en chêne sculptée par endroit. La pasteure et ses hôtes empruntèrent le grand escalier central. La chanteuse ne s'étendit pas sur la beauté du lieu, et fit rapidement visiter deux chambres à l'étage. Elle commençait à s'agacer...

– Je vais vous envoyer Annette, elle répondra à toutes vos questions relevant du quotidien, vous expliquera les règles de notre communauté, vous communiquera les horaires des repas, etc. etc.

Voilà !... Pour ma part, je vous souhaite la bienvenue dans notre fraternité *« La rose et le Calice »,* et vous dis à tout à l'heure pour le repas de 12 h 15 précises. Ne soyez pas en retard ! Elle tourna les talons et disparut sans autre forme d'amabilité.

Martial ne l'entendait plus. Catherine devait s'être endormie. Il décida néanmoins d'aller toquer à sa porte... sans succès. Il la connaissait bien, et n'imaginait pas Catherine Chamberlin, ne pas avoir pris d'initiatives. Il se glissa dans sa chambre.

– Qu'est-ce que tu fiches là ?

Elle venait de faire deux petits pas sur l'épaisse moquette.

– Très chère patronne, on est censé être dans la même galère, dans votre galère... je vous le rappelle ! si vous disparaissez à tout bout de champ sans me prévenir, ça va devenir très difficile pour moi. Est-ce que vous comprenez mes petites angoisses et mes grandes inquiétudes ?

– Ne t'énerve pas mon Martial, j'ai simplement fait

un petit tour du propriétaire ! Je n'ai rencontré personne. Pour être plus précis, personne ne m'a rencontré. En revanche, j'ai visité le magnifique parc, vu notre cantine sous une tente blanche digne de la famille Ewing, et j'ai espionné le lieu de prière où la pétasse prêchait devant une vingtaine de dévots envoûtés. Je ne la sens pas cette gonzesse ! Son regard a parlé pour elle, je suis sûr qu'elle est la maîtresse officielle du beau pasteur, du guide suprême, de l'homme aux mille femmes. Moins une, je n'en suis plus... Il ne le sait pas encore, s'en contrefout certainement, mais sera le dernier à l'apprendre... Catherine fut coupée par trois petits coups frappés timidement contre la porte.

— Mon frère, ma sœur ! êtes-vous bien installés ? C'est Annette ! J'ai deux ou trois informations à vous communiquer. Puis-je entrer, s'il vous plaît ?

Avant même d'avoir obtenu un semblant d'autorisation, Annette était déjà au centre de la chambre à tirer machinalement sur le dessus-de-lit pour supprimer quelques plis dérangeants. Puis, elle commença son énumération.

— Ici, nous sommes tous égaux comme les roses d'un même bouquet : réveil et petit déjeuner fêtent chaque matin le lever d'un nouveau jour à six heures, à neuf heures nous nous réunissons pour la prière de la lumière et nous déjeunons tous ensemble à 12 h 15. Le lieu pour la restauration se situe dans le parc, je vous accompagnerai pour notre premier repas en commun. Jamais on ne s'assied deux fois de suite au même endroit à la table du seigneur, mais je vous expliquerai tout ça en temps et en heure... À 17 h 30, après les travaux du jardin, nous prions tous ensemble, 19 h 15 est l'heure du dîner, et pour ceux qui le souhaitent, la journée se termine par des jeux de ballon ou de société.

Anakoni nous a parlé de vous comme étant de proches amis de notre frère Jayden, surtout vous ma sœur... *« Que Dieu garde notre grand guide ! »*. D'après elle, il n'est pas prévu que vous restiez très longtemps parmi nous, c'est bien dommage. Si le seigneur vous appelle en d'autres lieux, nous accepterons sa volonté. Amen !

– Merci beaucoup ! dit Catherine, je pense que tout est clair pour nous. Si j'ai bien compris, vous passerez nous chercher pour le repas de 12 h 15 précises.

- Oui, c'est bien cela ! 12 h 15 précises. À tout à l'heure !

Elle sortit à reculons en vérifiant une dernière fois la qualité du ménage... sur et sous la commode positionnée à côté des sacs de Catherine.

– Il est hors de question que je me tape trois heures de prière par jour ! Premièrement, je suis athée et secundo, je n'aime pas les colonies de vacances, ni les cheftaines. J'ai déjà trop donné… grogna Martial.

– Je suis désolé mon Martial, mais c'est ça, ou... la case prison. Je ne pense pas qu'on ait le choix, réfléchis-y.

Courroucé, Martial retourna dans sa chambre... la porte claqua.

« Nous avons beaucoup de chance mes frères et sœurs, annonça Annette au repas de midi : ce soir, pendant la veillée, notre sœur Anakoni nous interprétera, l'Ave Maria de Mozart »

La prestation vocale dans la salle de spectacle improvisée fut d'une grande qualité. La jeune femme, était à n'en pas douter, une interprète de grande classe. *« Où a-t-il trouvé ça ? »* fut, entre autres, le commentaire le plus souvent glissé dans l'oreille agnostique de Martial. Catherine n'en démordait pas, la chanteuse ne faisait pas que chanter, d'après elle... Leur belle passion commune pour Mozart ne s'arrêtait sûrement pas à la Petite Musique de Nuit. L'attitude d'Anakoni après le concert avait été sans ambiguïté ; elle n'aimait pas beaucoup Catherine Chamberlin.

L'esprit de l'ex-patronne des PFC vagabondait... elle fumait une cigarette à la fenêtre de sa chambre. Des ombres chinoises, derrière la toile de la grande tente blanc immaculé, rangeaient la salle du concert. Son regard suivait machinalement la silhouette déformée d'Annette, à priori responsable de la remise en ordre du lieu. La jeune femme à la robe de bure parlait doucement, organisait, accompagnait. Catherine envia un instant son innocence, sa naïveté et sa joie de vivre.

Juste un instant...

Madame Chamberlin s'était allongée sans même avoir retiré ses chaussures. Pas complètement endormie ou partiellement réveillée... elle rêvait sans doute. La vision de Jayden au-dessus de son lit au milieu de la nuit ne l'inquiéta pas, il était souvent présent dans ses songes.

– Catherine, réveille-toi !

– Mais que fais-tu dans ma chambre ? Comment es-tu entré ? elle retrouva un peu de lucidité.

– J'ai un pass !... Mais je ne suis pas venu ici pour te parler de mon pass.

– Alors ! tu es venu pourquoi ? Si c'est pour passer la nuit, tu peux reprendre ton pass et partir au diable, il devrait t'ouvrir des portes...

Jayden poursuivit.

– Est-ce que vos téléphones sont basculés en mode avion ? Catherine acquiesça. Deuxièmement, j'ai des nouvelles de Reims ; ton funérarium à fait l'objet d'une perquisition ce matin à l'ouverture, et je t'annonce très officiellement, que toi, ton sbire et accessoirement ton serviteur, sommes recherchés par toutes les polices de France et de Navarre. On s'en doutait... mais c'est désormais officiel !

Ils partagèrent sans broncher, cette nouvelle source d'inquiétude... Jayden continua.

- Le connard de Johnny, « *ton pote crématiste* », a certainement vidé son sac et déverser sa connerie, sans modération. Saint-Germain-des-Prés a déjà été perquisitionné, une petite visite de courtoisie à Rueil ne devrait pas tarder, peut-être est-elle déjà en route ? On part dès que j'ai les papiers, voire avant. Prépare ton baluchon, on ne dort pas ici cette nuit ! Préviens Martial, je vous laisse vingt minutes. Faites vite ! Il faut que tu saches aussi. Marie-Pierre est en garde à vue ! A mon avis, elle ne craint rien... Elle n'a rien à se reprocher, et ne sait pas grand-chose. Ils n'ont rien contre elle... Être la fille de Catherine Chamberlin n'est juridiquement pas encore un crime. Ne t'inquiète pas !

Martial parut contrarié à l'idée de savoir Marie-Pierre en garde à vue... En revanche, il ne fut pas catastrophé par le rapide changement de statut. La perspective de prier trois fois par jour, l'insupportait. Ses sacs furent rapidement bouclés et transportés dans la chambre de son ex-patronne. Jayden Ramassamy se faisait attendre. Catherine marchait de long en large entre deux kleenex humides transformés en cendriers. Son ancien employé, plus cool, sommeillait dans un fauteuil les pieds sur une chaise.

La porte s'ouvrit énergiquement.

– Vous êtes prêts ? On y va !

– Où va-t-on ? reprit Catherine.

– Pour l'instant, on reste à Rueil, ne t'occupe pas, tout est organisé.

Martial, sous le poids de ses propres bagages, soulagea malgré tout Catherine de son plus gros sac. Le grand Guadeloupéen ne leva pas le petit doigt pour aider au portage. Il se contenta de maintenir les portes ouvertes. Sous un ciel peu éclairé, ils traversèrent le parc en direction de la seconde tente blanche, celle réservée à la prière. Avant que Catherine ne pose la question de la destination, Jayden expliqua l'existence d'un passage menant à un abri souterrain. Un habitacle antinucléaire aménagé par le précédent propriétaire. Un homme, certainement considéré à l'époque comme un parano de grande classe, souligna le pasteur.

– On y accède désormais en déplaçant le grand meuble de prêche central. Je l'utilise comme appartement d'appoint, il n'est connu que par trois personnes de la communauté. Nous y serons en sécurité, les flics ne viendront pas nous chercher dans cet endroit inconnu ! conclu-t-il.

Ils pénétrèrent sous la tente dans une presque obscurité et s'approchèrent d'une chaire moderne de bois blanc. Jayden souleva la plate-forme horizontale de la première marche et accéda au système de mobilité. Il réussit à libérer le tunnel vertical et son échelle en inox. Martial se glissa au centre du puits pour intercepter et descendre les sacs. Catherine, comme un sous-marinier en partance, pénétra à son tour dans le ventre secret de la communauté. Jayden, arc-bouté aux barreaux supérieurs, replaça la tribune dans sa position initiale et referma la trappe. Cette impression d'entrer dans un appartement par la salle de douche est étrange, mais sans doute est-elle typique des abris anti atomiques, décontamination oblige.

Le carré kitchenette proposait quatre places assises et

un agencement d'un niveau correct. La dernière des trois pièces de l'enfilade devait logiquement offrir le repos, ou du moins, un endroit pour y prétendre. Deux fois deux lits superposés répondaient à l'attente, celui du bas à droite était déjà occupé par de grands yeux verts écarquillés. Une jeune femme brune aux cheveux courts, à peine vêtue d'un survêtement trop large, se tenait en équilibre sur le matelas les pieds derrière la tête. Jayden éluda les questions la concernant, et explicita les endroits de rangement avec moult détails. Elle s'appelle Vanessa, avait-il concédé sans plus de commentaire.

Catherine et Martial rangèrent leurs affaires. Étonnamment, les sacs du pasteur et de la jeune femme n'étaient pas encore descendus. Jayden occupa son temps dans la cuisine. Des odeurs de café et de pancakes grillés envahirent rapidement les trois volumes du petit appartement souterrain. Vanessa n'accepta rien des préparations sucrées. Elle sortit juste un yaourt du réfrigérateur et retourna sur son lit en prétextant vouloir dormir rapidement. Elle vivait cette semi-liberté avec beaucoup de défiance et de colère contenue. Sa présence à Rueil, dans la maison de ses parents, n'était certainement pas due au hasard.

À quatre heures du matin, le couple de rémois ne se fit pas prier pour petit-déjeuner et aller se coucher sur les deux matelas du haut.

Assis en face de Vanessa, le pasteur réfléchissait... L'heure était désormais à l'organisation sans faille, et à l'efficacité.

32

Le second jour de cohabitation s'annonçait comme le précèdent, entre inquiétude et stress. Jayden ne s'était exprimé jusqu'alors, que sur les rangements méticuleux de l'espace vital et les tâches ménagères liées à la cuisine. Il avait systématiquement éludé toutes les questions de Catherine. Ce matin, il semblait être moins lointain, et tenta même quelques approches souriantes.
　　Madame Chamberlin, le connaissant mieux que quiconque, se permit une familiarité.
　　– Tu sors doucement de ton hibernation !
　　– Pourquoi tu me dis ça ?
　　– Parce que depuis plus de vingt-quatre heures, on n'a pas entendu le son de ta voix, et le mutisme, pour ne pas dire la gueule, en comité restreint, ça devient vite insupportable. Même pour d'anciens amis...
　　Il laissa l'invitation à la polémique de côté, et se leva.
　　– Je veux parler à la joueuse d'échec ! dit-il d'un air déterminé.

Martial et Vanessa avaient trouvé un exutoire commun de 64 cases. Lui ne partait jamais sans sa mini table d'échec au fond de son sac, et elle était une joueuse classée quatrième dans son club. Le couple de passionnés s'était vite entendu entre dames, rois, et fous bicolores. Jayden Ramassamy se dirigea vers la cuisine où une partie venait de se terminer par un échec et mat, bruyamment revendiqué par la jeune femme.

– Vanessa ! Il faut que je te parle tout de suite ! Je t'attends dans l'entrée des douches. Ferme les portes ! chambre et cuisine... s'il te plaît ! Et rejoins-moi !

– Si c'est pour me parler d'Alain Toshtag et du bateau, inutile d'aller dans la salle de douche, je vous ai déjà répondu, c'est non ! Je n'ai pas envie de vous rendre service. Vous êtes un voleur doublé d'un incroyable imposteur et d'un escroc... Vous avez fait main basse sur tous nos biens, sur la maison de mon enfance, dans une certaine mesure sur la santé psychologique de maman, vous m'avez fait vivre l'enfer emprisonnée dans une cage comme un animal, vous êtes incapable de me donner des nouvelles de ma mère et de Raphaël mon compagnon de misère... et vous me demandez de vous aider à quitter la France, vous avez perdu le sens commun ! On croit rêver... Je vous le répète, je n'appellerai pas Alain !

– Vanessa ! tu parles, tu parles… mais tu oublies l'essentiel. Tu n'as pas le choix ma grande ! J'ai une vidéo à te faire visionner... tu vas comprendre tout de suite. Tu ranges ton bordel dans la cuisine, et tu viens me retrouver illico dans l'entrée. N'oublie pas de fermer les portes ! Je t'attends, dépêche-toi !

Appuyé contre l'échelle verticale du sas d'entrée, Jayden recherchait sur une tablette, le fichier de la vidéo qu'il

destinait à Vanessa.
– Ferme la porte, et approche-toi !
Il lui glissa l'écran entre les mains.

La première prise de vue montrait des religieux en robes de bure marron ceinturées par des cordelettes blanches. Ils marchaient sur un terrain enneigé par endroit, au milieu de sapins à perte de vue. Le second plan s'arrêta sur le visage d'une femme aux cheveux recouverts d'une coiffe violette nouée sous le menton. Le son grésillait, mais Vanessa reconnut la voix.

– C'est maman ! s'écria-t-elle, mais que lui avez-vous fait ? Elle est méconnaissable !

– Au lieu de tout commenter, tu ferais mieux de te concentrer et d'écouter, elle va te parler...

La dame, au visage amaigri et plissé, fixait difficilement l'objectif. La caméra se déplaçait au fur et à mesure pour ajuster l'angle de son regard. Elle prit une respiration et d'une voix tremblotante et monocorde, commença à s'exprimer :

« *Vanessa ma chérie. Frère Guy m'a expliqué... je te parle directement. Je ne te vois pas, mais j'ai bien compris que toi, tu me voyais et que tu m'entendais. C'est le principal ! Je veux te dire... je suis un peu fatigué, mais heureuse dans ma nouvelle vie d'amour et de prière. Je prie beaucoup pour notre grand guide Jayden. Je sais qu'il est avec toi en ce moment et j'en suis très heureuse. C'est un grand bonheur de vous savoir ensemble, et puis il paraît que vous allez venir me voir prochainement. Surtout, fais bien tout ce qu'il te dira. J'ai repris contact avec Alain... Alain Toshtag, tu te souviens ? Je lui ai demandé de préparer le bateau. Il était bien content d'avoir de nos nouvelles. Le frère Guy lui a envoyé un chèque pour renouveler l'anneau du port pour dix années. Tu vois, tout va bien... comme avant ! Papa serait sûrement très heureux. »*

Surprise, sa mère se tut... on venait de lui faire parvenir un papier à lire.

Danielle Gruat découvrait le texte, sans aucun doute. Elle lut lentement en ânonnant.

« Vanessa... écoute-moi bien... fais bien tout ce que notre guide Jayden te demandera. C'est très important pour ta sécurité et pour la mienne. Je t'en supplie ma fille ! Fais ça pour moi ! Je veux te serrer encore une fois dans mes bras avant de partir. Je t'aime. Ta Maman. »

L'image se figea dans un flou presque artistique et les sapins réapparurent.

Jayden reprit sèchement la tablette des mains de Vanessa.

– Alors ! qu'en penses-tu ? demanda-t-il. Tu ne vas quand même pas désobéir à ta maman chérie !

– Ce que j'en pense... c'est que vous êtes un fou dangereux doublé d'un monstre maléfique. Votre mise en scène avec maman, c'est de la merde... et je ne vais certainement pas céder à votre chantage. Voilà ce que j'en pense...

– C'est à toi de décider ma belle ! Mais si tu veux revoir ta mère dans toute sa splendeur avec tous ses abatis, ton choix n'est pas le bon... Crois-moi ! Et puis... si tu ne me sers à rien, Dieu m'en est témoin, je vais devoir me séparer de toi. Je ne vais probablement pas m'emmerder avec une petite conne dans ton genre, exigeante et prétentieuse. Cette hypothèse n'est pas ma formule préférée, mais si tu me compliques la vie, tu vas m'obliger... Il y a encore de la place dans le jardin !

Vanessa quitta brusquement la salle des douches pour

la cuisine et se jeta comme une furie sur la table en hurlant. Catherine et Martial sortirent de leur chambre, mais furent vite bloqués par l'homme de Dieu.

— Vous... vous n'en rajoutez pas et vous rentrez dans votre piaule. Ça ne vous regarde pas ! Je m'en occupe ! Il dirigea son index vers la porte pour appuyer l'ordre.

Le couple obtempéra.

Jayden s'approcha de Vanessa, se coucha sur elle, l'immobilisa au niveau des épaules et passa son pouce gauche sous sa gorge, l'ongle s'enfonça dans le cou, elle éclata en sanglots...

Il lui susurra à l'oreille :

— À ce que je vois, tu n'apprécies pas vraiment mon petit projet de fin du monde, mais il n'est pas trop tard... Tu peux encore choisir la lumière des îles grecques et oublier définitivement la pénombre des ténèbres. Il ne tient qu'à toi d'accepter ma proposition.

Il parla plus fort.

— Pour l'instant ! va pleurnicher dans ta chambre, et dans dix minutes, tu me fais part de ta décision. Je t'attends ici !

Elle se redressa, les yeux rivés sur le pasteur et s'approcha doucement, comme si rien ne pouvait l'arrêter. Le grand pasteur bloqua la gifle ou le coup de poing d'un revers de la main.

— Saloperie ! hurla-t-elle. Tu n'es qu'une saloperie !

Ses bras toupillaient sans réussir à le toucher. D'un bras, il la maintenait à distance en souriant...

— Calme-toi ma chérie, tu vas te faire mal !

Finalement, il réussit à la retourner et à la porter comme une mariée. La belligérante se débattait comme un animal pris au piège. Catherine, de nouveau alertée par les

cris, ouvrit la porte de la chambre. Jayden propulsa la jeune femme sur le lit du bas à droite.
– Rappelle-toi, tu as dix minutes, pas une de plus ! dit-il. Il se tourna vers Catherine.
– Toi, occupe t'en avant que je perde patience ! Je n'en peux plus de cette gonzesse, ça va vraiment finir mal !
Vanessa ne voulait pas obéir à Jayden Ramassamy, cependant, elle avait parfaitement compris qu'aucun autre choix n'était envisageable. Inutile de réfléchir davantage... Catherine fut chargée d'annoncer au maître du lieu, la décision : elle se pliait à ses exigences.

Lorsque le plus grand des deux hommes frappa au carreau de la porte d'entrée, Annette s'apprêtait à monter un thé et une tartine à Anakoni. La nouvelle pasteure n'avait pas eu le temps de déjeuner ce matin. *Comment ces inconnus s'étaient introduits dans le parc, sans s'être annoncés et surtout sans autorisation. Qui leur avait ouvert ?* Annette s'interrogeait...
– Bonjour messieurs, mais... comment êtes-vous entrés ?
Elle n'eut pas le temps de terminer son questionnement... Les deux policiers montrèrent simultanément leurs cartes de police.
– Je suis l'inspecteur Ludovic Rodriguez... mon collègue, Lucas Borel. Nous avons une commission rogatoire délivrée par le Juge Houdinot du Tribunal judiciaire de Nanterre. Nous voudrions parler au propriétaire des lieux ou à un responsable de votre église « La Rose et le Calice » selon votre plaque extérieure.
Anakoni, debout dans l'angle de l'escalier, avait vu

les deux hommes entrer dans le hall, et entendu clairement leurs intentions. Qui plus est, elle venait de reconnaître le jeune policier qui l'avait interrogé sous l'abribus de Saint-Germain-des-Prés. Elle était, repensa-t-elle, en possession de sa carte de visite. Dans son souvenir, le carton devait être posé sur une tablette de sa salle de bain. *Plutôt beau garçon, il devait s'appeler Lucas... ou quelque chose comme ça.*

Son temps était compté, Anakoni n'hésita pas, elle retourna dans sa chambre, et jeta du balcon les trois sacs posés sur son lit. Deux appartenaient à Jayden, le troisième contenait le fruit de deux jours de shopping destiné à la garde-robe de la fille brune, *la nouvelle protégée du grand guide*. Sans appréhension, elle enjamba la rambarde et s'élança. Sa réception sur l'herbe du parc ne fut pas des plus académiques. La douleur qu'elle ressentit instantanément, lui remémora une ancienne entorse bien désagréable. Elle n'eut pas le temps de s'apitoyer sur son sort, et traversa la première partie de l'espace vert en direction de la deuxième tente, celle, destinée au recueillement. Elle portait les gros sacs, et sa cheville la faisait souffrir... marcher devenait difficile. Il fallait pourtant faire vite... elle espérait que personne n'avait eu l'idée d'arriver avant l'heure de la prière.

Elle avait oublié la carte du flic dans la salle d'eau...

Annette chercha Anakoni au premier étage, sans succès. Elle savait cependant qu'elle n'était pas descendue, du moins... pas par l'escalier. Elle referma machinalement la porte-fenêtre.

Elle croisa les policiers dans l'escalier.

– Suivez-nous ma sœur... ou peut-être madame ?

– Appelez-moi, Annette ! répondit-elle.

– Où crèche-t-il ? votre responsable, demanda Rodriguez.

– Ici ! dans cette chambre ! Annette poussa la porte et invita les deux policiers à entrer. Je ne comprends pas ? elle a dû sortir sans que je la voie !
– C'est une femme ? demanda Lucas.
– Oui ! Cher Monsieur, notre guide est une pasteure...

Les deux inspecteurs entamèrent la vérification minutieuse de la pièce. Effectivement, l'odeur d'un parfum léger annonçait la présence d'une dame. Les livres étaient religieux, les photos sur les murs des paysages enneigés et la musique en sourdine était classique. Lucas contrôla la salle d'eau, mais en sortit rapidement. Dans le premier tiroir, où brosses de toutes tailles et autres peignes hétéroclites s'entrebattaient, il venait de tomber sur sa propre carte professionnelle, auréolée de taches marron peu ragoutantes.

– La garce ! Elle m'a bien roulé dans la farine. La chanteuse ! Tu te souviens ? demanda Lucas. Je l'ai interrogée devant l'arrêt de bus de Saint-Germain-des-Prés, et je lui avais laissé une carte, au cas où...

Ludovic entra dans la salle de bain, ouvrit la porte fenêtre donnant sur le balcon et fit remarquer à son collègue.

– Si elle nous a entendus, il est possible qu'elle se soit échappée par ici. C'est haut, mais ce n'est pas impossible...

Rodriguez interpella Annette, plantée au centre de la chambre.

– Dites donc ! Annette... avez-vous refermé la porte-fenêtre lorsque vous êtes entrée tout à l'heure ?

– Non ! du moins, je ne crois pas, je ne me le rappelle plus... répondit-elle.

Ludovic Rodriguez fit un clin d'œil à Lucas.

– Je pense qu'on va devoir la chercher dans le parc...

Anakoni eut les plus grandes difficultés à faire glisser le promontoire blanc de la salle des prières, meuble qui cachait l'entrée de l'appartement antiatomique. Elle avait habité dans ce lieu souterrain plusieurs mois, et activait toujours le mécanisme de l'ouverture sans problème. Allez savoir.... Était-ce le stress lié à la présence des flics, ou la douleur de sa cheville, elle dut s'y reprendre à plusieurs reprises avant d'accéder au puits de descente. Elle jeta les sacs devant elle, puis s'arc-bouta le dos contre le tube d'aluminium pour tenter une descente à la force de ses bras.

Les occupants des lieux furent surpris par la dégringolade du barda, et se précipitèrent dans l'entrée des douches. Vanessa était restée seule dans le dortoir.

– C'est toi Anakoni ? Mais que fiches-tu ici à cette heure ? J'espère que personne ne t'a vu entrer en T2 ! dit Jayden sur un ton loin d'être sympathique.

Elle descendait lentement.

– Tu es blessée ?

– J'ai sauté du balcon et suis mal retombée. Les flics sont là...

– Pourquoi ne les as-tu pas accueillis comme il se doit ?

– Tu me fatigues avec toutes tes questions, je souffre le martyre avec ma cheville. Tu ferais mieux de m'aider à descendre. Je répondrai aux questions dans un second temps. C'est logique, non ? Elle s'énervait... elle aussi.

Finalement, il s'approcha de l'échelle, accrocha la pasteure à la taille et la transporta jusqu'à sa couchette. Vanessa n'eut pas un mot, ni même un regard pour l'accidentée et son soignant. Elle se tourna vers le mur et changea d'exercice yogique.

Jayden retira la chaussure du pied blessé, ausculta la base de la jambe dans différentes positions et demanda poliment à Martial d'aller chercher son sac. « *Le rouge avec les lacets bleus* » avait-il précisé.

– Tu as de la chance, j'emporte toujours avec moi une trousse de premiers secours, voire plus.... Ton pied est bien gonflé, c'est une foulure ou une entorse. Appelle ça comme tu veux, c'est la même chose. J'ai dans mon sac, une pommade adaptée et peut-être même un bandage, si je ne l'ai pas oublié.

– Pourquoi ne t'es-tu pas occupé des flics ?

– Pourquoi, pourquoi ? C'est très simple ! Je connais le plus jeune des deux, il m'a interrogé à Saint-Germain-des-Prés pendant plus d'une demi-heure. Elle ne parla pas de la carte de visite oubliée dans la salle d'eau.

– Si je comprends bien, tu es grillée là-haut... ce n'est pas une bonne nouvelle ! Il faut absolument que je téléphone cette nuit pour qu'il nous envoie quelqu'un pour te remplacer. Il faut également prévenir Annette. Elle va devoir se débrouiller seule quelques jours. Elle est capable d'assurer la prière, je le sais...

Le parc de la maison de Rueil était certes étendu, mais quelques minutes d'un bon pas suffisaient malgré tout pour en faire le tour. En pénétrant sous la deuxième tente, l'inspecteur Rodriguez ressentit une impression d'agacement. Ils enchaînaient des lieux déserts et vides, comme à Saint-Germain-des-Prés. La pasteure s'était volatilisée. Les deux inspecteurs abandonnèrent la recherche extérieure et retournèrent dans sa chambre pour continuer la perquisition et récupérer son ordinateur portable...

Une cloche d'un autre siècle résonna à deux reprises.

– On a de la visite ! reste là, je vais voir ça de plus près !

Jordan descendit dans le jardin. Des hommes et des femmes en robe de bure marron entraient par groupes de quatre ou cinq. Quelques femmes portaient des voiles violets identiques à celui d'Annette. Le policier se sentit désarmé devant cette vague déferlante qui s'engouffrait anarchiquement sous la deuxième tente en chantant. Il opéra un demi-tour.

Annette sortit au même moment, elle paraissait soucieuse.

– Monsieur l'inspecteur ! Excusez-moi ! C'est l'heure de la prière, je vais retrouver mes frères et sœurs et leur expliquer l'incompréhensible disparition de notre pasteure. S'ils acceptent, je vais diriger la prière de ce matin.

– Mais qui sont tous ces gens ? demanda Jordan.

– Notre église est très proche de la nature, et ce matin ils ont commencé la prière de la lumière dans le magnifique grand parc du soleil. Inspecteur, je voulais vous dire ! faites ce que vous avez à faire dans la maison, mais ne soyez pas étonné, des sœurs et des frères vont occuper la cuisine pour préparer le repas de ce midi. Ils ne vous gêneront pas !

Jordan Rodriguez était un peu décontenancé par l'attitude naïve et sincère de la nouvelle pasteure par intérim.

– Une dernière question, Annette... où habitent tous ces gens ?

– Comme tout un chacun, ils logent dans des appartements en ville. Un certain nombre occupe momentanément le second et le troisième étage de notre belle demeure. Je fais partie de ces privilégiés-là... Je suis désolée, mais il faut vraiment que j'y aille. Ils doivent m'attendre... À tout à l'heure ! Peut-être !

Elle s'éloigna en trottinant.

– Si vous le souhaitez, vous pourrez déjeuner avec nous... furent ses derniers mots criés d'un peu plus loin.

Jordan et Lucas, accompagnés par la présence virtuelle d'Annette, poursuivirent dans la plus grande illégalité leurs investigations dans la maison de Rueil. Après tout, c'est Annette qui les a abandonnés. Cette situation de travail en solo n'était pas pour leur déplaire. La perquisition se transformait doucement en voyage incognito au cœur de la secte. Les étages furent rapidement inspectés et les propos d'Annette validés. Les vêtements et les provisions de nourriture découvertes dans les chambres ne reflétaient pas un niveau de vie très élevé. Les policiers passèrent beaucoup de temps dans les deux bureaux de l'entrée, et finalement constatèrent le même cas de figure : pas un dossier, pas la moindre ramette de papier. Le ménage, au propre comme au figuré, était terminé. Ils saisirent malgré tous les ordinateurs, sans vraiment se faire d'illusion sur le contenu des disques durs.

Une cuisine professionnelle était aménagée dans une partie plus sombre du jardin et une certaine effervescence montait en puissance dans ce périmètre. Par défaut, les deux rémois déclinèrent l'invitation pour le repas de midi. Le capitaine Greg Moretti les attendait pour déjeuner.

Ils prirent la direction du 36, rue du Bastion.

Qui allait céder son lit à Anakoni blessée ; la question ne se posa pas longtemps. Martial proposa de s'exiler dans l'espace douche. L'ancienne occupante des lieux connaissait l'existence de tapis de gymnastique rangés sous le lit de Vanessa. Le problème du matelas manquant venait de se régler définitivement.

Catherine marchait nerveusement de la chambre à la salle des douches et inversement. Vanessa et Martial jouaient les pousseurs de bois sur l'échiquier en plastique. Anakoni commençait à bien ressentir la douleur de son entorse, mais n'en parlait pas. Jayden lisait et par intermittence prenait des notes sur une feuille dépassant de son livre.

— Tu commences à me fatiguer à tourner comme un lion en cage, tu perds ton temps, tu uses le tapis et tu me déconcentres. dit Jayden à Catherine.

— Parce que tu es concentré, toi ! Tu as de la chance ! Nous aussi, on aimerait bien être concentré... mais voilà, nous... on ne sait rien, nous, on devine, on augure, on suppute !

— Ok ! Ok ! tout le monde dans la chambre ! on fait le point !

Il fallut un temps de ronchonnement à Martial et à Vanessa pour arrêter leur partie d'échec.

— Les canassons de vos cavaliers ne vont pas se sauver, vous reprendrez ça plus tard ! dit Catherine, excédée.

Les deux couchettes du bas se convertirent en cinq sièges inconfortables et l'oreiller de Martial en support pour le pied d'Anakoni. Jayden Ramassamy se leva, prit une posture de maître de conférences fatigué et prit la parole.

— Avant de développer notre repli chez nos frères québécois, et sans vouloir enfoncer le couteau dans la plaie, je tiens à rappeler que nous sommes les victimes collatérales d'une accumulation de faits désastreux générés par des erreurs bien identifiées. Le bon-Dieu, le hasard et la malchance n'ont rien à voir avec cette situation cataclysmique. Que chacun se le tienne pour dit !

Il s'assit juste une seconde, puis reprit sa pseudo-

homélie.
 – Nous devions être quatre, mais c'était sans compter sur une dernière bourde. Nous allons donc voyager à cinq ! Ceci-dit, ça ne change pas grand-chose à l'affaire, ça retarde le départ d'une petite journée, juste le temps de confectionner une nouvelle pièce d'identité pour notre diva...
 Il prit un nouveau temps de réflexion et un air contrit.
 – Anakoni devait nous ravitailler en nourriture au quotidien ; elle est celle par qui le jeun arrive... Désormais, on ne peut plus se nourrir... Encore un grand merci à notre nouvelle pasteure !
 Personne ne sourcilla. Il fit le simulacre de retirer son chapeau, et continua.
 – Notre transhumance se déroulera en deux étapes.
 – Arrête ton humour à deux balles ! Personne ici, à part toi, n'a envie de plaisanter. Catherine commençait à s'énerver.
 Il se reprit.
 – Notre changement de continent se déroulera en deux étapes. Une traversée de la méditerranée au départ d'Hyères vers Athènes et un vol pour Québec.
 – Pourquoi faire simple, quand on peut faire compliqué ! dit Catherine. Partir directement en voiture eut été sans doute plus rationnel ! Non !... C'est du moins ce que je pense ! Et que va-t-on fiche à Athènes ?
 – Pour un esprit rationnel, traverser une demi-douzaine de pays européens dans notre position de fugitifs, peut s'assimiler à du suicide. Mais en toute hypothèse, ton esprit ne l'est pas ! Il continua... L'église *« La Rose et le Calice »* de nos frères grecques est une des plus grosses communautés d'Europe. Ils vont nous accueillir en toute sécurité et organiser notre départ pour l'Amérique du Nord.

Que veux-tu de mieux ?

Elle ravala ce qu'elle considérait comme étant une maltraitance verbale, et reprit la parole plus calmement.

– Une dernière question sur la participation à priori indispensable de Mlle Vanessa. Quel rôle joue-t-elle ? Comment ? et pourquoi ?

Jayden se tourna vers Vanessa et d'un geste l'invita à s'exprimer. Elle fit une moue plus parlante que n'importe quelle négation orale.

– La demoiselle ne veut pas vous parler !

Jayden se releva.

– Comme vous l'avez certainement observé, ou deviné à travers ses propos, Vanessa connaît bien cette propriété de Rueil. Cette maison et ce beau parc appartiennent encore aujourd'hui à sa mère qui vit désormais au Québec dans notre belle communauté. Il en est de même pour le voilier de dix mètres, mouillé au port d'Hyères. Vanessa est une capitaine de bord chevronnée à ce que dit sa maman, et c'est elle qui va nous emmener au-delà des flots, vers la belle ville d'Athènes, notre première étape.

– Je te préviens, c'est ok pour la Grèce, mais je ne pars pas au Canada ! affirma Vanessa.

– Tu me tutoies… toi maintenant ?

– Tu ne me dis pas vous, que je sache ! rétorqua-t-elle.

33

Un Vito Mercedes toutes portes ouvertes patientait sur les graviers blancs devant le barnum du fond. Jayden avait prévenu : *« On partira cette nuit vers une heure du matin. Préparez votre bagage... »* Les cinq voyageurs furent accueillis dans la nuit par deux colosses vêtus de noir. Ils portaient des masques chirurgicaux sombres. Jayden présenta rapidement les deux hommes.

– Boris et Dimitri ! Ils vont faire une partie du voyage avec nous ! Nos anges gardiens, en quelque sorte.

Vanessa accusa le coup. Elle baissa la tête pour ne pas croiser leurs regards. Les deux geôliers des cages étaient là, en chair et en os... Ils firent mine de ne pas la reconnaître.

Martial aida à empiler les sacs dans l'espace arrière et referma lui-même le hayon. Il connaissait bien cette catégorie de véhicule et trouvait celui-ci d'une classe et d'un luxe au-dessus de la moyenne. Les places des voyageurs semblaient être prédéfinies, Jayden s'était installé devant, l'autre sur un siège dos à la route en face de Vanessa et d'Anakoni. Martial et Catherine s'accommodèrent des deux sièges derrière Jayden. La Mercedes-Benz traversa lentement le parc et franchit les deux battants d'une porte située dans la verdure, à l'arrière de la maison. Le départ n'avait eu de cesse d'être retardé, et les estomacs criaient famine depuis de nombreuses heures déjà. Le grand guide était bien conscient de la nécessité d'un arrêt rapide pour un approvisionnement en nourriture.

Anakoni adressa une légère pression d'épaule à sa voisine.

– Vanessa ! Tu es sûre que ça va ? Tu as l'air contrarié depuis qu'on est parti !

– Pour notre ravitaillement, on s'arrêtera à la première aire de repos ! coupa Jayden qui avait entendu la question dérangeante.

En signe de complicité et possiblement de remerciement, Vanessa à son tour pencha doucement le haut de son corps jusqu'à la toucher. La chanteuse elle aussi semblait de moins en moins à son aise face à cet inconnu sans visage. Le Vito aux vitres noires sortit de l'autoroute à « *l'Aire des Lisses* », le chauffeur Boris se gara à la place la plus éloignée de la station-service et sortit.

– Tu achètes des sandwiches pour tout le monde, de la boisson, des fruits si tu en trouves, des gâteaux secs, etc. Commanda Jayden.

Il lui glissa deux billets jaunes dans la main.

Martial interpella Dimitri.

– Eh ! copain, est-ce qu'on pourra échanger nos places pendant le voyage ? pour une éventuelle partie d'échec !

– Non ! répondit sèchement le gaillard, avant d'ajouter, moi... pas copain !

Martial n'insista pas. Jayden ne releva pas non plus, son silence en quelque sorte, validait l'interdiction définitive de jouer aux échecs en vis-à-vis.

– Comment est-ce qu'on s'organise pour aller aux toilettes ? demanda Vanessa.

– Ça commence les conneries ! Je vous avais pourtant bien prévenu de prendre vos précautions ! On n'a pas encore fait cinquante km ! râla Jayden.

Il distribua des protections FFP devenues collector depuis l'épidémie de Covid-19. C'était il n'y a pas si longtemps...

Le pasteur invectiva Catherine une nouvelle fois.

– Enfile ton masque, et accompagne Vanessa aux toilettes. Tu ne la lâches pas et tu rentres avec elle dans le cabinet. Dimitri va vous escorter...

– Ça va ! ils ne vont quand même pas m'essuyer les fesses !

– Écoute Vanessa ! Ne me complique pas la vie, et fais ce que je te dis, s'il te plaît !

En descendant du véhicule, le garde du corps n'avait rien fait pour cacher l'arme de poing qu'il portait dans un étui sous son bras gauche.

– Jayden ! Il va falloir que tu m'expliques un certain nombre de choses ; par exemple, pourquoi ne fais-tu aucune confiance à Vanessa ? demanda Anakoni.

Il sortit du véhicule, attrapa une cigarette, fit résonner son briquet Dupont dans la nuit et s'accouda sur la portière.

– Que fait-on, si elle se barre ? As-tu réfléchi à ça ? C'est elle la skipper. Ce n'est pas toi qui vas nous conduire à Athènes... Et puis, vous commencez à me fatiguer avec toutes vos questions. Ne me compliquez pas la vie ! c'est valable pour toi aussi... Ana !

Il marcha sur le parking sans vraiment s'éloigner. Soudainement, on entendit des éclats de rire du stationnement, c'était Catherine... Vanessa riait aussi par contagion, finalement elle s'habituait à la présence des gorilles. Le chauffeur, bardé de sacs en papier débordant de provisions, suivait à une dizaine de mètres derrière les deux femmes. Il accéléra le pas. Chacune et chacun reprit sa place. Catherine ne contrôlait toujours pas son fou rire devenu nerveux. Vanessa, entre frustration et colère, retenait ses larmes. Elle venait de vivre quelques minutes de presque liberté, ce n'était pas rien... Anakoni s'interrogeait sur les réelles motivations de celui qui l'avait séduite, et entraînée sur des chemins devenus à son sens, de plus en plus énigmatiques. Elle croyait de moins en moins à cette histoire de départ précipité pour cause de contrôle fiscal. Pourquoi n'avait-elle pas accueilli les flics, elle aurait pu expliquer sa présence à Saint-Germain-des-Prés, sans problème et sans mensonge. Elle regrettait...

Personne ne se fit prier pour consommer les sandwiches industriels faits de pain mou, de miettes thon ou de saumon. *« Tu vas nous ficher la poisse avec tes polygones à trois côtés ! »* L'humour de Catherine sur le triangle des Bermudes, ne lui coupa pas l'appétit pour autant. À plusieurs reprises, Martial l'avait interrogé sur les motifs de son fou rire, mais elle ne pouvait toujours pas en parler. Le Vito roulait bon train sur l'autoroute. Le ronronnement du déplacement d'air devint plus sourd et plus saccadé sous le tunnel de Fourvière. Les passagers sortirent de leur léthargie, à l'exception de Vanessa pas encore endormie. Jayden l'interpella.

– Vanessa, dès qu'on aura dépassé Lyon, tu téléphoneras à Alain Toshtag pour le prévenir de notre passage à Toulon aux environs de treize heures. Dis-lui que j'ai une belle enveloppe pour lui, ça devrait le motiver...

– Je ne connais pas son numéro !

– Ne t'en fais pas, ton bon pasteur le connaît... Au prochain arrêt, tu l'appelles ! Ok !

L'aire de Auberives, la première station-service à seulement 12 km de Lyon permit aux passagers du Vito de se dégourdir les jambes. Seuls, Jayden, Vanessa et Dimitri le désormais garde du corps attitré, restèrent dans le véhicule. C'est le pasteur qui composa le numéro de téléphone d'Alain Toshtag.

– Allô ! Alain ?... C'est Vanessa !

– Vanessa, quelle belle surprise ! Comme je suis content de t'entendre. Depuis le temps... J'ai eu ta maman, il n'y a peu de temps. J'ai parlé à une dame bien fatiguée, c'est pour le moins l'impression qu'elle m'a donnée. Elle m'a prévenu de ton passage à Toulon, mais sans vraiment me donner de date. J'ai hâte de te voir ! tu dois avoir bien changé ! Quand passes-tu ?

– C'est pour ça que je t'appelle, je suis avec quelques amis et l'on sera à Toulon aujourd'hui entre treize et quatorze heures. Est-ce que l'on peut passer… et surtout, est-ce que tu seras là ?

Jayden leva son pouce en l'air en signe d'approbation.

– On peut dire que tu as de la chance, reprit Alain, je m'occupe toujours des permis bateau, et je pars à Lyon en début d'après-midi pour une nouvelle cession de cinq ou six jours. Tout ça s'annonce bien, je suis tellement content de te voir... ton *« Forever Young »* t'attend au port d'Hyères, là où tu l'as quitté. J'ai désobéi à ton père... j'ai acheté un enrouleur de foc, et désormais, on trace la route avec le plus performant des GPS. Ton Feeling préféré est dorénavant équipé d'un sextant des temps modernes. Cela dit, si tu préfères... l'autre est toujours dans sa boîte là où tu sais ! J'ai le souvenir que tu adorais avoir la tête dans les étoiles. Cependant, tu verras, par temps couvert, le GPS ce n'est quand même pas si mal…

– Tu ne le sais évidemment pas, mais je suis monitrice de croisière aux Glénans depuis plusieurs années. J'ai plein de choses à te dire, depuis le temps… On se voit tout à l'heure ! clôtura Vanessa qui sentait l'émotion l'envahir.

– Oui, à tout à l'heure ! J'ai hâte de te serrer dans mes bras... dit Alain avant de couper la communication devenue trop difficile pour lui aussi.

Les deux femmes et Martial attendaient sur le parking pour ne pas perturber l'appel téléphonique de Vanessa ; une conversation à priori essentielle aux yeux de Jayden Ramassamy. Tout le monde l'avait compris.

Le Vito démarra dans un silence pesant. Chacun à son niveau s'interrogeait : les uns englués dans des supputations, Jayden sur les capacités de Vanessa à rencontrer son ami sans craquer et elle sur une technique yogique pour évacuer le déferlement d'une mémoire douloureuse. Vanessa prit la position du demi-lotus, yeux fermés, assise sur ses talons, les mains sur les genoux, paumes tournées vers le ciel, elle respirait lentement et profondément. Comme par magie, son attitude fit diversion, et rassura le groupe.

Catherine en profita pour raconter l'anecdote débile à l'origine de son fou rire.

– Un couple d'une soixantaine d'années ferraillait devant les portes automatiques de la station-service. Ils étaient à deux doigts d'en venir aux mains. Finalement, l'homme, hors de lui, se décala sur la droite pour entrer rapidement devant sa bonne-femme, mais il se fracassa la tête contre une vitre... et tomba sur les fesses...

Seul le sourire de Martial valida poliment l'aventure.

Le jour n'allait pas tarder à pointer ses premiers rayons de lumière derrière les montagnes.

Alain Toshtag était devant sa porte au 48, rue du Gabon lorsque Vanessa indiqua la petite maison aux volets bleus. De plain-pied, la modeste demeure montrait le bout de son nez derrière un grand cerisier et un citronnier moins ambitieux.

– C'est lui ! s'écria Vanessa.

– Attends-nous ! dit Jayden à la jeune femme, on sort tous ensemble, et pas de connerie !

Dimitri ne fut pas assez prompt pour empêcher la jeune femme de se précipiter dans les bras du vieux bourlingueur méditerranéen. Le colosse avait pris un ou deux mètres de retard sur Vanessa, mais il savait qu'elle n'avait pas eu le temps de passer quelque message que ce soit. Du reste, l'émotion de l'un et de l'autre n'était pas feinte.

Alain n'avait d'yeux que pour elle... il fit entrer ses visiteurs dans le salon et proposa de préparer du café. L'initiative fut validée par une belle unanimité. Le bruit de la glougloutante cafetière, la bonne odeur et les premiers accords du Lac de Côme furent presque simultanés. Vanessa s'était assise devant le piano droit, les yeux quasiment clos. Anakoni se retint de se rapprocher pour chanter Mort Shuman. Alain entra avec un grand plateau où des gâteaux secs côtoyaient une cafetière ancienne et six tasses assorties.

– Je ne me suis pas encore présenté, mais la priorité était ailleurs. Et puis, cette musique... Il servit le café. Je m'appelle Alain Toshtag et suis, ou plus plutôt était un ami de Pascal, le papa de Vanessa. Je me suis toujours occupé du

« *Forever Young... le bateau de ma fille* » comme disait Pascal.

Il se tourna vers Vanessa.

– J'ai eu raison de le bichonner... je savais bien que tu reviendrais !

Jayden prit la parole et présenta très laconiquement Catherine, Anakoni et Martial comme étant des collègues du CHU de Nancy. La pasteure ne comprenait plus rien, mais joua le jeu imposé par l'hypocrisie.

– Notre amie Catherine part à la retraite dans quelques semaines... le rêve de sa vie a toujours été de faire une croisière en méditerranée. Vanessa a transformé son rêve en réalité, et voilà !

– Vous avez beaucoup de chance Catherine. Vanessa est une fille formidable, mais ça... je le suppose, vous le saviez déjà !

Il se tourna vers son amie.

– Alors, tu habites à Nancy maintenant ?

– Non, non ! Je réside toujours à Paris, mais je travaille souvent à Nancy.

Toutes les fins de phrases tombaient dans le silence ou dans un embarras à couper au couteau. Les anges passaient en escadron. Personne n'était dupe, Alain devenait de moins en moins chaleureux, il s'interrogeait sans doute sur le malaise ambiant. Vanessa s'était repliée sur elle-même, elle cherchait le moyen d'alerter son ami, mais Dimitri ne la lâchait pas d'une semelle.

Jayden se leva et comme à son habitude prit la parole.

– Eh bien, mon cher Alain, nous sommes très contents d'avoir fait votre connaissance. Nous n'allons pas abuser de votre temps. Nous allons tranquillement prendre la direction du port d'Hyères... en vous remerciant infiniment de votre accueil !

– Alain ! Les toilettes sont toujours au même endroit ? questionna Vanessa.

– Oui ma grande, au bout du couloir à droite. Comme avant ! Tu sais, ici rien n'a changé, à part moi. J'ai vieilli... mais ça, c'est normal.

Vanessa avança lentement en se dandinant, suivie de près par son garde du corps, de moins en moins discret. Il ne se priva pas de jeter un rapide coup d'œil dans le cabinet sans fenêtre. Le bruit du loquet métallique valida pour Vanessa, quelques instants de tranquillité et de réflexion. Assise sur le rabat de la cuvette, la tête dans les mains, l'idée lui vint. Elle s'agenouilla et composa avec les feuilles rectangulaires de papier hygiénique, les quatre lettres du mot *« HELP »*. Avec un peu de chance, *Alain lira mon message, et il saura ce qu'il faut faire.* Le grand gaillard frappa nerveusement à la porte. Elle tira la chasse d'eau et se faufila rapidement pour aller terminer son café.

Jayden l'interpella immédiatement.

– Vanessa ! Alain vient de me poser une question à laquelle je n'ai pas su répondre. Est-ce que l'on va descendre par le détroit de Messine ?

Vanessa se tourna vers son ami.

– Oui ! bien sûr... En fait, je n'ai pas le choix, notre croisière ne doit pas dépasser quinze jours. J'espère simplement que l'on aura du vent ! À ce propos, est-ce qu'il reste du fuel, ou est-ce qu'on doit faire le plein ?

Alain n'eut pas le temps de répondre, Jayden venait de se lever et de déposer une grosse enveloppe sur le plateau contre la cafetière.

– C'est pour vous, votre accueil et tous les services rendus, encore merci !

Le marin ne fit pas référence à l'enveloppe, et s'adressa directement à Vanessa.

– Comme d'habitude, le plein est fait ma chérie ! Il ne te manque que le spi. Il est dans le coffre de ma voiture. Je vous accompagne. Je te le dépose au port. Et puis, j'ai deux ou trois choses à te montrer sur le bateau. Je partirai pour Lyon directement d'Hyères.

Ce n'était pas le déroulement idéal souhaité par Vanessa. *S'il ne passe pas aux toilettes avant de partir, il ne verra pas mon message avant son retour. Cinq ou six jours, c'est une éternité !*

Alain débarrassa la table du salon et s'éloigna le temps de laisser un mot à sa femme de ménage. Il réapparut quelques minutes plus tard, sac marin grenat sur le dos, casquette blanche retournée sur la nuque et Ray-Ban autour du cou. Il était prêt à partir, chacun se leva pour sortir.

– Monsieur Alain ! Puis-je utiliser vos toilettes ? demanda Anakoni.

– Pas de problème ! C'est la dernière porte du couloir sur votre droite.

Vanessa sentit ses jambes glisser dans le coton. Son collage sans colle allait dévoiler des intentions indicibles, et surtout incompréhensibles pour Anakoni.

À quelques mètres de la porte du jardinet, le petit groupe attendait la jeune femme sous une tonnelle enveloppée par le parfum d'un chèvrefeuille envahissant. Désormais seule dans la maison, Anakoni semblait prendre son temps. Alain l'attendait sous l'auvent de porte marquise, une clé à la main. Son sac rouge à ses pieds, il ne s'impatientait pas vraiment, mais vérifia à plusieurs reprises, le même contenu, de la même grande poche extérieure.

– Je suis désolée, vous m'avez attendue ! J'en ai

profité pour rectifier un fard devenu très approximatif. Je vous prie de m'excuser !

Elle tenait à la main une trousse d'écolière rose et blanche, à l'évidence, la boîte à outils indispensable pour son maquillage discret. Elle paraissait très gênée. Vanessa ne trouva pas dans son attitude, matière à se contrarier davantage. Ils se dirigèrent tous ensemble vers le Vito noir rutilant sous le soleil.

Sous le prétexte de vouloir commencer la liste du ravitaillement pour la croisière, Jayden refusa l'autorisation à Vanessa d'accompagner Alain dans son vieux Range Rover.

Les deux véhicules se suivirent de Toulon à Hyères.

34

Le port Saint-Pierre d'Hyères, abrité des vents par la bienveillante presqu'île de Giens, est certainement grâce à sa situation unique en méditerranée, une des plus belles escales nautiques européennes. Pascal Gruat ne s'y était pas trompé.
Vanessa avait repéré de loin son *« Forever Young »*.
– Gare-toi à proximité du premier ponton à droite de la capitainerie !
Dans le feu de l'excitation, elle venait de tutoyer et de donner un ordre à Boris. Il s'était exécuté sans moufter. Peut-être était-il assez subtil pour apprécier le côté burlesque de la situation. Vanessa en doutait malgré tout.
Martial fut le premier à se précipiter pour prêter main-forte à Alain, garé à quelques places derrière le Vito. Le grand conteneur du spi n'était certes pas lourd, mais encombrant. La file indienne se constitua, et les futurs équipiers chargés de sacs emboîtèrent le pas des deux premiers porteurs. Dimitri ne lâchait pas sa surveillance rapprochée.

Alain ne monta pas sur le bateau. Il attendait Vanessa pour lui remettre officiellement la clé du *« Forever Young »*, et pour la serrer une dernière fois dans ses bras. Ensemble, ils enjambèrent l'espace entre terre et mer sous une pluie de symboles venue de loin. Cet instant leur appartenait, et personne au monde n'aurait pu le partager.

— Je vais y aller ma chérie !

— Tout de suite ? Mais… tu m'as dit tout à l'heure que l'on avait des choses à voir ensemble !

— Non ! En fait, tu es assez grande maintenant, tu n'as plus besoin de moi !

L'émotion le submergeait... Il l'embrassa rapidement sur le front, regagna le quai et s'éloigna dans un geste de la main. Il ne se retourna pas.

Vanessa, appuyé sur la barre à roue, dos au ponton, se reprit et fit une volte-face énergique. Elle venait d'envoyer un signal fort à sa nostalgie. Il fallait dès maintenant regarder dans les yeux : l'inquiétante réalité. Van Gruat s'approcha de la poupe, passa son genou dans le cadre de sécurité rigide de tribord, et s'adressa à ses futurs équipiers encore plantés au milieu des sacs sur le ponton.

— J'ignore tout de vos compétences et de vos expériences individuelles en matière de navigation... Mais, sachez que le fait de poser le pied sur un voilier, quel qu'il soit, engage chacune et chacun à des obligations simples, mais bien réelles. Vous allez aussi devoir vous familiariser avec le vocabulaire des marins. Par exemple, l'impressionnante enveloppe grise au pied de Martial, c'est notre spi ou spinnaker, c'est la grosse voile avant, que le vent arrière gonfle comme un ballon, etc. Pour l'instant, nous allons commencer par le commencement et rentrer nos sacs dans la cale.

– Martial, s'il te plaît, envoie-moi le spi et les sacs derrière toi. Merci !

À part le grand pasteur chirurgien, tout le monde s'activa pour aider Martial à transférer les bagages, les deux sbires y compris.

Pour des non-initiés, la première descente dans un bateau de cette catégorie est toujours étonnante. La qualité des aménagements est parfois luxueuse, quelquefois surprenante... Ils pénétrèrent dans un intérieur chaleureux fait principalement de bois exotique doré. Une grande banquette circulaire et des rideaux du même tissu gris finalisaient un esthétisme parfait, le « *Forever Young* » ne dérogeait pas à la règle. Une mini-cuisine sur la gauche, avec ses deux bacs ovales, semblait revendiquer un statut de grande. Ce n'était pas sa gazinière et son bac à glace de belle taille qui la contredisaient. La table à carte et les instruments de navigation s'imposaient sur la droite dans une symétrie remarquable. Tout était optimisé, des chambres au salon, en passant par la douche et les toilettes. Ce confort, matérialisé par tous ces équipements de qualité, proposait insolemment des symboles de bien-être et de bonheur.

Vanessa s'efforça de penser à autre chose ; à l'indispensable ravitaillement nécessaire pour deux ou trois semaines de croisière. Il fallait prendre des décisions sans tarder. En aucun cas, Catherine, Martial et Jayden, fichés et recherchés, ne pouvaient s'afficher en préparateurs de croisière à l'Intermarché route de La Garde. Vanessa, Anakoni et les deux anthropoïdes masqués et lunettés furent par défaut : responsables de la sortie shopping. Au grand dam de Jayden... Après avoir expliqué que l'approvisionnement sur un bateau devait répondre à des critères de sécurité et d'hygiène bien précis, le listage des courses fut négocié collégialement. Vanessa fit preuve de tolérance, et les quelques aberrations exigées par Catherine ne furent pas relevées.

« Ne sois pas inquiet... Je reviens ! Je ne te laisse pas mon bateau !» avait jeté insolemment Vanessa à Jayden, en s'éloignant sur l'embarcadère. Elle maintenait deux ou trois sacs pliés sous un bras. Décidément, les deux filles se sentaient bien ensemble. Vanessa virevoltant dans les allées du supermarché laissait libre cours à son excitation devenue contagieuse et bruyante. Anakoni riait, elle aussi. Les deux masques suivaient difficilement la valse des pâtes, des citrons, des bananes encore vertes, des kilos de riz, etc. L'ancienne pasteure listait à voix haute et rayait sur la liste au fur et à mesure. Van courait en s'amusant, elle avait oublié ces futilités-là depuis longtemps, elle revivait... Les bras chargés de papier toilette et de Sopalin, elle s'approcha lentement d'Ana, lâcha son encombrante brassée sur le sol et posa doucement ses lèvres sur sa bouche.

– Excuse-moi Ana ! Je ne sais pas ce qui m'a pris...

Anakoni répondit par un sourire complice et susurra un mot : *« HELP »*. Vanessa comprit la teneur du message. *Elle savait !*

– Arrêtez vos conneries les filles ! Vous vous croyez où ? bougonna Boris.

Le son de cette voix, tellement grave et tellement rare, envoya définitivement le moment d'égarement dans le grand sac des incidents sans conséquence.

– Tu es certaine de vouloir emporter autant de citrons ? demanda Anakoni devant la caisse du supermarché.

– Oui, oui ! C'est une coutume, je t'expliquerai, répondit Vanessa.

Les deux hommes participèrent au charroi et au

rangement des provisions avec beaucoup d'abnégation. Jayden avait dû les briefer.

Les vingt minutes du retour furent en partie consacrées à l'anecdote des citrons, Vanessa raconta…

– Peu de fruits présentent autant de qualités et de vertus pour la santé que le citron. Le scorbut est en partie une maladie due à une carence en vitamine C. Il décima jusqu'au XVIIIe siècle la majorité des équipages au long cours. Seuls les Anglais n'étaient pas touchés par la maladie et devinrent les maîtres des océans. Les rosbifs, comme disait Alain, avaient compris les bienfaits du citron, et en consommaient sans modération. Beaucoup de marins ne prennent pas la mer sans citron, continua-t-elle. Alain et papa faisaient partie de ceux-là. À mon tour, je fais perdurer la tradition. Tu peux dériver des jours et des jours, avec des citrons, tu n'auras pas faim, ni soif et tu ne manqueras jamais de vitamine C, ni d'antioxydants. Voilà ! vous savez tout sur la petite histoire des citrons providentiels de la marine anglaise !...

Les deux colosses avaient été très attentifs aux explications. Dimitri donnait même l'impression de vouloir sourire sous le tissu. Anakoni commenta largement l'étonnante particularité des marins anglais de l'époque. Elle en conclut que la répartition unilatérale et honteuse des colonies du monde entier, tenait aussi à un agrume de couleur jaune.

Martial fut le premier à apercevoir le véhicule Mercedes longer le quai. Il se précipita comme à son habitude pour proposer son aide au déchargement des provisions. C'était décidément très agréable de vivre au quotidien avec ce garçon-là. Catherine avait attribué cabines et couchettes, et Martial avait dispatché les bagages, tout était en ordre à bord. Le rangement des vivres se fit dans d'excellentes conditions sous la direction de la skipper. Van maîtrisait toutes les subtilités des endroits de stockage et sécurisait tout. Fruits et légumes trouvèrent leur place au-dessus du plan de travail, dans un filet. Catherine et Jayden s'étaient réservés les deux cabines les plus confortables à l'avant du bateau. Vanessa fit une mise au point.

– On part au minimum deux semaines pour se rendre en Grèce, et si j'ai bien compris ; ce n'est pas un voyage d'agrément ! Néanmoins, il serait préférable pour chacun, d'appliquer les règles d'une croisière classique dans la forme et dans l'esprit. Catherine, tu as...

– Tu me tutoies, toi maintenant ?

– Je t'autorise également à me tutoyer ! répondit Van avec humour.

– Je disais !... Catherine, tu as distribué les cabines, et tu as eu raison. Mais il faut savoir qu'en mer, la propriété des couchettes n'existe pas, chacun dort où il peut, quand il peut, et pas toujours avec qui il veut. Une dernière chose, d'après le peu d'éléments que j'ai, on part pour une croisière sans escale. Cela sous-entend ; économies d'eau et d'électricité. Ce soir les trois batteries sont chargées et nous avons 300 litres d'eau en réserve. Nous allons devoir gérer ces fournitures avec beaucoup de rigueur.

– Tout ça, c'est du blabla... On part à quelle heure ? interrogea Jayden agacé.

– L'heure, je ne sais pas, la seule chose dont je suis sûre, c'est que l'on ne part pas ce soir ! Vanessa était à la table des cartes et analysait l'écran du PC. La météo annonce une forte houle résiduelle jusqu'à Porquerolles, et au-delà, une mer formée avec un vent de force sept à huit... On ne peut pas commencer notre navigation dans de pareilles conditions !

– Ça... c'est ce que tu dis ! moi, je te dis qu'on part ce soir ! Tu peux préparer le bateau... Départ dans moins de deux heures ! intima Jayden.

Van ne répondit rien. *On ne va pas aller bien loin !* pensa-t-elle.

Le pasteur remonta sur le pont pour rejoindre les deux gardes du corps plantés sur le ponton. Catherine observait les trois hommes par un hublot latéral et commenta.

– Ils s'éloignent, Jayden les raccompagne sur le parking. Ça discute... Ça discute ! à priori, il a beaucoup de choses à leur dire.

– Les deux angoissants croque-mitaines se cassent enfin... bonne nouvelle ! Je ne les supportais plus ! soupira Catherine.

– À qui le dis-tu ! Ça fait des mois qu'ils me pourrissent la vie ! ajouta Vanessa sans plus de détail.

– Comment ça, des mois ?

– Trop long à t'expliquer, et puis l'autre peut se pointer d'un instant à l'autre. Dans tous les cas, je suis d'accord avec toi, c'est une bonne nouvelle ! Je vais préparer le bateau comme il me l'a été si gentiment proposé. Je vous préviens... si l'on part ce soir, ça va être sportif ! Martial, Ana, pouvez-vous monter avec moi ? J'ai besoin d'aide et de bonne volonté.

La grand-voile fut fixée de part et d'autre de la bôme selon les règles de l'art, et la drisse sur le sommet du triangle côté mât, au moyen d'un nœud de chaise exécuté par Vanessa. Un grand nombre de gestes et les principales techniques furent expliqués ou commentés par la skipper. Son côté monitrice de croisière aux Glénans resurgissait à toutes les occasions. Le moment n'était pas vraiment choisi, mais les deux apprentis équipiers s'investissaient et semblaient se passionner. C'était rassurant pour Vanessa. Grand-voile et génois furent rapidement opérationnels, aidés en cela par les réglages et la préparation minutieuse d'Alain. Pendant ce temps, le pasteur s'était isolé dans sa cabine, porte fermée. Vanessa n'hésita pas à le déranger pour sortir les kits de sécurité accrochés derrière sa porte.

– Je viens de refaire un point météo, ce n'est pas terrible, relança-t-elle.

– Écoute ma petite Vanessa, tous les flics du pays nous recherchent. Plus vite, on déguerpit, mieux ce sera... Crois-moi !

– Une chose est sûre ! Ce n'est pas moi qu'ils recherchent... Quoique ?

Elle sortit avec une brassée de gilets de sauvetage, de harnais et d'accessoires de sécurité qu'elle posa en vrac sur la table au centre du bateau. Van demanda à Martial de la suivre sur le pont pour changer le foc.

– On va remplacer le génois par un tourmentin !

Vanessa précisa que le tourmentin était le plus petit foc du voilier, principalement utilisé par gros temps. Cette petite voile est réalisée en tissu très épais. Lorsqu'elle est utilisée seule, elle maintient le bateau aux allures de fuite. Le bateau est alors dirigé par le vent arrière et par la mer. *« Sauve qui peut, en quelque sorte. »*

– Tu crois que ça va souffler ? demanda Martial.

– No comment ! répondit Van.

La chef de bord avait bien précisé à ses deux principaux équipiers, ce qu'elle attendait d'eux pour la sortie du port. Il était important que chacun sache ce qu'il avait à faire et pourquoi. À 22 heures, Vanessa, debout derrière sa barre à roue, écoutait le clapotement régulier du moteur qui ronronnait. Les deux matelots débutants étaient prêts à larguer les amarres et à relever les pare-battages (sorte de gros boudins) qui protègent la coque des autres bateaux ou des pontons. Van avait bien prévenu : restez accroupi pour ne pas gêner ma visibilité, gardez tous vos membres à l'intérieur du bateau. S'il y a des pare-battages, c'est aussi pour épargner vos pieds et vos mains.

Ils attendaient les ordres...

La traversée du deuxième bassin vers la jetée sud fut un modèle du genre. On ne navigue pas sur les eaux d'un port comme on roule sur le parking d'un supermarché. Chaque manœuvre doit être anticipée dans sa direction et sa profondeur. Le croisement du deuxième feu de la jetée nord annonciateur du passage en mer valida les prévisions. La grande bleue foncée était déjà bien agitée... impressionnante. La houle résiduelle sortait ses crêtes blanches. Le vent s'était retiré, mais les vagues de deux mètres continuaient à se multiplier à l'infini. Le bateau tanguait de bâbord à tribord sur un rythme soutenu et régulier. Les premiers miles ne furent pas vraiment problématiques, mais inconfortables. Ça bougeait... Catherine et Jayden ne partagèrent pas l'émotion offerte par le spectacle. Ils avaient choisi la moins bonne formule en se claustrant dans leurs cabines respectives ; celle qui permet d'être malade avant les autres. Van avait pris en ligne de mire le phare de Porquerolles. À 84 mètres au-dessus du niveau de la mer, il est un des plus hauts et des plus puissants de la méditerranée. Combien de fois avait-elle suivi cette route vers le Cap d'Arme, mais ce soir les conditions étaient bien différentes. Les accompagnants aussi...

La mer se creusait de plus en plus, et le vent jusqu'alors inexistant prenait de la force. Vanessa donna l'ordre à Martial et à Van de préparer la grand-voile avec deux ris, comme prévu. La prise de ris consiste à réduire la surface d'une voile en la repliant en partie sur la bôme ; l'objectif étant d'adapter la surface de la voilure à la force du vent lorsque celui-ci forcit, ce qui était le cas. Toutes ces manœuvres avaient été survolées en théorie avant de partir, mais en mer avec du vent et une seule main, tout est plus difficile. Vanessa, en bordant la grand-voile avec le winch, fit un geste de félicitations à ses deux équipiers en leur criant.

— Vous vous débrouillez comme des chefs, et surtout n'oubliez pas ; une main pour le bateau, l'autre pour soi ! C'est la règle... On va faire la même chose avec le tourmentin !

L'heure qui suivit fut agitée. La mer grossissait et les murs d'eau s'abattaient sans véritable logique. Le bateau plongeait dans des creux de plus de dix mètres, la manœuvre à la barre n'autorisait pas la moindre erreur d'appréciation. Éviter de surfer à l'intérieur des vagues pour éviter le recouvrement du bateau par une déferlante, c'était une constante pour la skipper. Ana se tenait derrière la barre à ses côtés. Martial sur le pont, ballotté de bâbord à tribord, répondait aux ordres le plus rapidement possible. Il ne se posait pas de question, il agissait...

— Martial, n'oublie pas de t'attacher à chaque déplacement ! réitéra Vanessa.

La glissière du toit de descente s'ouvrit.

— Jayden, referme ça tout de suite ! je n'ai pas envie de pomper toute la nuit. Qu'est-ce que tu veux ?

— Respirer ! Catherine est malade comme un chien, c'est irrespirable en bas ! Elle a vomi partout...

Il n'eut pas le temps de terminer sa phrase, qu'il chuta violemment dans l'escalier. Une montagne d'eau venait de taper le bateau. Vanessa quitta sa barre une seconde pour refermer la glissière protectrice de l'escalier. Elle aperçut Jayden allongé au sol, il rampait pour essayer d'accrocher le pied de la table centrale. Dans sa chute, il avait entraîné le tiroir des réserves de conserves et les boîtes roulaient de droite et de gauche dans une même chorégraphie. Cette tempête augurée depuis plusieurs jours n'était pas la sienne. Les conditions de navigation se dégradaient de minute en minute. Vanessa n'éprouvait ni vindicte, ni compassion, mais désormais, c'est elle seule qui allait prendre les décisions de navigation sur son « *Forever Young »,* et ça, c'était bien...

La carte météorologique n'annonçait pas vraiment d'amélioration, et la première décision de la nouvelle patronne autoproclamée fut de mettre le bateau au portant. C'est-à-dire en vent arrière. N'en déplaise au pasteur, on retourne !

Empanner au cœur d'une tempête est un exercice délicat, elle le réussit parfaitement. Objectif... retourner sur une quinzaine de miles et s'abriter dans le port de Porquerolles. Entre deux déferlantes, elle apercevait de temps à autre l'optique tournante du Cap d'Arme. Le tourmentin, guère plus grand qu'un mouchoir de poche semblait donner des ailes au voilier. Cette sensation brutale de vitesse et de calme ne déconcentra pas Vanessa qui connaissait le danger des murs de vagues à cette allure.

Catherine fit son apparition au grand air, extirpée par Martial pour le franchissement des deux dernières marches. Ana lui céda son ciré et l'assit au grand air dans l'angle arrière à tribord.

– Ça n'a pas l'air d'aller ! nuança Vanessa, plus encline à rire qu'à pleurer.

Catherine Chamberlin se contenta de répondre par un petit lever de main approbateur.

Une vingtaine de minutes suffire au *« Forever Young »* pour amorcer son premier virement de bord en rade de Porquerolles. La mer était toujours forte. Vanessa n'avait pas choisi l'option de doubler la pointe Maubousquet dans l'axe du port, les courants y étaient trop imprévisibles. Elle choisit de remonter au vent le long du ponton et de se laisser porter par la première déferlante opportune.

Une manœuvre périlleuse...

La nuit fut bruyante, mouvementée, mais réparatrice.

Mourir un peu de temps en temps, c'est finalement s'approprier un peu d'objectivité et de légèreté.

Seulement de temps en temps !...

35

Alain lui avait déposé un mot sur la table de la cuisine.
« *Bonjour Geneviève, j'espère que vous allez bien. J'ai oublié de vous prévenir que je partais à Lyon pour une petite semaine. Permis bateau oblige ! Je serai de retour lundi ou mardi. Vous savez ce que vous avez à faire. Comme d'habitude... Il y a un peu de vaisselle à ranger. J'ai eu des invités de dernière minute. Si vous avez du temps : profitez de mon absence pour tailler le chèvrefeuille comme la dernière fois. Encore merci pour tout. Je vous embrasse. Alain* »
Geneviève, la voisine d'Alain, l'aidait au ménage et au repassage deux fois par semaine. Lui, s'occupait des lessives. Elle dut s'y prendre à plusieurs reprises pour rouler l'aspirateur jusqu'aux toilettes. Comme fréquemment, l'enrouleur automatique du fil faisait des siennes.
Des feuilles de papier toilette au sol, ça ne lui ressemble pas... pensa-t-elle.

La femme de ménage s'interrogeait en bricolant le fil électrique de son appareil. L'anomalie n'était en soi pas extraordinaire. Mais chez Alain, si ! Surtout disposé bien régulièrement comme un tableau. Elle alla chercher son téléphone pour prendre une photo. *Autrement, il ne me croira pas.* Ça l'amusait...

Le bac à linge pour le repassage était vide. Il n'a pas voulu partir sans que tout ne soit nickel dans la salle de bain. Ce détail conforta Geneviève sur l'anomalie des toilettes.

Ils venaient de passer au salon pour prendre l'apéritif comme généralement le vendredi soir. Geneviève montra à son mari Patrice, la photo de l'œuvre éphémère exposée dans les toilettes d'Alain. Ça l'amusait toujours autant.

– Je trouve étonnant qu'il parte en laissant ses WC en désordre, ça ne lui ressemble pas !

– Et toi, tu n'as rien remarqué d'autre ?

– Non ! à part ça, la maison était en ordre comme d'habitude. Souvent, je me demande pourquoi je fais le ménage... C'est toujours super propre !

– Ce n'est pas de ça dont je parle... Regarde bien ta photo !

– Oh !... Mon Dieu !

Le commissaire n'avait pas tergiversé, dès que son collègue de Lyon l'eut appelé ; il convoqua l'inspecteur Rodriguez.

– Ludovic, vous prenez le premier TGV pour Lyon. Il faut rencontrer ce monsieur Tashtog... rapidement.

– Toshtag, Alain Toshtag ! Il habite Toulon et il est actuellement à Lyon pour quelques jours, reprit Rodriguez. Je lui ai parlé ce matin au téléphone. C'est lui qui a déposé une main courante relative à Vanessa Gruat, la codétenue de

Raphaël à St-Germain-des-Prés. Il avait l'air très préoccupé.

– Ce monsieur a l'air d'être le seul au monde à connaître et à se soucier de la dénommée Vanessa Gruat. C'est plutôt une bonne nouvelle, il ne faut pas la gâcher. Je compte sur vous Ludovic. On a bien retrouvé Raphaël Latour, on va bien finir par retrouver la petite. À propos de Raphaël, je lui avais promis de le tenir au courant en temps réel des avancées de l'enquête sur Vanessa Gruat. Je vais quand même attendre votre retour de Lyon pour le lui en parler.

Ils avaient rendez-vous peu avant midi. Alain Toshtag participait à une réunion à l'hôtel Ibis Lyon Part Dieu en début de matinée. Leurs emplois du temps étaient compatibles. Ils ne se cherchèrent pas longtemps ; un vrai marin dans une cafétéria au bord du Rhône, ça se repère facilement.

Alain expliqua les circonstances et les conditions de sa dernière rencontre avec Vanessa et ses pseudos amis. Il ne minimisa pas son inquiétude en montrant la photo envoyée par Geneviève sa femme de ménage.

– J'ai bien senti que Vanessa voulait me parler, mais impossible. Elle était suivie et surveillée comme le lait sur le feu. Et puis, leur histoire de croisière en Grèce sous la forme d'un cadeau de départ à la retraite : personne n'y croyait, pas même le grand gaillard qui s'en était expliqué. Apparemment, c'est lui qui commandait et qui prenait toutes les décisions.

– Vous pouvez me le décrire ?

Alain réfléchit un instant.

– C'est un type mince, métisse, peut-être guadeloupéen ou originaire d'une autre île. Des yeux noirs perçants, presque dérangeants, il porte une courte barbe avec des reflets gris. Il est grand, plus d'un mètre quatre-vingts certainement. Il doit avoir une petite quarantaine d'années. D'après ce que j'ai cru comprendre, ils travaillent tous dans le médical, à Nancy.

Alain cherchait dans sa mémoire d'autres détails significatifs.

– Votre description est intéressante, elle correspond, je pense, au profil du responsable français d'une secte relativement dangereuse. Il est très activement recherché.

– Vous pensez Vanessa en danger ? coupa Alain.

– En danger, je ne sais pas, la seule chose que l'on sache, et vous-même l'avez dit ; elle n'est pas partie pour une croisière Club Med all inclusive.

Ludovic montra les deux photos de Catherine Chamberlin et de Martial, extraites de la vidéo du crématorium filmée par Jo. Alain valida leurs présences sans hésiter, et quand il parla d'une jeune femme métisse aux longs cheveux défrisés avec une tresse blanche, Ludovic comprit tout de suite que la chanteuse pasteure faisait partie du voyage. *Comment s'était-elle volatilisée dans le parc de la maison de Rueil-Malmaison. J'aimerais bien le savoir !*

Le marin souleva aussi la présence des deux hommes masqués comme aux meilleurs jours de la Covid.

– Pas grand-chose à dire sur ces deux montagnes de muscles, anonymes, muettes et dissimulées. Si ! À mon avis, ce sont des hommes de main, rien de plus. Qu'allez-vous faire maintenant ? demanda Alain.

– Arrêter des individus sur un voilier au beau milieu de la méditerranée, ce n'est pas évident, fit remarquer l'inspecteur. Il faut les attendre en Grèce.

– Attendez... je sais que Vanessa va descendre par le détroit de Messine, ce sera peut-être plus simple pour vous.

— Dans tous les cas, je ne serai pas seul pour prendre la décision, et puis dès que l'on sort des eaux internationales, tout devient plus compliqué.
— On s'approche de midi ! fit remarquer Alain en montrant sa montre. Est-ce que vous voulez déjeuner avec moi ? Je vous invite. On pourra continuer à parler.
— Ok pour le repas, mais il est hors de question que vous payiez !
Les deux hommes se dirigèrent vers la salle du restaurant.

36

Vanessa avait profité de l'arrêt imprévu dans le port de Porquerolles pour réajuster symboliquement les niveaux d'eau et d'électricité.

Le temps s'était bien dégagé et le soleil du début d'après-midi jetait toutes ses étoiles sur le chenal. Jayden cloîtré dans sa cabine semblait ne plus vouloir s'intéresser à la navigation. Catherine, assise sur la grille de bois du cockpit, regardait Ana et Martial exécuter les ordres de la skipper. Les jeunes gens parlaient presque couramment le marin et s'agitaient de part et d'autre du pont avec beaucoup d'à-propos. Entre admiration et frustration, Catherine avait l'air impressionnée.

– Martial, tu me dis quand t'es paré ? interrogea Van.
– C'est bon pour moi !
– Enlève ton premier nœud, et garde la tension sur le taquet ! T'es paré ?
– Ok !
– Tu peux lâcher doucement l'aussière ! C'est bon,

on recule... Dès qu'on sort du port, on hisse les voiles !

Vanessa coupa le moteur, et laissa grand-voile et génois partir au vent. Le *« Forever Young »* faisait route vers la Corse.

– Le grand show peut commencer ! dit-elle à l'attention de ses équipiers, et de continuer : les voiles claquent, le bateau se penche lentement sous le vent, accompagné par le seul clapotis régulier des vagues fendues par la proue. Aucun marin ne se lasse de cette sensation...

Elle regardait vers l'horizon en accompagnant sa prose d'une large expression gestuelle.

– Je sais que les conditions ne sont pas optimales, reprit-elle, mais si on croise des moments de sérénité, il faudra malgré tout les apprécier à leur juste valeur...

– Arrête de dire des conneries ! on n'est pas là pour ça...

Le grand pasteur venait de réapparaître sous la glissière du toit de la descente. Sa main droite accrochait solidement le winch de grand-voile, comme si une chute pas si lointaine revenait le titiller.

– Des dauphins ! s'écria Catherine. Ils sont deux, trois, quatre... ils sont au moins dix.

La magie de l'exceptionnel opérait soudainement. Catherine Chamberlin souriait... Les petits princes des mers avaient réglé leur vitesse sur celle du bateau et faisaient leur numéro de nage volante et acrobatique de chaque côté du *« Forever Young »*. C'était leur façon à eux de nous souhaiter la bienvenue. Compagnons de quelques instants, ils disparurent comme ils étaient venus en laissant de belles images dans les mémoires.

– Habituellement, on rencontre Flipper et ses copains en s'approchant des côtes Corse. À mon avis, ils ont voulu te faire une surprise, dit Vanessa à Catherine qui repositionna ses lunettes de soleil et fixa l'horizon en détournant la tête...

Le chirurgien descendit l'escadrin et retourna dans sa cabine.

Sur un bateau de croisière, s'impose la nécessité d'assurer une veille constante pour éviter les abordages, surveiller la météo et ajuster les réglages des voiles, du cap, etc. Il faut garantir un temps de sommeil suffisant pour chacun et la présence d'au moins un équipier compétent par binôme de quart. Pour toutes ces raisons et d'autres plus personnelles, il n'était pas envisageable de former le couple de quart : Chamberlin, Ramassamy. Vanessa l'avait sous-entendu... Cela dit, la question ne se posa pas longtemps. Le pasteur déclina sa participation. Par défaut, les effectifs du *« Forever Young »* se dispatchaient en deux groupes : Vanessa, Catherine, et Anakoni, Martial.

L'aube du troisième jour dessina à bâbord, les côtes de la Corse et ses proéminences bleues. Les conditions météo n'offraient pas le meilleur. Le vent de face commençait à monter et tenir le cap devenait difficile. Vanessa reprit la barre et demanda à Martial de prendre un ris. *« Ça ne coûte rien ! »* dit Van toujours prudente. La nuit s'annonçait énigmatique sur l'ouest de la Corse avec des zones orageuses d'intensité plutôt fortes. La skipper mit le cap sur Ajaccio, plus exactement sur les îles Sanguinaires.

– Avec papa, on mouillait souvent à l'anse de Cacalu. C'est une merveilleuse petite calanque. Ça souffle bien... on y sera dans quelques heures !

Vanessa avait raison, l'endroit était magnifique...

Les deux apprentis marins allaient participer à leur premier mouillage : technique d'apparence simple, qui consiste à planter son ancre dans le sable pour stabiliser un bateau en bordure de côte. Un ancrage sécurisé répond à des normes bien précises : de vent, de courant et à un savoir-faire certain. Martial fut choisi pour procéder à l'essentiel de la manœuvre sous les ordres pointus de la skipper. Il assura avec brio...

Le bateau était en sécurité, bercé par une petite brise apaisante et rafraîchissante. Sans être pour autant légère, l'ambiance sur le voilier était moins lourde que ces derniers jours. Catherine et Ana préparaient une omelette aux pommes de terre, Martial gonflait l'annexe sur le pont, Vanessa étudiait la météo sur la table à cartes et Jayden lisait, allongé au soleil dans le cockpit. Un équipage normal, presque modèle...

Catherine, en équilibre sur la troisième marche de la descente, le haut du corps à l'extérieur, interpella le pasteur.

– Je crains bien que tu ne doives changer de place. Ana et moi, on va mettre la table ! Le grand guide suprême va devoir déguerpir, à moins qu'il ne nous aide pour les préparatifs du repas. Mais ça, j'en doute...

– Tu me donnes des ordres, maintenant ? Tu oublies un peu vite ta nouvelle situation... regarde-toi dans un miroir, et pense à ton nouveau statut de merde inutile ! Tu ferais bien de réfléchir à tout ça... avant de me donner des directives !

Le ton de Jayden était venimeux. Vanessa et Anakoni eurent un regard complice d'incompréhension. Catherine descendit les quelques marches, et clôtura l'incident par une banalité.

– Je t'appelle dès que le repas est prêt !

Rien ne manquait sur la table du *« Forever Young »* : serviettes en papier colorées, moutarde, condiments,

Anakoni avait fait cuire du pain et le dessous de plat africain venait de recevoir l'omelette fumante. Martial assura selon la tradition, un ridicule « *bon appétit* », signal suprême du chacun pour soi.

Ce fut plus fort qu'elle, Catherine agaça une nouvelle fois Jayden.

– Le bénédicité, c'est pour les chiens, maintenant ?

La réponse fut immédiate et toujours aussi virulente.

– Ni pour les chiens, sûrement pas pour les renégats et encore moins pour les impies... choisis ton camp ! Tu peux prendre les trois, si tu veux ?

L'attention de tous fut vite détournée par le surgissement d'une nuée de catamarans, encadrés par des moniteurs criants sur deux zodiacs d'une école de voile. Tous ces deltas multicolores ne semblaient pas perturber l'Anse de Cacalu. Elle restait divinement resplendissante avec tous ces drapeaux colorés glissant sur son lit bleu...

Ana essaya de détendre l'atmosphère.

– Après la vaisselle, je pique une petite tête. Qui veut m'accompagner ? Je n'ai pas de maillot de bain, mais je vais bien trouver une formule...

Personne ne répondit à son invitation. Elles débarrassèrent la table. Martial prépara une bassine d'eau de mer pour la vaisselle. Jayden était déjà dans sa cabine.

Finalement, c'est un tee-shirt de la nouvelle garde-robe de Vanessa, qui fit office de maillot improvisé. Elle plongea directement de la proue du voilier et nagea une vingtaine de mètres en direction de la côte avant de revenir s'agripper à l'échelle de la plate-forme arrière.

– Elle est super bonne ! dit-elle.

Apparemment, Martial appréciait la belle nage régulière d'Ana. Il ne la quittait pas des yeux, et se déplaçait lorsqu'elle disparaissait de sa vue. Il eut cependant la délicatesse de se glisser vers la cale lorsqu'elle remonta sur le pont. Le tee-shirt mouillé n'est pas une tenue de bain des plus pudiques. *Le soleil va se charger de me rendre mon intimité.* Elle s'allongea à l'avant du bateau pour faire sécher son maillot et pour envier l'insouciance des mouettes.

Dormez dès que vous le pouvez, sans vous occuper du schéma jour-nuit. C'est la règle en croisière, avait conseillé Vanessa. Elle avait mis ses recommandations à profit, et dormait déjà, lorsque Ana s'allongea sans bruit sur l'autre couchette. Elles ne savaient pas vraiment ce que la météo leur réservait. Martial lui aussi s'était assoupi sur la banquette du salon. Catherine était seule, assise sur le banc du cockpit. Toujours marquée par la violence des mots de Jayden Ramassamy, elle s'interrogeait, mais ne voulait surtout pas tomber dans une peur irrationnelle. Elle se leva, retira ses vêtements, descendit doucement l'échelle du pont, se passa de l'eau sur la nuque et glissa doucement dans la mer. Elle nagea sans appréhension.

Ramassamy avait posé une petite sacoche à côté de lui, debout devant la barre à roue. Il l'observait...

Elle fit quelques circonvolutions autour du bateau et conclut sa baignade par une nage sous l'eau, du safran à la quille.

Catherine se rapprocha de l'échelle pliante pour remonter...

– Tu es venu me mater ?

Elle mit ses pieds en appuis sur le tableau arrière, genoux repliés et se propulsa de quelques mètres sur le dos, le corps nu au soleil. Lui disparut quelques instants pour fermer la porte de la cale. Tout le monde dormait...

– Qu'est-ce que tu fiches là ? Tu ne crois quand

même pas que tu vas me baiser !

— Pauvre conne, décidément, tu n'auras jamais rien compris !

Elle tendit le bras pour accrocher un échelon, mais il la repoussa avec son pied et remonta l'échelle.

— Nage... ma belle sirène !
— Jayden, ne fais pas le con, bascule-moi l'échelle !
— Nage ! Je t'ai dit ! nage et ferme-la !
— Jayden !... Jayden ! hurla-t-elle.
— Pas la peine de gueuler, tout le monde dort sur le bateau. Ils ne t'entendent pas. Garde tes forces !

Elle s'approcha une nouvelle fois de la proue et posa ses mains à plat sur la plate-forme arrière. Le grand gaillard la regardait dans les yeux... Il fit calmement un pas en avant et écrasa ses doigts fins. Elle hurla, retomba dans l'eau et s'éloigna d'un mètre.

— Nage ! Je t'ai dit ! La côte est à peine à deux kilomètres... casse-toi !
— Au secours ! Martial, aide-moi ! Martial ! au secours...
— Arrête d'hurler comme ça ! je te l'ai déjà dit, il ne t'entend pas... nage et fais pas chier !
— Tu m'as cassé la main, salaud... Elle finit sa phrase sous l'eau.

Elle réussit, en nageant d'un seul bras, à se glisser sur la droite du voilier. Elle aurait voulu taper contre la coque au niveau de la couchette de Martial, mais lever le bras la faisait descendre sous le bateau. Elle fit plusieurs tentatives désespérées, Catherine commençait à se fatiguer. Jayden Ramassamy plia les genoux et attrapa sa sacoche posée à côté de la barre. Il venait d'entendre du bruit dans la cale.

Martial glissa le toit amovible de la descente et ouvrit

le portillon.

— Pourquoi t'as fermé tout ça ? On crève là-dedans !

Catherine de retour à l'arrière du bateau essayait d'attraper la plate-forme glissante, mais dès qu'une de ses phalanges se posait sur le plat, le pasteur systématiquement l'écrasait et elle coulait davantage à chaque fois. Ses efforts pour remonter devenaient illusoires, sa vue se troublait... Elle essaya de rester sur le dos sans bouger, mais en vain, blessée et fatiguée, elle se laissa glisser.

Martial avait bien vu le pistolet dirigé vers lui.

— Envoie-lui l'échelle ! putain...

— Occupe-toi de tes affaires, ça ne te regarde pas !

Catherine coulait doucement, Martial plongea à son niveau. Elle souriait en libérant des chapelets de bulles ascensionnelles. Il l'attrapa par un bras qu'il glissa autour de ses épaules, et commença une trop lente remontée. Elle le regardait sans ne plus se mouvoir. Martial maintenait à présent sa tête hors de l'eau en tapant sur la plate-forme insaisissable.

— Aide-nous ! envoi l'échelle, merde !

— C'est ça, je vais t'aider... approche-toi !

Jayden Ramassamy s'accroupit, pointa son revolver dans la chevelure de Catherine... et tira.

Martial passa une main sur son visage rougi par le sang. Il la lâcha... Madame Chamberlin s'enfonça dans une eau translucide, les bras en croix, une grande couronne rouge au-dessus de la tête. Catherine sombra lentement, rapidement cachée par un large nuage rouge. Martial passa sous le bateau pour aller reprendre une respiration du côté de la proue. Il décida de nager vers la côte. Un défi de taille... probablement perdu d'avance, mais il n'avait pas le choix. *Je vais le faire pour elle !*

– Jayden ! Qu'est-ce que tu as fait ? hurla Anakoni. Je t'ai vu ! Tu es un monstre ! Je pense sincèrement que tu nous réserves le même sort...

Vanessa venait de s'asseoir sur la plage avant.

– C'est un accident les filles ! pas de panique !

– Ce n'est pas un accident, je t'ai vu. Tu as assassiné Catherine de sang-froid ! Anakoni parlait toujours aussi fort.

– Ça suffit maintenant ! dit Jayden. Tu vas m'aider à descendre l'annexe. Il faut que je récupère l'autre, avant qu'il ne nous envoie les flics. Il est déjà là-bas le con ! Il nage bien... il faut se dépêcher !

Le pasteur prit un appui sur la bôme et vida le chargeur de son pistolet dans la direction de Martial.

– Je ne le vois plus. Si ça se trouve, je l'ai eu ! Tu as des jumelles ? demanda-t-il à Vanessa qui ne répondit pas.

– Vous commencez à m'emmerder toutes les deux !

Il rechargea son arme et la dirigea vers Anakoni. Contrainte... elle l'aida à mettre le canot pneumatique à l'eau. Le moteur de l'annexe démarra du premier coup. Ramassamy, s'impatientait.

– Alors qu'est-ce que tu fiches ?

– Vas-y seul ! Moi, je ne t'accompagne pas pour tirer sur un homme sans défense.

– Arrête de me prendre pour un imbécile. Je ne suis pas en train de vous offrir un billet de départ pour le premier commissariat du premier port. Il la menaça une nouvelle fois. Tu viens avec moi, sans discuter ou je te bute... et rapidement, j'ai de moins en moins de patience aujourd'hui !

Anakoni se glissa à l'avant du pneumatique sans le regarder.

– Putain ! qu'est-ce que c'est que ce bordel ? maugréa-t-il.

L'école de voile et ses deux escadrilles de catamarans étaient de retour. Les bateaux s'approchaient de la zone où Martial nageait. Le pasteur s'approcha malgré tout, et vida deux autres chargeurs dans la direction du nageur. Il opéra un demi-tour lorsqu'il vit, deux gilets de sauvetage rouges, charger un homme sur un zodiac.

— Il est blessé ! Salaud, tu l'as touché ! cria Ana.

— J'espère bien qu'il va y passer, lui aussi... ça me simplifierait la vie !

Furieuse, elle se jeta à la gorge du pasteur, mais il la bloqua, la déséquilibra et la poussa hors de l'annexe.

— Tu as gagné, tu rentres à la nage, petite conne !

Il fit siffler quelques balles de pistolet au-dessus de sa tête pour accentuer la pression de son autorité.

— Bouge-toi, je ne t'attendrai pas des heures !

Vanessa, des jumelles sur les genoux, avait tout vu et tout compris de la situation. Elle attendait, assise sur le rebord de la plate-forme arrière, les yeux plantés vers le fond. L'eau était redevenue cristalline, inconsciemment, elle cherchait un corps, elle cherchait Catherine... Comment vivre cette folie meurtrière démentielle sans pleurer, sans hurler... pourtant...

Sans rien montrer de sa hargne et de son dégoût, elle aida le pasteur à remonter et à suspendre le pneumatique, tout en surveillant la trajectoire d'Ana qui se rapprochait bien.

— On se casse ! prépare le bateau ! ordonna Jayden.

— Impossible ! Les prévisions météo annoncent une grosse dépression... On n'est pas armé pour affronter ce genre de temps.

La sirène d'une ambulance tonitruait derrière des pins maritimes... Du bateau, on apercevait un regroupement d'hommes sur une petite plage.

– Des secouristes en bleu descendent avec un brancard, ils viennent chercher Martial.

Elle observa la lente remontée du blessé.

– Waouh ! Waouh ! Il va s'en sortir ! cria Vanessa derrière ses jumelles.

Elle frappa nerveusement dans ses mains, et sans s'occuper des états d'âme du pasteur, tomba en larmes dans les bras mouillés d'Anakoni qui venait de remonter à bord.

Martial était déjà sous respirateur artificiel lorsqu'il entra en salle de réanimation.

« *L'école de voile l'a repêché dans l'Anse de Cacalu. Les moniteurs ont entendu des coups de feu. D'après mes premières constatations, dit l'urgentiste, je pense qu'il a reçu une balle au niveau du pariétal. À préciser et à valider avec un scanner, mais vous savez ce que vous avez à faire, et en général, vous le faites bien. C'est un miracle qu'il soit encore vivant... À mon avis...* »

L'équipe du centre hospitalier avait beaucoup de respect pour le médecin des pompiers, ici tout le monde appréciait ses qualités humaines et professionnelles. Et puis, c'était un enfant du pays, un vrai corse... L'équipe de la réanimation attendait l'expertise d'un neurologue, pour préjuger de la gravité de la blessure à la tête. Seule certitude, le blessé X, de l'Anse de Cacalu était dans le coma.

Comme la loi l'exige pour les patients sans identité, une procédure de signalement détaillé fut envoyée au service de police d'Ajaccio et une autre à l'unité de gendarmerie.

37

Ramassamy ne se départait plus de son pistolet accroché à la ceinture de son bermuda en jeans. Il était sur ses gardes...

Assises à la table des cartes, Vanessa et Anakoni étaient concentrées sur une météo inquiétante. Tristes, elles auraient voulu se serrer l'une contre l'autre, parler de Catherine et de Martial, pleurer, prier, se réconforter, mais elles ne se l'autorisaient pas dans la proximité du fou imprévisible. Peut-être était-ce préférable...

– Tu es prête à partir ? demanda Jayden dans l'entrebâillement de sa porte.

– À partir oui, mais pas pour n'importe où ! La météo annonce un fort coup de vent. Notre position actuelle, trop exposée nord, ne nous laisse pas d'autre choix que de traverser le golfe d'Ajaccio pour nous mettre à l'abri. Ne sois pas inquiet, personne ne viendra nous chercher par ce temps.

Il claqua violemment la porte de sa cabine... puis ressortit, et d'un ton sans appel s'adressa à Anakoni.

– Tu vas prendre le couchage de Catherine !

La dizaine de miles entre Cacalu et la pointe de la Parata se fit au moteur sans difficulté particulière. Le « *Forever Young* » mouillait désormais dans une relative sécurité, à l'abri du vent du nord derrière la montagne. Van ne quittait pas sa tablette pour surveiller l'évolution des orages annoncés en escadrille. La sérénité n'était pas de mise. À minuit, chacune alla se coucher. La forte houle et une température supérieure à trente degrés apportèrent les ingrédients idéaux pour préparer une nuit blanche.

À huit heures trente, la tempête dans toute sa splendeur était là avec son tonnerre fulminant et ses éclairs toutes les cinq secondes. Vanessa demanda à ses deux passagers d'appliquer les consignes d'urgence : gilets de sauvetage et harnais accrochés dans la cale. Le bateau ballottait... gîtait de bâbord à tribord avec plus de quarante degrés d'angle sur un bouillonnement d'écume et de vagues de dix mètres. L'annexe suspendue avait effectué un demi-tour sur elle-même et perdu son moteur. L'anémomètre avant d'imploser validait régulièrement des pointes de vent à plus de 150 km/heure. La visibilité réduite enserrait le bateau dans un enfer gris noir inextricable, où la sortie ne dépendait plus de rien, ni de personne, sinon des Dieux compatissants. Vanessa avait fixé son mousqueton sur le cockpit à côté de la barre et des commandes moteur. Elle devait rester sur le pont et au fur et à mesure des déferlements, soulager l'ancre, leur unique attache à la terre et au monde des vivants... Jayden Ramassamy faisait profil bas dans la cale.

Après plus d'une heure d'une bataille disproportionnée, le vent commença à baisser. L'ancrage avait tenu bon, Vanessa était satisfaite. *Nous sommes passés de zéro vent à 180 km/heure en moins de deux minutes.*

Dans d'autres circonstances, elle aurait fêté cette nouvelle vie...

38

Le nouveau logiciel Serious-experimental-intelligence de la police nationale avait envoyé un message automatique à l'inspecteur Rodriguez :

« *Plusieurs mots clés, de l'enquête susnommée Vanessa Gruat, pourraient correspondre à la procédure de signalement détaillé d'un individu sans identité. Origine du document : commissariat Ajaccio. Mots-clés des catégories C1 et B2. Veuillez-vous rapprocher du service émetteur pour plus d'informations ou pour une éventuelle validation de cette requête.* »

Entre curiosité et scepticisme, le commissaire Boulin consultait avec attention ces données relatives à un individu blessé par balle, et repêché dans les eaux d'Ajaccio.

– Si c'est ce que je crois ! Ce nouvel outil est redoutable d'efficacité, dit Pierre Boulin. Il faut quand même vérifier tout ça !

– Pour l'instant, on ne peut que souligner des similitudes avec Martial Falco, présumé passager du

« *Forever Young* », dit Ludovic. Quoique... en Corse comme ailleurs, un jeune homme aux cheveux poivre et sel, blessé par balle, ce n'est pas forcément un cas de figure exceptionnel. Je vais leur envoyer une photo de Falco, et secundo, j'aimerais bien avoir l'avis du marin et ami de Vanessa Gruat. Est-ce que le passage du voilier à Ajaccio, lui paraît plausible ?

Ludovic Rodriguez eut rapidement Alain Toshtag au téléphone. Le marin lui confirma qu'il était effectivement vraisemblable que le bateau de Vanessa soit encore en Corse. Il n'avait pas été sans souligner la violence de la dernière tempête sur la côte ouest. Un terrible bilan ! Une trentaine de voiliers échoués et plusieurs disparus... « *j'espère de toute mon âme que Forever Young ne fait pas partie du lot,* » avait-il ajouté.

Les policiers du commissariat d'Ajaccio ne tardèrent pas à confirmer la ressemblance du blessé avec les photos envoyées par l'inspecteur Rodriguez. Le commissaire Boulin et ses hommes allaient devoir prendre des décisions.

Sans avoir consulté le pasteur, Vanessa décida de passer la journée et la nuit au mouillage dans le golfe d'Ajaccio. Tout le monde avait besoin de se reposer et il fallait absolument se procurer un nouveau moteur de hors-bord. Elle maîtrisait bien la technique du pagayage, et était la seule à connaître les modèles motorisés adaptés pour l'annexe. Vanessa se rendit seule au port avec le pneumatique. Ramassamy l'avait prévenu : « *Si tu ne reviens pas, tu ne reverras jamais Anakoni... C'est bien compris ?* » Elle savait qu'il ne bluffait pas.

De sa couchette, le pasteur s'énerva à cause des va-et-vient incessants d'un hors-bord autour du « *Forever*

Young ».

C'était Vanessa... Elle affinait les réglages de son nouveau moteur. Elle interpella Ramassamy.

– Est-ce que tu peux m'aider à remonter l'annexe à bord ?

– Je vais chercher la pasteure de pantomime dans sa cabine...

– Au fait ! cria-t-elle, les mains en porte-voix. Ton flingue en permanence dans ta ceinture, ce n'est peut-être pas une obligation. C'est comme tu veux, mais je pense que tu vas finir par te blesser... et nous, ça nous perturbe !

– Occupe-toi de ton bateau et garde tes conseils pour toi, ok !

Sans dire un mot, Anakoni déjà sur la plage arrière préparait les bouts pour remonter le pneumatique et son nouveau moteur Mercury.

Le *« Forever Young »* ronronnait déjà depuis un moment. Ana remonta l'ancre, il devait être cinq heures du matin. Ramassamy n'était pas encore sorti de son isolement nocturne. *Et c'était bien ainsi...* Elles hissèrent les voiles et sous le vent sortirent du golf. Vanessa savait pertinemment, que la météo allait se compliquer vers seize heures, mais elle n'avait pas soulevé le problème avec Jayden. Elle connaissait sa réponse à l'avance, et puis après le terrible coup de tabac, un vent de force six ou sept, ça restait du p'tit temps... *Que Dieu m'entende !*

Vers quinze heures, le voilier doubla la pointe de Bonifacio, la houle venait de grossir. Un grand panache de fumée lointain dessinait de plus en plus précisément la crête jaune et rouge d'un incendie de grande ampleur. Plusieurs parcelles brûlaient dans une même chorégraphie dirigée par un vent de nord-ouest, devenu fort. Au fil des minutes, la skipper et son équipière distinguaient de plus en plus nettement la ronde incessante de deux ou trois bombardiers d'eau, et des deux hélicoptères de la sécurité civile. Vanessa prit un cap plus au sud pour laisser libre la zone de rechargement du précieux liquide.

Le bruit des avions et des hélicoptères rouge et jaune n'échappa pas à Jayden Ramassamy. Il sortit de sa cabine, sans saluer, ni même regarder les filles. Sans aucun doute, rassuré par la couleur des hélicoptères, il avait quand même sa tête ordinaire des mauvais jours.

Un EC145, le plus gros des hélicos de la gendarmerie, venait d'atterrir sur l'héliport de Bastia. Il devait embarquer une personne incognito. Six policiers du Raid, un inspecteur rémois et Alain Toshtag en tant que conseiller maritime étaient déjà présents à bord. Monsieur Toshtag avait rejoint le groupe à Toulon à la demande de Ludovic Rodriguez. Il était le mieux placé, et avait accepté sans problème, la mission de rapatrier le *« Forever Young »* après l'intervention de police.

La décision avait été prise en haut lieu : *« On intervient aujourd'hui, avant qu'il ne soit dans les eaux italiennes. Surtout, vous le ramenez vivant... »*

Rodriguez, tout feu tout flamme au départ de Villacoublay, se sentait petit à petit dépossédé de son opération. Sa priorité à lui était de sortir Vanessa d'une disparition inquiétante, et de la ramener chez elle. Mais indéniablement, *« le pasteur »*, comme tous l'appelaient, était un gros poisson, une prise internationale. Personne ne parlait de Vanessa Gruat... Valeurs et consciences professionnelles ne suscitent pas toujours la même objectivité, surtout, si elles ne partagent pas les mêmes ordres.

Il fut décidé de calquer le plan de vol sur une diagonale Bastia - Ajaccio, puis de survoler la côte ouest à faible altitude jusqu'à la pointe de Bonifacio. Alain Toshtag était sûr de reconnaître le *« Forever Young »* au premier coup d'œil. Les voiliers autochtones et les autres semblaient s'être donné le mot ; ils pansaient leurs plaies et leurs peurs dans les ports de la côte. La mer était brutalement devenue orpheline de grand-voile blanche et de génois bariolé.

L'hélico prit de l'altitude au-dessus de la colline en feu de Bonifacio, et replongea au ras des flots après les fumées. Le pilote leva son bras pour indiquer un changement de direction. Il fit une montée verticale et un renversement pour prendre plus à l'est. Il avait enfin vu un bateau...

– Il est là-bas ! s'exclama Alain. Je le reconnais, c'est bien le *« Forever »*.

Le pilote s'éloigna du voilier à 180 degrés pour ne pas éveiller une attention trop hâtive et surtout pour attendre des instructions précises. Rodriguez ne fut pas invité à donner son avis. Il s'avéra vite que l'homme, embarqué à Bastia incognito, allait diriger l'intervention. *« On se rapproche pour faire des photos, et on remonte ! dit-il. Je veux valider définitivement la cible, et savoir combien ils sont, et où ils se trouvent sur le bateau. »* L'ordre fut exécuté, et instantanément une rafale de photos s'afficha sur l'écran intérieur.

– Monsieur Toshtag, vous validez qu'il s'agit bien du *« Forever Young »* ?

– Oui, affirmatif ! je reconnais Vanessa, c'est ma filleule ! Elle est à la barre avec la jeune fille qui... si ma mémoire est bonne, s'appelle Anne, ou quelque chose comme ça.

L'homme intima au pilote, de plonger à plusieurs reprises sur le bateau pour éveiller la curiosité des passagers, et les faire sortir sur le pont. Une nouvelle série de photos apparut. On voyait nettement un homme brun, barbe noire avec une belle carrure, debout dans la descente du voilier.

– Il manque deux personnes à bord, si je comprends bien… fit remarquer le nouveau patron.

– Si je peux me permettre, répondit Rodriguez. Seule, Madame Chamberlin est vraiment manquante. On a de bonnes raisons de penser que le garçon, Martial Falco, également recherché par notre service, est dans le coma à l'hôpital d'Ajaccio avec une balle dans la tête. Le *« également recherché par notre service »* n'était pas anodin... Il n'est évidemment plus sur le bateau, mais lui est localisé... ce qui n'est pas le cas de Catherine Chamberlin. Cela dit, elle est peut-être tout simplement restée dans sa cabine.

– Ok, on y va ! C'est parti ! il sortit une cagoule verte inutile, et la passa sur sa chemise cravate.

Ce monsieur devait être leader d'un groupe interarmées des forces spéciales, du Raid, ou d'une autre unité à priori secrète. Dans tous les cas, Rodriguez ne comprenait pas cette culture du mystère...

L'hélicoptère s'était positionné en vol stationnaire d'accompagnement à une vingtaine de mètres du voilier. Un panneau lumineux en lettres rouges faisait défiler un texte sans équivoque : *« Police Nationale d'intervention, veuillez arrêter votre bateau »*. Deux hommes du Raid, masqués, visières transparentes baissées, fusils d'assaut en bandoulière, les pieds posés sur les patins de l'appareil, ne se cachaient pas. Ils semblaient prêts à intervenir.

– Ne t'occupe pas de l'hélico ! on continue... C'est

encore moi qui commande. Vanessa, tu vas faire exactement ce que je te dis. Ok ! cria Ramassamy.

Le bruit du moteur et des pales de l'hélico devenait assourdissant. Van, contrainte et forcée, acquiesça d'un geste de la tête. Le pasteur, debout sur la marche du bas, braquait par intermittence, la skipper ou son équipière avec le pistolet. Son flegme légendaire s'émoussait aux dépens d'une nervosité inhabituelle. Il se concentra quelques minutes, avant de remonter et de ramper dans le cockpit jusqu'à la barre. Ramassamy se redressa doucement, posa son arme sur la tempe d'Anakoni et l'entraîna sans ménagement jusqu'à la cale. Il venait de l'utiliser comme bouclier, les hommes du Raid, désormais en position de tir, l'observaient.

– Il a pris la fille en otage ! merde !

Ce n'était pas l'hélicoptère qui s'éloignait, mais Vanessa qui insidieusement changeait de cap, lentement, mais sûrement. Depuis plusieurs minutes, selon les commentaires d'Alain, elle se positionnait petit à petit en vent arrière. *Pourquoi cherche-t-elle cette allure tellement instable ?* se demanda Alain Toshtag à voix basse. Le leader se rapprocha pour essayer de comprendre.

– Qu'en pensez-vous Monsieur Toshtag ?

– Elle vient de choquer le foc et la grand-voile, elle se prépare à placer ses voiles en ciseaux. Ce n'est pas un hasard... je commence à comprendre, elle veut utiliser la seule arme dont elle dispose à bord : *« L'empannage »*. À condition que le pasteur, comme vous l'appelez, puisse réintégrer le cockpit. À mon sens, on devrait s'éloigner momentanément pour qu'il remonte de la cale. Il faut la laisser faire... dans tous les cas vous pourrez intervenir après.

Vanessa fit un geste très clair de la main. Elle confirmait sa volonté de voir l'hélico se détacher. Alain avait bien compris. Le chef d'opération valida l'hypothèse et ordonna une prise d'altitude immédiate. *Le principe de l'empannage, s'il réussit, apportera certainement un effet de surprise.* Le responsable n'avait pas le droit à l'erreur et il se souvenait de l'essentiel de sa mission : *« Vous nous le ramenez vivant... »*

Dès qu'il entendit l'hélicoptère se dérouter, Jayden Ramassamy réapparut le haut du corps dans la descente. *« Ils sont partis ! »* dit Vanessa en plaçant son chariot d'écoute au centre. Elle jonglait avec la barre pour garder le bateau en ligne... Elle attendait le moment où Ramassamy sortirait de la cale. Son impatience accélérait les battements de son cœur, mais elle connaissait bien cette sensation devenue familière. Elle respira profondément.

Elle n'ignorait pas la violence ni les éventuelles conséquences d'un empannage. Le passage de la bôme d'un côté à l'autre à la vitesse du vent est souvent dévastateur pour le matériel, et parfois pour les coéquipiers lorsqu'ils ne sont pas prévenus, mais elle n'avait pas le choix. Elle devait tenter et ne pas trembler...

– Mais où vas-tu ? Bordel ! On se rapproche de la côte, pourquoi as-tu changé de cap ?

Jayden Ramassamy, pistolet à la main, bondit sur le pont comme une furie. Vanessa borda une nouvelle fois la grand-voile, et de l'autre main changea de cap brutalement. Cette manœuvre déclencha le passage violent de la bôme de l'autre côté dans un bruit sourd, accompagné d'une gîte brutale de plus de 30°. La bôme de grand-voile venait de heurter le grand pasteur au niveau des épaules. Il était étendu sur le pont à bâbord, inerte. Retenu par un chandelier de sécurité, il glissait dangereusement vers la mer. Vanessa choqua ses deux voiles pour stabiliser le bateau et appela

Anakoni.
— Remonte vite, et vient m'aider ! il glisse !
Effectivement, il avait perdu connaissance. Les filles réussirent à l'allonger sur la banquette du cockpit. Son pistolet était tombé sur le pont supérieur... d'un coup de pied, Vanessa le propulsa par-dessus bord.
— Qu'est-ce que tu m'as fait salope ?
Chancelant, mais debout, il ceintura Van au niveau des bras en s'appuyant de tout son poids. Ils s'écroulèrent au pied de la barre à roue.
— Toi... tu vas aller retrouver Catherine... tu peux me faire confiance !
Il reprenait doucement ses esprits, Vanessa réussit à lui maintenir les avant-bras sur plusieurs demi-roulades. Elle commençait à se fatiguer. Le son des pales de l'hélicoptère se rapprochait. Ana, prostrée, regardait les mains de Ramassamy autour du cou de son amie, il commençait à l'étrangler. L'hélico était désormais en mode stationnaire à dix mètres au-dessus du *« Forever Young »*. Ana prit la décision de ne pas attendre, elle descendit dans la cale pour aller chercher n'importe quel objet... il lui fallait une arme. Lorsqu'elle remonta avec un couteau, une large corde foncée découpait les nuages et une partie du soleil. Trois gros insectes géants venus d'ailleurs volaient pour s'approprier le cockpit. Les hommes armés maîtrisèrent Jayden Ramassamy en quelques secondes, et allongèrent Vanessa sur l'assise de bois avec beaucoup de précautions. Anakoni se rapprocha de Van et lui prit la main.
— Opération terminée ! Cible maîtrisée, vous pouvez envoyer la nacelle.
Une toile d'araignée hexagonale se déploya pour exfiltrer par aérocordage le pasteur menotté et deux policiers

du raid. Le bateau à la dérive devait être repris en main, sans tarder... Alain Toshtag, casquette coincée dans son gilet de sauvetage et cheveux au vent, ne tarda pas à tester une descente express en binôme.

Vanessa se leva pour l'accueillir et le serrer dans ses bras.

– Merci ! Alain... merci ! merci pour tout... Tu nous as sauvé.

Elle se blottit dans ses bras pour valider la belle réalité et sa liberté, les yeux embrumés, elle regarda par-dessus son épaule. Son père, lui aussi était là.

– Bravo ! ma chérie. Je sais de qui tu tiens, mais quand même... cet empannage sur commande, il fallait l'oser ! Tu es une championne !

Un policier fit signe aux deux jeune-femmes de se rapprocher de la nacelle.

– Décidément, on ne peut jamais se parler plus de quelques secondes... En principe, tu as tout ce qu'il te faut pour le retour. Dès que j'ai un tel, je t'appelle. Sois prudent, je reviens vite, et on ne se perd plus jamais !

– Allez ma chérie, les policiers s'impatientent. J'attends ton appel !

Dans le bruit assourdissant et les tourbillons d'air, elles s'élevèrent ensemble, encadrées par deux hommes concentrés. Au travers des croisillons ajourés de la nacelle, Vanessa voyait Alain la main tendue, qui rapetissait. Souvent, elle avait rêvé qu'elle s'envolait par la petite fenêtre du cabinet de toilette, comme l'avion de Raphaël. Elle était en train de vivre cette folie, vraiment... *Je suis libre désormais ! Je vole...*

Anakoni s'assit sur le premier siège de l'hélicoptère militaire, juste à côté de Ludovic Rodriguez. Il se présenta, mais elle se souvenait de lui et surtout de son collègue Lucas Borel qui l'avait interrogé plus longuement. Il lui avait même laissé sa carte professionnelle...

– On va bien sûr être appelé à se revoir, mais dans l'immédiat, j'ai quelques questions essentielles à vous poser. La première évidemment est relative à Madame Chamberlin.

– Où est-elle ?

La voix d'Anakoni se noua un instant.

– Il l'a tué... Il a voulu la noyer, mais en définitive, il lui a tiré une balle dans la tête. Je la connaissais depuis peu, mais je l'aimais bien !

Les mains sur son visage, elle éclata en sanglots.

– Je suis désolé mademoiselle !

Elle se reprit...

– Appelez-moi par mon prénom, Anakoni ou Ana, s'il vous plaît ! J'ai un peu de mal avec la demoiselle...

– Une dernière question Ana ! Plus légère, rassurez-vous ! Par quel miracle, avez-vous disparu dans le parc de Rueil-Malmaison ?

Elle sourit...

– Merci de vouloir me faire rire, inspecteur...

Anakoni se tut... elle apercevait encore le *« Forever Young »* par son hublot, il venait de faire un virement de bord symbolique. Il rentrait à Hyères... Les fumées résiduelles de l'incendie de Bonifacio firent définitivement disparaître le point blanc.

Rodriguez se déplaça dans l'hélicoptère en direction de Vanessa.

– Tenez Vanessa, j'ai un appel pour vous !

Il lui tendit son téléphone.

– Qui est-ce ? demanda-t-elle.

– Un jeune homme, futur marié de surcroît... Il

cherche une témoin pour son mariage avec un dénommé David... je crois qu'il a pensé à vous !

39

Ce soir du 28 juillet, Roger testait son nouvel antivol Kryptonite. Il l'avait acheté la veille, juste avant de déposer sa lettre de démission au Top Sushi de la place du Forum. Lorsqu'il entra dans le restaurant, il posa sur le comptoir des commandes, sa *« coquille carrée »,* comme il l'appelait.
– Alors, Roger, tu vas nous quitter ? demanda Jennyfer.
– Eh oui ! je pense qu'il est temps pour moi de laisser les gamins livrer le riz vinaigré et les tortillons de saumon en réclame.
– Tiens, ta livraison est là. Je te donne ton ticket de suite... c'est à Bezannes chez Madame Chamberlin, ou plutôt, chez la fille de Madame Chamberlin, a-t-elle précisé à plusieurs reprises, au 9, rue des Glycines.
– Je connais l'endroit, j'ai déjà livré à cette adresse... dit Roger.
Madame Chamberlin à Bezannes ; mais pourquoi donc se souvenait-il avec autant de précision de ce soir-là :

du tonnerre, de la pluie, du *« ce n'est pas trop tôt »*, de la cour pavée éclairée par des lampadaires en fer forgé, de la voiture de luxe devant les marches du perron, de la dame de noir vêtue, de son ton méprisant. Elle ne l'avait pas autorisé à entrer : *« Non, non, vous restez dehors, désolée, vous êtes trempé ! »*

Il pédala jusqu'à Bezannes sans pouvoir se détacher de cette nuit d'orage. Roger appuya sur le bouton du visiophone.

– Vous êtes le monsieur des sushis !

Le portail s'ouvrit. Il traversa la cour pavée, les lampadaires étaient éteints et la voiture devant le perron, bâchée. Une jeune femme vêtue d'un jeans et d'un t-shirt blanc apparut.

– Vous avez fait vite ! Il ne fait pas très chaud ce soir, ne restez pas dehors ! Roger posa son sac à dos isotherme dans l'entrée et sortit la petite livraison recouverte de papier aluminium.

– Ça fait longtemps que je n'ai pas mangé de sushis. Je me souviens de la dernière fois, c'était ici... l'orage grondait, c'est maman qui les avait commandés. C'est moi qui avais préparé la table. La jeune femme s'assit sur un tabouret de piano à proximité de l'entrée. Elle devint très pâle.

– Vous ne vous sentez pas bien, Madame ?

– Si, si, ça va aller ! excusez-moi, je viens de repenser à ma mère... J'ai appris il y a trois jours, que son corps en décomposition avait été retrouvé sur une plage de Corse. Et, pour tout vous dire, sa maison vient d'être vendue, je n'en savais rien. Je dois rendre les clés en fin de semaine. Vous commencez à comprendre pourquoi je ne suis pas au meilleur de ma forme. Je suis venue ce soir pour conjurer le

sort, j'aurais mieux fait de m'abstenir.
– Vous êtes seule ? s'inquiéta le livreur.
– Ça, pour être seule... je le suis ! Et Dieu sait que la solitude est souvent une mauvaise compagne. Mon unique véritable ami s'appelle Martial, mais il est hospitalisé à Ajaccio avec une balle dans la tête. Mais j'ai quand même, une bonne nouvelle. Il vient de sortir du coma, et pourra purger sa peine de prison en toute conscience. Vous voyez, tout ne va pas si mal ! Mais… je ne parle que de moi et de mes misères. Et vous ? Parlez-moi de vous ! Si vous avez du temps... mais je ne veux pas vous importuner ! dit-elle en se levant.
– Eh bien, c'est la dernière fois que vous me voyez en livreur Top Sushi. Adieu ma *« coquille carrée »*. J'ai donné ma démission hier matin.
Elle libéra la grande barquette de son couvercle en alu.
– J'ai plus de sushis qu'il ne m'en faut. Voulez-vous partager mon dernier repas à Bezannes ?
– Non, non, vous êtes bien aimable, mais il faut que je rentre, ma femme m'attend... certainement...
– Je suis désolée, je vous retiens ! dites-moi juste deux mots sur votre épouse... et puis, je vous libère !
– Ma femme est une personne formidable... Comment la décrire ? En quelques mots, ce n'est pas facile ! Elle est belle, intelligente. Elle se déplace en fauteuil, et son handicap la rend plus forte. Ça, c'est sûr...
Elle ne se plaint jamais… C'est la vie ! comme elle dit.
Entre siège mobile, lit et bureau, elle écrit, elle écrit... Elle va publier son premier roman : *« un policier »*. Une vraie fiction fantasmagorique...

– Et comment s'appellera ce futur premier best-seller ?
– LA GUERRE DES MORTS ! clama le livreur.
– C'est un excellent titre pour un polar... Bravo !

Rémi Mézières

Dépôt du texte original le 08 décembre 2023

Me Vasseur

4, rue Pluche 51100 Reims